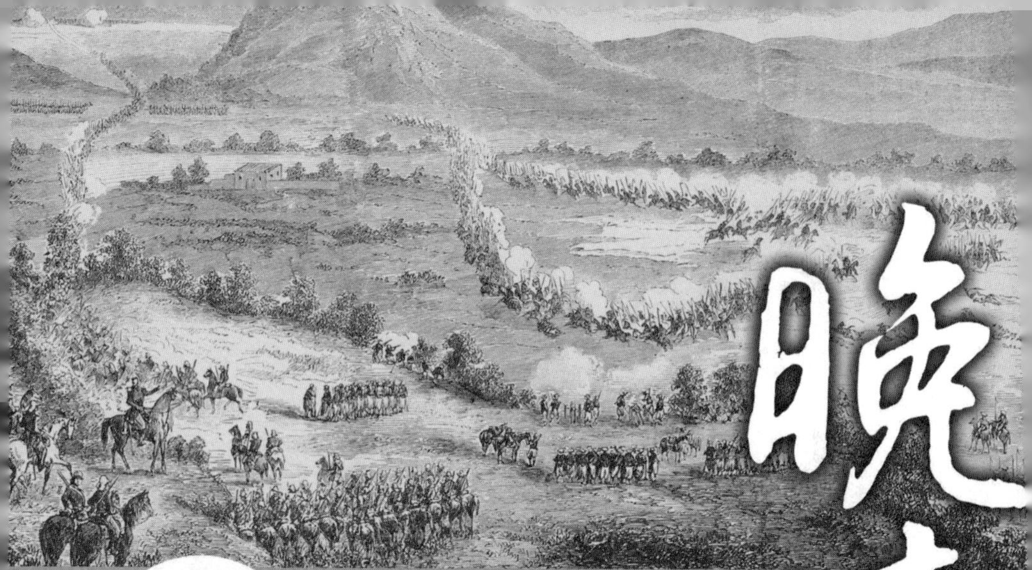

晚清風雲

第二卷

西省戰紀 上

果遲◎著

左宗棠收復新疆

目錄

序
走向世界的挫折

本書以三個獨立的篇章，描寫了同一歷史時空中的三個人物：郭嵩燾、左宗棠、李鴻章。他們都以鎮壓太平天國起家，是所謂「同光中興」的功臣，這以後，為富國強兵，大辦洋務，三人又是這一亙古未有事業的中堅，以大致相同的經歷開頭，卻以不同的功業、不同的命運結束。

道咸時代，大清朝國無寧日，愛新覺羅氏已是日薄西山，但歷史老人卻要玩一個惡作劇，讓這個垂死的王朝，有一個迴光返照的過程——關鍵時刻，湘淮軍應運而生，曾、胡、左、李等人，像光芒四射的流星，劃破歷史的夜空，他們是林則徐、魏源一脈相承的、頭腦清醒的知識份子，安內攘外，傾畢生之力，從而創造了歷史的奇蹟，這就是「同光中興」。從郭嵩燾出使英法，左宗棠成功地收復新疆，到李鴻章屈膝春帆樓，大約十餘年的跨度，就是本書的歷史背景。

首卷《英倫涅槃》以郭嵩燾為主角，重點放在他的兩年使英生涯。所謂洋務，不外乎兩途，一為強兵富國，一為和輯列強（外交），郭嵩燾的事業在後者。本書開頭以遊記的形式，敘述郭氏出使途中的見聞，接著寫他到達倫敦後的外事活動，以一個受儒家傳統教育的、封建士大夫的視角，以個人的親歷親見，比照國內的情形，終於得出「洋人民風政教優於中國」的結論，這個結論，超出了同時代士大夫的認知範圍和道德底線，也超出了他們的容忍程度，郭嵩燾最終未能完成自己的使命，其實是以言論獲罪，是守舊派與洋務派鬥爭的犧牲。

第二卷《西省戰紀》寫左宗棠那氣壯山河的西征。結構採用歷史小說不多見的群像展覽式，以倒述開頭，矛盾凸出，事件集中，圍繞左宗棠的西征，圍繞他這一個，和他身邊的這一群，有機地展開故事，有民族矛盾，有異族情愛，悲歡離合，跌宕坎坷。尤其是對左宗棠這個極其複雜的、充滿矛盾的歷史人物的描寫，既有他縱橫捭闔、大刀闊斧的軍旅生涯，又有他鮮為人知的個人私生活；既有對他維護國家統一、不屈不撓的戰鬥精神濃墨重彩的謳歌，又有對他的血腥手段的無情揭露。文章最後，以「瞎幫閒」為隱喻，指出左宗棠的成功，雖然維護了國家版圖的完整，但於奄奄一息的大清王朝，只不過打了最後一劑強心針，暫時的勝利，最終改變不了歷史巨輪的走向，左宗棠內心的矛盾和痛苦，是這個歷史時期知識份子集體的迷惘。

末卷《甲午祭壇》寫李鴻章和中華民族最可悲的一頁歷史——甲午海戰。比較上面二人，李鴻章在中國歷史舞臺上活動時間較長，且毀譽不一。但無可否認，作為曾國藩的衣缽傳人，他算是洋務派中最有成就者。為創辦北洋水師，使中國能躋身於世界強國行列，篳路藍縷，慘澹經營。本書就以北洋水師的起始為開頭，以水師的覆滅為終結，按歷史的時間順序，層層鋪述，有慈禧置個人私欲於國家利益、民族利益之上的大揭祕，也有日本人修心練膽、亡我中華的野心大寫真。北洋水師的興與亡，雖是李鴻章的人生之旅、榮辱浮沉的大賭博，但春帆樓的屈膝，卻不應看作他個人的恥辱，而是整個朝廷（包括主戰派）都應該負責的，「戴張冠、代桃僵」之說，寄託了作者對李氏失敗的同情。

全書展示給我們的，雖是三個歷史人物的命運，卻也是國人的命運。悲劇，悲劇，還是悲劇！

他們是引領潮流的先行者，卻因後繼乏人而成為孤獨的前驅。按他們的設想，中國從此就應該走向世界，但是，這努力卻遭遇嚴重的挫折，所謂的「同光中興」，終成為光榮的夢想。

此時的世界，民主已是主流，中國卻沒能融入到主流中去，仍由極少數人在掌握民族的命運。雖有魏源的「師夷長技以制夷」的正確口號，雖有曾、左、李等人的身體力行，但所謂的洋務，說到底只是師其皮毛而失其骨架，三人中，以有出國經歷的郭嵩燾認識最深，也以他跌得最慘。

克羅齊說：所有的歷史都是當代史。這個老克，真是一針見血呵！

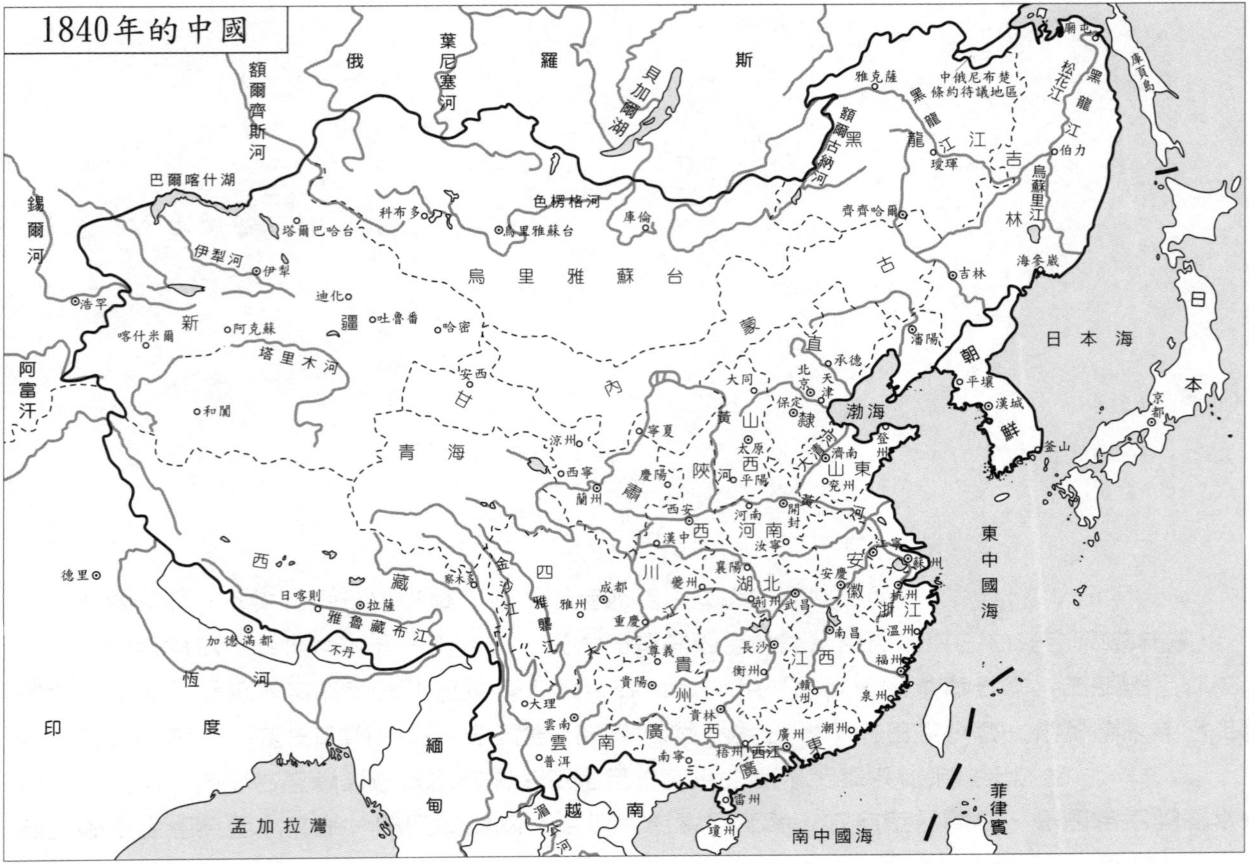
俄
羅
斯
葉尼塞河
額爾齊斯河
貝加爾湖
巴爾喀什湖
錫爾河
色楞格河
額爾古納河
黑龍江
中俄尼布楚條約待議地區
雅克薩
廟屯
庫頁島
松花江
伯力
瑷琿
吉
林
烏蘇里江
齊齊哈爾
吉林
海參崴
科布多
塔爾巴哈台
烏里雅蘇台
庫倫
伊犁河
伊犁
烏里雅蘇台
古
蒙
浩罕
迪化
吐魯番
哈密
新
疆
喀什米爾
阿克蘇
塔里木河
阿富汗
和闐
安西
甘
內
直
隸
承德
瀋陽
朝
鮮
平壤
漢城
釜山
日本海
日
本
京都
大同
北京
天津
保定
渤海
青
海
涼州
寧夏
黃
山
西
太原
平陽
河
濟南
山
東
登州
兗州
西寧
蘭州
肅
慶陽
陝
西安
河南
開封
河
南
漢中
西
汝寧
安
徽
安慶
江寧
蘇州
杭州
浙
江
溫州
東
中
國
海
西
藏
察木多
金沙江
四
川
雅礱江
成都
雅州
夔州
襄陽
湖
北
荊州
武昌
德里
日喀則
拉薩
雅魯藏布江
重慶
江
南昌
加德滿都
不丹
大
遵義
貴
州
貴陽
長沙
衡州
江
西
贛州
福州
泉州
恆
河
印
度
大理
雲南
雲
南
普洱
貴林
廣
西
梧州
西江
南寧
廣州
廣
東
潮州
緬
甸
孟加拉灣
湄
公
河
越
南
雷州
瓊州
南中國海
菲
律
賓

1840年的中國

引子

一向沉寂的湘陰城，一夜之間忽然熱鬧起來——古老的文廟大成殿前桂樹下長出了靈芝。時為清朝道光二十七年（一八四七）丁未春三月。

關於這事的細節，三十三年後的光緒六年，由郭嵩燾主纂的《湘陰縣圖志‧災祥志》是這麼描述的：

……湘陰縣文廟規模甲通省，大成殿前丹墀植桂兩株，大皆合抱，護以石台，寬廣七、八尺，丁未春三月生赤芝……其芝細紋重沓，如雲生浪湧，爛漫無極，萬芝齊生，又似盤結縈繞，結成一整芝，尤為奇觀……

消息傳出，一縣轟動，莘莘學子，無不歡欣雀躍。靈芝為瑞草，產自文廟，更其不凡。據識者說，此事當主湘陰文運大開，繁榮昌盛。

湘陰自南朝劉宋元徽二年（四七四）建縣，迄今已有一千四百餘年，雖號稱文獻之邦，卻遠遠無法與江浙一帶聞人輩出的縣份比，其名垂史籍的大文人實在沒出幾個，士子們常掛在口頭，引以為楷模的只兩人，這便是明朝的易忠節和夏忠靖。論起來，這二人學歷也並不怎麼高深，「易忠節」名易先，明永樂中以國子貢生授諒山知府，適逢越南黎利作亂，陷諒山，易先乃自縊殉國，皇帝見他死事慘烈，乃賜謚「忠節」；「夏忠靖」名夏元吉，也僅以鄉薦入太學，累官至戶部尚書，死後謚「忠靖」，一千多年才出了這麼兩個有名氣的文人，其實算不得什麼。

到了本朝，進士、舉人倒是出了不少，但沒有特別出類拔萃的人物，湘陰文廟，雖如郭嵩燾說的，「規模甲通省」，但泮池上的狀元橋上，至今尚未有人挺直胸膛走過。所以，文廟的吉兆，特別令人矚目。大家想來想去，把目光集中在兩個人身上：這一年，出生於湘陰東鄉高華沖的李星沅升任兩江總督，選在三月十六日吉期接印。李星沅於道光壬辰科中第一百名進士，十六年宦海沉浮，終於巴結到這一步，有清一代，數直隸總督位尊，兩江總督權重，李星沅到此地位，也算是登峰造極了。湘陰士子遂將此番文廟產芝的吉兆，比附到他身上，說此芝是衝他李星沅來的。

但另有一派人不這麼看。原來這年春闈，城西郭家大少爺郭嵩燾高中二甲第三十九名進士，點了翰林，這也是湘陰有史以來的盛舉，為此，親郭家的人便出來爭，說這文廟產芝的吉兆是衝郭嵩燾來的。

眾人各說各有理，一時李、郭二家，來賀喜者絡繹於途，戶限為穿，有人甚至藉此寫下了《瑞芝頌》。

其實，此時若說真有什麼天人感應，這文廟瑞芝應另有主人，它，應該是屬於始終未博春官一第，眼下正隱居鄉下的「湘上農人」左宗棠。左宗棠後來建功閩浙，平定陝甘，收復新疆，文拜相、武封侯，為湘陰有史以來第一人，只可惜此時此刻，他不自知，當文廟產芝、李郭二家賀客盈門的消息傳到他隱居的柳莊時，他正陪二哥、曾中道光十二年壬辰科湖南鄉試解元的左宗植看他從安化移植來的茶葉樹，兄弟二人於是有以下的議論：

左宗植：「靈芝相傳為仙草，能起死回生，比附於人事，該應在醫國聖手身上。我朝自庚子年林則徐虎門禁煙失敗，六七年來，海禁大開，外患不息，眼下南澇北旱，伏莽思逞，大清國眼看到了日薄西山、氣息奄奄的地步了，朝遷衮衮諸公，文恬武嬉，誰稱得上是挽狂瀾於既倒，救大清於絕境的人？難道說是李石梧（星沅）、郭筠仙（嵩燾）這類死啃八股之輩？真讓人百思不得其解。」

左宗棠連連冷笑說：「嘿嘿，什麼仙草，段成式《酉陽雜俎》上說過，屋柱無故生芝者，白主喪，赤主血，黑主賊，聽說，文廟的芝為黑紅色，這分明是一株血靈芝，什麼好兆頭？你看，這一年是丁未年，上年是丙午年，丙丁屬火，午屬馬，未屬羊，丙午丁未，赤馬紅羊，黃蘗禪師預言詩有『赤馬紅羊悲滄海，白虎蒼龍儼大庭』之句，我只怕這文廟生血芝，正是預示大變亂在後頭呢。」

左宗棠平日不信這些陰陽圖讖，今日之說，乃有些唯恐天下不亂的味道，此時的左宗棠尚未和郭嵩燾翻臉，這話傳到郭嵩燾耳中，郭嵩燾曾笑著說：「左季高（宗棠）乃霸才，此話未免危言聳聽。」他又引呂祖謙《東萊博議》中的話說：「王者恐天下之有亂，霸者恐天下之無亂，亂不及則功不大，功不大則名不揚。左季高可惜生不逢辰。」

然而，後來的事實卻為左宗棠所言中，這不久，果然就爆發了轟轟烈烈的太平天國革命，為首者：洪秀全、楊秀清，時人謂之「應紅羊之讖」。

第一章 載譽東歸

遇險

年近七旬的左宗棠，近來心境一直處於一種異常的亢奮狀態中。

當六匹高大健壯的汗血馬拉著寬敞富麗的後檔轎車在官道上狂奔時，他仰坐車中靠椅上，不時撫髯望一望窗外。

車窗外，獵獵西風，莽莽黃沙。兩千里的河西走廊上，正行進著一支雄壯的鐵騎。一桿巨大的紅底藍邊大纛在隊伍前面迎風作響，「恪靖侯左」四個大字隨風上下翻動。旗手是一個黑塔似的莽漢，絡腮短鬚，寬膛大臉，處此隆冬塞外，卻只穿一領藍夾綢戰袍，外罩一件紅緞滾邊湖青色馬褂，袖子捲得老高，紅纓帽背在腦後，那一根又粗又黑的辮子挽在頸上，黑煞神一般。隻手擎一桿大旗開道。他的左右各一名與他裝束差不多的副手緊跟護衛，距他們三騎好幾丈遠才是大部隊。

他們是二等恪靖侯東閣大學士太子太保督辦新疆軍務欽差大臣陝甘總督左宗棠的親軍。左宗棠為大清國西北支柱，光緒二年至四年（西元一八七六—一八七八年），指揮十餘萬西征軍，收復了新疆南北路。正當他厲兵秣馬，準備驅兵收復為俄國佔領的伊犁時，接到詔書，令他回京商討戰守。他遂於光緒六年（西元一八八〇年）十月中旬啟節東行。

在戰雲密布、戰爭一觸即發的此時，他舉手投足皆至關重要，俄國人對他的行蹤特別關注，加之動身前一日，又傳來俄國黑海艦隊中最大的一艘海軍旗艦——排水量為九千六百噸的「大彼得號」啟碇東駛的消息，為樹軍威、壯觀瞻、防突變，他特隨帶精兵五千，由王詩正、王德榜率領，轉赴張家口、山海關一線布防。

這五千精騎，皆百戰之師，熟悉歐羅巴新式戰術，足可與俄羅斯的哥薩克騎兵抗衡。把他們擺在京畿一線，京師可高枕無憂。而他此行有此五千精銳護衛，東歸行色頗是壯觀。

左宗棠一向講究軍容，尤其是自己督率的親軍，是從十萬西征軍中精選出的騎兵尖子。他們雖是清一色的湖南人，一口道地的湖南土話，卻生得南人北相，五大三粗且精於騎術。

左宗棠又講究相術。平日甄別部屬，考核將士，面相是首要的一關。他的左右親兵，尤其要注意精選，先看臉型是否端莊、勻稱，再看眼神是否有凶殺之氣。他相信相書上的話，凡田字、國字臉型者是大福大貴之相，由字、甲字或申字臉型者，為小人福薄之相。眼光神采飛揚前途無量，目澤昏濁精神萎靡者有遭凶死的可能，也就是「妨主」之相。因此，由他親自目測的親兵，無一不是團團大臉、高鼻闊口、虎虎而有生氣的偉丈夫。

督標兵餉俸從優，從不拖欠。加之出關後，捷報頻傳，犒賞接連不斷，這些勇丁們真是個個紅光滿面、服飾光鮮，與西北遭連年兵燹而鳩形鵠面、形銷骨立的百姓比，簡直有天神與鬼卒之別。

他們一色嶄新的藍綢戰袍，袖口捲起，露出「蘿蔔絲」或紫羔皮毛裡，戴紅纓帽，著黑漆快靴，肩上扛一色德國造新式毛瑟槍，槍身烤漆簇新，在陽光照射下藍光熠熠，與槍刺交相輝映。軍官肩上還挎一支使士民驚詫不已的單筒望遠鏡——傳說中的千里眼。而最令人咋舌的是隨軍行進的、由三匹馬牽引的克虜伯大炮。那修長而偉岸的炮身，翹然指向藍天，黑洞洞的、足有碗口大的炮口，像張著大口的巨蟒，一下能吞噬無數人的生命。

四年前，大將劉錦棠指揮所部「老湘營」攻烏魯木齊時，在紅廟子只放了一炮，就使有英、俄裝備的安集延人及回民軍炸了鍋，一潰而不可收拾，從而獲得了「一炮成功」的美譽。至今日，它隨隊伍路過關塞或村鎮時，凡聽過「一炮成功」故事的人們，除了爭著瞻仰這位赫赫有名的爵相大人的豐儀，也爭著把目光投向隨行的隊伍，尋覓那威懾敵膽的「紅衣大將軍」。

左宗棠的目光，此刻緊盯著擁在座車前後的精騎。二十餘年的馬上生涯，他這個書生習慣了徜徉在這壯觀的場面和敬畏、戰慄的目光中，習慣了聽這人喊馬嘶、刀槍碰擊的聲音，習慣了聞這一股股馬尿、馬糞摻和的膻臭味，也習慣了這緊張而富於傳奇色彩的生活。他以此為樂，覺得這也是他的文章，他的傑作。他只有生活在這刀與火的氛圍中，才能時時忽發奇想，寫好這樣博大精深的「傑作」。

多麼壯觀的場面，多麼精銳的隊伍啊！這是自己親手締造、親自指揮，與自己聲譽、地位同休戚而共始終的隊伍。想當年，在長沙金盆嶺奉旨草創楚軍，自江西攻入浙江擊長毛，隨後出閩粵而指關隴，攻擊捻軍與回民軍，又馬不停蹄人不卸甲，出嘉峪關而縱橫沙磧，掃蕩了天山南北，立下了永垂後世之功勳，使中國軍人威名遠播，世界列強刮目相看。他們真不愧是支撐大清帝國的精英，三楚士民的驕傲！

左宗棠感歎，鐵打的營盤流水的兵，當年在長沙應募的老兵，除了為國捐軀者外，餘下的熬到今天，都已是袍褂鮮明、翎頂輝煌的戰將了。楚軍精神長存。二十餘年中，他們追隨他，這個楚軍老帥，從東南到西北，轉戰十數省，行程幾萬里，大小上千戰，戰無不勝，攻無不克，直令長毛元凶馬前授首，回民軍巨逆傳檄受擒；驅馳塞外，又使有英俄做後盾的安集延人望風而逃。而今，拓疆數萬里，聲威震歐亞。中國外患，常在西陲，周逐獫狁，秦禦強胡，漢擊匈奴，唐征突厥，數千年來，能直搗龍庭，犁庭掃穴，誰可與我相匹敵？

「丞相天威，西人不復反矣。」這是河州回民大阿訇馬占鼇於同治十一年（西元一八七二年）春間請降時說的話。此人真不愧為著名「猾賊」，他知左宗棠常以諸葛亮自比，揀了一句現成的話恭維他。

其實，諸葛一生事業，結束在「出師未捷身先死」七個字上，晚年蹉跎祁山，關河阻絕，遙望中原，路漫漫其修遠，後來，就連三分天下也成為泡影。若以功業而論，諸葛亮又何足道哉！而左宗棠的事業，與之簡直不可同日而語——南疆八城光復，縱橫數千里的新疆全部重歸大清皇輿，紅旗傳露布、捷報達京師時，皇帝的諭旨是這麼褒獎的：

……新疆淪陷，十有餘年，朝廷恭行天討，轉命左宗棠以欽差大臣督辦新疆軍務，該大臣剿撫兼籌，議定先規北路，首復烏魯木齊，以扼其總要，旋克瑪納斯，數道並進，規復吐魯番城，力爭南路要隘，然後整旆西行，勢如破竹。現在南八城一律收復，此皆仰賴昊天眷佑，列聖垂休，而兩宮太后，宵旰焦勞，知人善任，用能內外一心，將士同命，成此大功。上慰穆宗毅皇帝在天之靈，下孚薄海臣民之望，實深欣幸。領兵大臣等，櫛風沐雨，艱苦備嘗，允宜特沛恩施，用酬勞績。欽差大臣大學士陝甘總督左宗棠籌兵籌餉，備厲艱辛，卒能謀出萬全，膚功迅奏。著加恩由一等伯晉為二等侯。欽此！

舉人出身的左宗棠，文拜相，武封侯，開國以來，能有幾人可與之相比？

想到這一切，他不由意氣發舒，心潮澎湃，產生出一種目空一切，睥睨萬物，直如騰身霄漢的大鵬但恨天低的激情……

然而，當他突然回眸瞥見几上放著的一份文稿時，目光霎時變得陰鷙而凶狠了——這是從北京用四百里加緊快差送來的抄件，作者不是別人，正是繼曾國藩之後，與他暗暗角力的李鴻章。

楚軍在天山南北摧枯拉朽般的勝利，已為四年前左、李之間那一場辯論做了一個很好的結論。如今，「海防」與「塞防」之爭，已以李鴻章的失敗而寫進了國史。此公到底不甘心，在忍氣吞聲三年之後，竟然又一次搖唇鼓舌了：

……往者，微臣籌及西事，每不免緦緦過慮者，誠恐恢復故疆，則有名而無實；變通商務或受損於無窮也……

隱隱約約，拐著彎子，不仍是為四年前「興海防，廢塞防」做翻案文章嗎？左宗棠想，什麼「有名無實」，分明是當年論爭時，那「徒收數千里之曠地而增千百年之漏卮」的老調重彈，明眼人一看就明白，醉翁之意，並不在酒呢。

接下來，李鴻章認為，既然朝廷已賦予崇厚全權，則崇厚所定條約便合法，斷不能輕率更改，不然，恐失信於列強各國。接下來，他又提出了所謂的「補救」之法，而他的「補救」則是趕快恢復與俄人「通商」——所說各項辦法，無一不與左宗棠唱反調。

從附在李鴻章奏稿後面的上諭口氣上看，兩宮太后及輔國恭親王對他此奏未做明確肯定的批示。左宗棠想，只要李鴻章此議未成定局，事情就有挽回的可能。這些年來，遠離京師，所謂一出都門，便成萬里，紙短筆頹，不能把滿腹衷情上達。他想，難得此番奉召，應盡快趕回去，向兩宮太后及執掌樞輔的恭親王爺一吐胸中積愫。

「袁升，已走了幾個台站啦？」

他用那鷹隼一般犀利的目光掃了一眼窗外，又抬腿踢了踢蜷伏在腳邊氈子上打盹的差官袁升。

袁升，一個手極長而身子較矮的長臂猿一樣的漢子。他因多次往返天山南北路及河西走廊，對這一路的軍台道里記得滾瓜爛熟，此刻，他雖如一隻馴服的小犬依伏於一側，但耳目極警覺，一聽左宗棠發問，不再複述，馬上坐起，屈指數道：「快呢，已過了雙井子，前面是今天的宿站——天下第一雄關嘉峪關。」

「天色不是還挺早嗎？」

「是啊，連日奔波，總算進關了，明日就要進肅州，能不能讓大家整理一下軍容？」

「肅州也不是初次進駐，不必如此張羅。我看，在嘉峪關不要停留，趕到肅州宿營最好。」

「這可要多走七十里。」

「多走七十里無妨，眼前局勢瞬息萬變，可不敢隨便耽擱！」

「您的身子？」

「沒關係。」

左宗棠抖擻精神，在袁升肩上拍了一下，袁升知道主帥犯了倔脾氣，只好掀開車門溜下去傳令。

本來，自劉錦棠從阿克蘇趕到哈密後，前方軍事已做了妥善的交代，十月初完全可以啟節返京的，不料劉錦棠及各路統領一致挽留，因為十月初七日乃是左宗棠的華誕。已是望七之年的左宗棠，頭白臨邊，難有息肩之日，部屬不代為操辦，相與慶賀，又賴何人？

「老師，難得有今日之心境啊。」劉錦棠殷切地挽留。

眼下戡亂的鼙鼓已息，可邊陲烽燧又起。身為國家柱石之臣，正受欽命徵召，所謂「君命不宿於家」，奉旨即須遵行，談不上有清閒之日，善體人意的劉錦棠，說了一句很得體的話。

現在想來，他有些後悔，就為了這個世俗的陋習，耽誤了整整十天時間。在平常人的一生中，十天不過短暫的一瞬，可對運籌帷幄、折衝樽俎的大臣，處此關鍵時刻，十天，或許就是成敗的契機，這時光的價值，實在無法用金錢來估量。

他覺得自己當初似乎有些不能自持，如果堅持原議，十月初二日動了身，眼下已過武威郡，快要望見蘭州城了……

「轟！」

突然，就在近處，似乎就是頭頂上，發出了一聲沉悶的巨響，隨著身子向前一傾，他趕緊扶住了兩邊的扶手，接著，車子停住，人聲、拉槍栓聲、拔刀出鞘聲、吆喝牲口聲立刻響起，鬧成一片，在這一片嘈嘈雜雜的聲音中，似乎有一個粗嗓門喊了一聲「有刺客！」

於是，接下來便是嚷成一片的「抓刺客」聲。

不知幾時又已溜上車的袁升，此刻就像一頭受驚的豹子，「蹭」地一下，操起短槍鑽出了車外……

左宗棠驚魂甫定，也掀簾探出了身子——原來隊伍已進入了一條狹長的、兩邊石壁聳立、形勢極其險峻的峽谷之中。因要在天黑前趕到肅州，隊伍速度加快，不料走至此段，一塊巨石從天而降，正砸在他座車後面的行李車上，一輛四輪大車被砸得粉碎。

這時，眾差官、親信已一齊湧到車前，將左宗棠團團護住，待發現前後左右並無敵蹤而危險來自頭頂後，差官朱信、戴福才分開眾人，將左宗棠攙扶到遠離危險的一處草地上坐好。

左宗棠安下神，順著眾人手勢望去，只見石壁頂上青苔滑脫，這巨石分明是有人從上面推下來的，而不是偶然的坍塌。看來，這是有人趁此機會行刺於他，此人預知他將經過此地，且已偵知他的座車形狀──那華麗的後檔車也是太顯目了，好在車速甚快，石壁又高，終於只誤中副車。

這時，眾人皆紛紛議論，詛咒這刺客用心之惡毒，甚至說若抓住了他，非要予以三萬六千刀的魚鱗剮不可，而袁升已不待吩咐，早率領一小隊親兵，抄小路向壁頂包圍。

只有左宗棠一人置身事外。雖然刺客是向著他來的，可他仍在想李鴻章的事，想他的人及他那一份奏摺……

非常的時代，造就了非常的人物。太平天國的興起，成就了湖南一代非常人物的湧現，曾國藩、左宗棠、胡林翼、彭玉麟……一個個如璀燦的明星，踴躍而出，成為湘人的驕傲。何物李鴻章，竟也想配曾、左而成鼎足之勢？

左宗棠嘴角，漾起一抹輕蔑的冷笑。

酒泉之夜

途中遇險的不快，早被過嘉峪關的興奮沖淡了。左宗棠發現，自己這高亢激昂的情緒，甚至已影響了全體隨行人員——他就親耳聽見車旁有一個老兵在馬上用含混不清的鄉音叨念：「一出嘉峪關，兩眼淚不乾。好啦，總算是直著回來啦！」

是的，總算是直著回來啦！這一句話概括了隨行人員的心境。

想當初，大哥左宗植勸左宗棠功成身退、辭謝陝甘總督之任，謂「二十行役，六十免役」，彼時左宗棠已五十有六了，可大哥不了解弟弟的雄心，沒想到弟弟就在望七之年還荷戈西行，渡流沙而涉戈壁呢！然而，想到四年前出兵新疆時的內外形勢，他還有幾分後怕，這當然是局外人所沒有的。

「狐死首丘，代馬依風，臣不敢望到酒泉郡，但願生入玉門關。」這是班超託妹妹班昭上書漢和帝時的一句名言，也是他齒髮搖落、晚景蒼涼的真實寫照。想當初，班超投筆從戎，入虎穴而獲虎子，立下那永垂後世的功勳，那是何等的英雄！不料竟在暮年，上疏求還時，會發出如許令人心寒齒冷的哀語！人們只知有揚名西域的「定遠侯」，豈知有垂垂老矣而欲歸不得的「班都護」？無邊的戈壁，寂寞的荒漠吞噬了多少英雄豪傑，仁人志士！昔日，他們叱吒風雲，揚威邊塞，而今皆化作了道邊壘壘白骨。「祁連山下草，寂寞少人煙，魂魄千年後，猶思渡酒泉。」人生哀樂，思鄉懷舊之情，舉世一轍。仁人志士，亦在所不免。

左宗棠詫異自己在過嘉峪關時，興奮的情緒中，竟會摻和著這種不協調的思想感情。而這種淡淡哀思和莫名惆悵，又與時下全軍振奮的氣氛多麼地不相稱啊！

望見了，終於望見了，馬兒慢慢地行，車兒慢慢地隨，他，終於望見了夕照下的嘉峪關城樓，望見了自己親筆書寫的「天下第一雄關」六個金光閃閃的大字。

這時，三軍肅穆，一齊向匾額注目，連空氣也似乎凝固了……

他想，此番入京，必然主戰，東北為防俄之前沿，自己當然會義不容辭，那麼，幾個月後，自己可能又要出現在長城的另一端，出現在另一「天下雄關」的城樓上，這巧合，這壯舉，將是後世文人墨客多好的題材啊！

嘉峪關至肅州七十里，道路平坦，兩旁遍栽楊柳。黃昏落日，柳絲悠悠，似乎也會盡人意……

他一直保持著這高亢激昂的情緒，七十里驛道十分輕鬆，倏忽便過。

肅州，又名酒泉。為安西、肅州道駐地，相傳漢代霍去病出擊匈奴，欽使帶來了十瓶御酒，賜賞去病，一向與士卒同艱苦的霍去病以十瓶御酒不夠數萬將士共飲，乃傾酒於泉中，分飲眾將士，「酒泉」因此而得名。

左宗棠當年率軍入隴，先駐節隴東的平涼，次移安定，再小住甘州，然後，督大軍進圍肅州。所謂「平、定、甘、肅」，肅州為最後一站，也是他待得時間最長的地方——後來進軍新疆，為節制前線各路大軍，督促糧餉的轉運，左宗棠又選定肅州為大本營，自光緒二年四月至今年四月，在肅州鳳凰台道署住了整整四年。

今天，肅州城因左宗棠的過境而披上了盛裝——行程改變，一行人提前到達雖使人有些手忙腳亂，但城門口那座特大的牌樓是先一天紮好的，在官府的催督下，從牌樓下起沿街擺起了層層香案，老幼婦孺漢回民眾黑鴉鴉的一片，在留守的肅州同知王仲甫暨道署僚屬率領下頂香恭迎。

待走在隊伍前頭開道的頂馬一過，眾人一齊圍上來，口中不約而同地喊起了「左爵相」、「左宮保」。

因有關外遇險的那一幕，眾人皆有些忐忑。安肅道福裕及道標都司宋玉寬是從安西州一路護送、陪同左宗棠入關的，此時更是惴惴不安，見眾人圍上來，他們又不便吆喝、驅散眾人，於是，他二人只好相約下馬，扶著車輪，緊緊護衛在左宗棠座車左右，雙眼注視兩邊，一刻也不敢懈怠。

左宗棠微笑著，向左右點頭。

進城後，他仍駐節於鳳凰台的安肅道衙門，此地房屋較為寬敞，環境也很幽靜。為了他的安全，安肅道福裕調了兩百名道標兵，由都司宋玉寬率領在圍牆外巡邏。內衙則由左宗棠隨行的親兵警戒。

肅州為東歸途中第一大站，又是左宗棠駐節四年的行轅，很多事須做交代，左宗棠要在此停留兩天，距此不遠的南關，有一座由清真寺改建的定湘王神廟，他要在離開前去廟裡最後一次燒香，這些事雖未寫在注明欽差行止的排單上，但袁升早已知會過福裕了。欽差大臣關防極其縝密，加之旅途勞頓，所以，他一入內衙，即下令放炮下柵，來請安的道、府官員屬吏，一律被擋駕。

刺客

袁升是在起更後才進城的。左宗棠正在房中等他的消息。

「可恥的傢伙，真自不量力！」

據他說，他們在壁頂除發現有人住宿的痕跡外，在撬石頭的地方，有人用刀刻下一句話：為阿拉之道而戰！這是回民起義軍與官軍作戰時常用的一句口號，「阿拉」即真主。

袁升帶人四下追蹤，終於在東北方向發現一匹快馬在飛奔。袁升居高臨下觀察，斷定此人是奔阿拉善額魯特方向。

「我從後面用望遠鏡瞄了他很久。」袁升說，「這是一個好騎手，那馬也絕不是一匹普通的馬，我們徒步根本無法追上他。」

袁升有些後悔，當時沒返回騎馬，他請示左宗棠，是否諮請阿拉善蒙古親王，請他們協助搜捕這個凶狠而狡猾的刺客。

左宗棠未置可否，只揮手讓袁升去用晚餐。

袁升退出後，左宗棠翦著雙手在房中徘徊，晚餐時，他就著火鍋喝了兩小杯酒，這更激發了他的豪情，他只想尋找發洩激情的途徑。

刺客的出現，於他並無大影響，他已料定，此人必來自漏網的回民軍，但單身匹馬又有何作為呢？成千上萬的回民武裝尚可屠戮殆盡，像白彥虎那樣的渠魁巨匪也只能亡命國外，余小虎那樣的凶狠之徒也已喋血轅門，區區一漏網小丑，跳樑於山谷荒漠之中，能興多大的風，起多大的浪呢？我命繫於天，又豈是這等蕞爾小丑所能算計的？

安肅道衙門是一所多院落的府第，內衙分東西跨院，南北廂房，後面還有大小花園及戲臺，布局很講究，而陌生人進來卻有如進了迷魂陣，分不出南北東西。

袁升侍候左宗棠在這座府第住了四年，對府中門徑非常熟悉。因白天出現意外，左宗棠雖是那麼淡然，作為他的貼身親隨，袁升卻不敢稍有鬆懈，他不敢飲一口酒，匆匆吃過飯，燙過腳，已是深夜了，他來在左宗棠房中，見主人正在燈下看一份《申報》。

左宗棠見袁升進來，忙放下報紙，從老花鏡架上望著袁升，沉吟半晌才問：「都睡了嗎？」

「都睡了。」

「去喚那個人來吧。」左宗棠說。

袁升低頭答了一聲是，便轉身退了出來。

這一問一答，只有他們二人明白。約過了兩袋煙工夫，一個嫋嫋婷婷、仍打著呵欠的女子被袁升帶了進來。

待這女子走進左宗棠的屋子，袁升便從外面把房門帶關，他明白，自己連這下半晚也無論如何不能睡了，因為事後這女子還要送回她的住處。自左宗棠今年四月出關，已半年多未見她面了，他知道，他們這一聚，有很多話要說，很多事要做。

袁升伸了一個懶腰，想在門外尋一個避風的地方坐一會兒，打一個盹。安肅道辦差雖格外小心巴結，連欽差一些生活細節也照顧到了，但卻不曾為下人多想一想。此時門外的袁升，連避風的地方也沒有。

袁升蜷伏在門檻上，抄著雙手埋頭打盹，就在這朦朦朧朧中，他似乎聽到一種異樣的聲音。不像失群的孤雁，也不似草間的蟲鳴，它，極其細微而又極其清晰。這是只有像袁升這樣久負警衛重任的人才能在茫茫夜空、萬籟俱寂的情況下捕捉住的。

一下，又是一下……

像夜貓子在沙地上走，像蝮蛇在草地上爬。

袁升昂頭，在心中默數。

猛地，他一下躍起，閃身往前面廊柱後一縱，與此同時，只聽「忽」地一聲，一道白光往他剛才的位置飛來，「錚」地一聲，像有一利刃牢牢地釘到了身後的門框上。

「砰，砰！」袁升以極快的動作，拔出腰間的手槍，對準前面花廳那一道突出的山牆連放兩槍。隨著槍聲，只見山牆後一陣瓦響，突然躍出一個人影，「騰」地一下，落到了西花廳的天井裡。

「抓刺客！」

袁升一面喊，一面跟著追了出去。

這時，已入睡的親兵們一齊驚醒。睡在右廂房的親兵朱信動作極快，他只穿一條褲衩，光著上身，操一把短刀一個縱步衝出了房門，只見庭院裡寂無人影，除了遠去的奔跑聲，就像沒發生任何事一樣。

此時此刻，朱信最關心的當然是主帥的安全。他三步併作兩步跑到正廳，只見左宗棠寢室房門緊閉。他一時忘了自己竟光著上身，只對著房門喊道：「爵相，爵相大人！」

左宗棠早已拜東閣大學士。官場習俗，照例應稱其為「中堂大人」，唯「中堂」與「宗棠」諧音，恭敬的稱呼反易被誤為「稱名道姓大不敬」，下人為避忌這點，一律改稱「爵相」。

「先點燈吧。」房子裡傳出左宗棠極安詳、平穩的聲音。

朱信頓覺懸著的心放了下來，這才發現自己竟光著膀子，冷浸浸的。這時，戴福等親信差官及外院巡邏的兵丁一齊擁了過來，一時燈火通明，人聲鼎沸，朱信乃返回屋去穿衣。

見到主帥無恙，大家寬心，正要詢問槍聲的由來，只見房門「咿呀」一聲，左宗棠已出現在臺階上。

「待著幹什麼？快幫助袁升去。」左宗棠沉著地下令。

一言未了，只聽袁升在外高聲應道：「不必了。」

紅頂差官

袁升在十萬西征軍中，人緣最好。幾乎人人都認識他，知他是左相心腹，是令人羨慕不已的「紅頂子二爺」。

他今年三十六歲，從軍已有二十一年，想當初，他長到十五歲，還沒有名字，「袁升」是他的「三爹」給取的——咸豐十年，左宗棠奉旨在長沙金盆嶺募軍。湘陰柳莊左家的佃戶袁四聽說了，忙帶了幾塊燻狗肉，一罈子泡酸菜，牽了他的二兒子「狗伢子」來看望老東家。

「三爹，」老佃戶不知官場路數，仍用家裡的稱呼，按排行稱已是四品京堂的東家，「我家狗伢子腰上有顆痣，俗話說：一痣痣於腰，騎馬又挎刀，看來是一個吃糧的料子。可他平日沒出過門，嘴笨手笨，不會見風使法。投別棚別哨我不放心，讓他跟您提個夜壺何如？」

左宗棠望一眼面前這個瘦猴一樣的小子，不但面目瘦得像猴，且手長腳短，高顴骨尖下顎——全是猴兒的特徵，尤其是那一雙圓而小、咕嘟嘟四處亂轉的眼睛，活脫脫是猴兒無異——照相書上說，凡人生異相，必獲大貴。

只瞟了一眼，左宗棠心中已喜歡上這個佃戶的兒子了，不等袁四再嘮叨下去，馬上笑著答應留下「狗伢子」。

待老長工一走，左宗棠便使他去營務處上個名字，直到此時，他才突然記起，這些天來此投軍的窮漢多沒名字，是營務處的師爺們隨口取的，為討吉利，一般都叫「連升」「連捷」或「得功」「得勝」之類。幾天下來，已滿營盡是這類名字了，終不成自己面前又冒出個「袁連升」來。

「你就叫袁升吧。」左宗棠口中說著，想到的是「猿臂猱升」的典故。

「是，謝三爹，這名字有什麼來歷沒有呀？」狗伢子窮根究底。

左宗棠很喜歡這副憨大相，乃逗他道：「猿升猱捷，會往上爬啊，我為你取這個名字，將來升官快。」

袁升當時高興極了，忙趴下給左宗棠磕了個響頭，又伶牙俐齒地說：「三爹是『夏尚書做官——一下遮蓋了湖南江西兩個省』，我沾這點光，將來還怕少了官做？只怕做不像呢。」

夏尚書是指明朝名臣夏元吉，他祖籍江西德興，父親做湘陰教諭，後來便落籍湘陰。夏元吉以拔貢出身，歷官洪武、建文、永樂、洪熙四朝，官至戶部尚書，死後謚忠靖，相傳他在京做官時，多照顧江西、湖南同鄉，故湘陰有那麼一句俗話。佃戶的兒子是個粗人，也只會說這種俗話，碰到當時左宗棠正遺憾自己起家乙榜，與曾國藩帳下李鴻章、郭嵩燾等翰林比，有時難免自慚形穢。一聽今日袁升拿由拔貢出身而官至尚書的夏元吉比他，倒也歪打正著。當下笑顏逐開，把他留在身邊，當一名貼身親隨。

「三爹」也真肯照顧他。每次奏捷、敘軍功請獎時，總囑咐師爺，給袁升上一個名字。只幾年工夫，他的「三爹」做到了正一品封疆大吏，他也水漲船高，以軍功保至紅頂花翎的記名總兵。

「袁升」這名字是左宗棠給取的，也只有左宗棠叫得最多。以前，他是個軍漢，是個「糧子」，同鄉故舊見了他，仍沿習舊稱「狗伢子」或「袁猴子」，出外時，他是左相親隨，別人要叫一聲「總爺」或「二爺」，到現在，堂堂總鎮，武職正二品大員，別人不但不能直呼渾名，且有些不敢貿然犯諱了。

不過，袁升不拿架子，人極隨和。故此，楚軍各營各哨的人，上至統領、營官，下至伍長、護勇無人不喜歡他。他品級雖高，卻從未署過一任實缺，這不是因為軍功保舉太濫，有官銜而無法補上實缺——他若能夠做官又想做官，「三爹」一定設法給他補上了。無奈他一來大字不識，學不好官場應酬，二來也不願離開服侍已久的「三爹」，所以，仍一直在左宗棠身邊當親兵，夜壺當然不讓他提了，可做的事卻也實在比提夜壺高雅不了多少。

為此，別人有時稱他為「紅頂子二爺」。

小虎

「紅頂子二爺」的功名一點也不僥倖，二十多年來，他追隨左相，南征北伐，練就了一身武藝和膽識，作為一名貼身親隨，一身繫主子安危，半點懈怠不得。他摸透了主子的脾氣，人像猴兒一樣機靈，手腳也像猴兒一樣殷勤，無論在何時何地，他都像影子似的、沒沒無聲地跟著他的「三爹」轉，「三爹」也一刻也離不開他。

剛才，他躲過刺客朝他擲來的暗器後，朝山牆連發兩槍，心知未擊中目標，待他衝出院門，來至西花廳臺階上時，只見一個高大的黑影已跳到天井裡，正預備逃往外衙，袁升與他僅五步之遙，於是，他對準此人後胸猛扣扳機，不料就在這節骨眼上，槍子兒卡了殼，袁升好惱火，他用力把槍往刺客頭上擲去，沒想到刺客正好於此時轉彎，拐入通後花園的迴廊，自然沒砸著。

袁升心想，道署內外有巡更護院的兵丁，剛才響槍，料想都已聽到，此人是插翅也逃不出去的了，於是，他拔出腰刀，緊緊跟上去。

刺客是尾隨袁升那一小隊人在起更時混進道署的，目標自然是衙內住著的、一身牽動著西北大局的人物左宗棠。不過，他還從未進過這衙門，只見院落重重，究竟不知他的目標宿於何處，待伏在暗處，認準了目標，卻不料袁升如此竭忠盡職，竟守護在房門口寸步不離，他明白，不收拾門口蜷伏的這名警衛，就根本無法達到目的，只可惜才出手便被察覺。

他見袁升窮追，個頭雖不高大可動作極其敏捷，情知對手身手不凡，這時，四面燈火驟亮，喊叫聲一片響，他不敢怠慢，好在這府院極其寬敞，房間、過道極多，拐彎抹角，縱橫交錯。他利用這複雜地形，七彎八拐地放步猛跑……

跑過幾個院子，又到了內衙東邊的後花園，這安肅道衙門的緊鄰，就是安置土、客回民的屯墾衙門，兩邊花園緊挨，樹木相接，只在中間砌了一道土牆，負責外面警戒的道標兵因思量屯墾局亦駐了衛兵及欽差隨員，所以他們放鬆了這一面的警戒，刺客恰好是朝屯墾局跑的，他躍上土牆，回頭一看，袁升已緊緊追來，此時，已是空蕩、寬敞的大院，無任何遮攔，藉助微弱的月光，雙方把對手看得清清楚楚。刺客見袁升仍緊追不捨，猛地又從腰邊取出一把小刀，手一揚，朝袁升擲來……

袁升看得明白，忙就地一滾，躲過了暗器，待他再翻身撲過來時，對手已不知去向……

在如此戒備森嚴的總督行轅，竟然混入了刺客，且在自己的眼前突然消失，袁升非常惱火。

這時，道標都司宋玉寬已帶領十幾名兵丁執刀槍及燈籠火把從另一個方向跑來了，袁升告訴了他關於刺客的去向，並令他仔細搜索道署及屯墾衙門後便折了回來。

他來至左宗棠身邊，把情況稟報了一遍，眾人聽了，皆有些駭然，袁升分開眾人，在左宗棠住房門前的門框邊上拔下一把鋒利無比的小刀，在手中掂了掂，又於燈下細心察看刀柄，馬上認出了這刀的來歷。

「沒錯，這刀一般打十把，合稱『十錦小飛刀』，由河州的番回打造的！」袁升說。

「哦。」左宗棠瞅了一眼，略顯驚訝地說，「河州番回？這麼說，是馬占鼇的人？」

「不，河州大河家製刀技藝聞名陝甘，這種刀一般逆回都佩有它。」袁升若有所思地說。

眾人紛紛傳觀這把小飛刀。這時，二門外的戈什哈進來稟報，原來內衙的騷動已驚動了安肅道福裕及下屬文武，他們一齊來行轅請安。

左宗棠實在不想就此事張揚，於是吩咐下去，只說欽差無恙，有事等明日衙參時再說。

幾乎折騰了大半晚，直至拂曉時，袁升才回房休息。他躺在炕上，擺弄著這把小飛刀，卻一時無法安眠……

記得在追趕刺客時，他與這亡命之徒相距不足五步，後來，刺客立於土牆之上，二人又對視了一眼，他從此人身材、舉止及面部輪廓上發現有些眼熟，只可惜在對視的那一瞬間，藉助微弱的月光，他只看到這人半邊臉龐，這半邊臉上，傷疤縱橫，肌肉扭曲，非常醜陋，與袁升記憶中那一張熟悉的面孔有些差別。

這人是誰？

據他所知，逃竄新疆的陝西回民起義軍頭目白彥虎及手下幾個頭目，在南疆喀什噶爾城被攻陷前即已逃到了俄國，俄國人把這些人安置在吉爾吉斯，白彥虎不服水土，常思故鄉，不久即患病死了。

據說，白彥虎臨死之際，留下一條遺言：誰能帶大夥打回關中，叩響西安府的城門，誰就為眾回民之主。隨他逃到俄國的有近萬名陝甘穆斯林，被當地人稱為「東干人」，這些人中不乏亡命死士，且與官府有刻骨的仇恨，天知道這刺客不出於其中呢？

想到在關外峽谷中，此人撬石頭以求一逞的狠勁，可見他信息靈通，胸有成算；而且，他在未得手後，又緊躡官軍身後，甘冒危險而深入內衙行刺，這是何等的頑強與執著啊！

白彥虎帳下，還有誰夠得上聶政、荊軻一流人物呢？袁升推斷來，推斷去，最後仍只能歸結到那一個人身上。

誰？余小虎。只有他才有如此狠毒，也只有他才有如此頑強與執著，能在大軍已陷滅頂之災、敗局再也無法挽回的情況下，敢一人而作此孤注。

可是，余小虎不是已俯首就擒，並懸首國門了嗎？

——袁升的思緒，一下回到了三年前。

三年前的冬天，南疆喀什噶爾上空的硝煙已開始飄散，這是收復南疆的最後一戰，是役結束，回民軍已在新疆無容身之地，元凶白彥虎、伯克胡里渡納林河逃往俄國。他們雖逃脫了生擒活捉之厄，可白彥虎的副手、義子余小虎卻落入了法網，這於劉錦棠面上真是增光不少。

余小虎本為「渭南四彥」之一余彥祿之子，「四彥」之首白彥虎之義子。所謂「渭南四彥」是指首先在陝西渭南造反的四個回民首領，即馬生彥、禹得彥、白彥虎、余彥祿。他們後來戰死的戰死，受撫的受撫，唯有白彥虎冥頑不化，拒不投降；余小虎追隨白彥虎，以他那年輕氣盛、血氣方剛的闖勁，與白彥虎並稱「大、小虎」，與官軍作對，屠戮官軍、團練及漢民無數，是一個十惡不赦的「渠匪」。

當聽到余小虎終於落入法網並被劉錦棠押赴喀什噶爾市曹處以極刑時，袁升當時不由在心中默誦了一句：菩薩保佑，此番總算去掉了一塊心病，了卻了一大心願。

現在想來，當初未免過於輕信。余小虎跟白彥虎一樣，是個出了名的「猾賊」，更何況他又年輕力壯，手段了得，與官軍糾纏十有餘年，好幾次都是在四面圍殲的天羅地網下逃脫了，這一回圍城之役，漏網而逃往俄國者頗多，他未必就「天數已滿」。

想到這裡，袁升不由疑竇大開，浮想聯翩……

刀下留人

同治七年冬，袁升奉令從山西渡黃河，護送營務處師爺何紹南去陝西綏德。

這年冬十一月，湘軍大將劉松山率老湘營全軍於古渡茅津過黃河，十二月軍次綏德，旋即指揮各軍攻擊活動於大、小理川的陝西回民軍，佔領堡寨百餘處，俘獲回民軍丁壯及家屬八千餘人。

此為左宗棠西征第一仗。

回民軍受此重創，主力漸向陝北及隴東轉移，劉松山也抓住戰機，緊追不捨，僅留侄子劉錦棠率後營在綏德善後，為此，左宗棠特委何紹南為辦案委員，前來協助劉錦棠辦理善後——無非是對被俘人員稍作甄別，即處決了事，只要求不留後患。

那一次殺人場面，其規模之大，連從軍多年的袁升也深感震駭。

在小理川的河灘上，河水早已凍結，大雪漫天，遍地皆白，河川雪地上，簇立著黑鴉鴉的一群蓬頭垢面的俘虜，他們一個個手腳被繩子捆著，像一串串玉米棒子，男女老少都有，但沒有一個求饒、叫屈，只瞪著一雙雙充滿仇恨的眼睛，注視著官軍。

官軍當眾活剮了十餘名頭目，霎時鮮血如菰漿茜汁，流滿了溝渠……

袁升一旁肅立，靜靜地注視著。

被俘的回民軍面對同類被戕，竟像是著了魔似的，巋然屹立，毫無戰慄、恐怖之態。有些大約是阿訇，他們念念有詞，在為死者祈誦。

這以前，袁升在他三爹身邊，常聽他叨念「治回」之艱難。三爹認為，「回逆」不比「髮逆」，「髮逆」受人鼓弄，輕信從「賊」，只要官長曉以大義，使之改惡從善，蓄髮後仍為朝廷子民；「回逆」則不然，他心裡只有真主，沒有皇上，縱使一時放下屠刀，日久仍不免反目，唯一之法，只是痛加懲創，毋令死灰復燃。

今天，面對這生死場上，眾回民那一雙雙噴出怒火的眼睛，袁升不得不承認「三爹」有先見之明。

殺完了頭目，凶狠的劊子手開始揮刀殺向密匝匝的群眾，這可沒什麼講究的，只一個勁亂砍，霎時之間，只見人頭滾滾，熱血橫流，眼前漸漸只剩下了兩種顏色——紅的血和白的雪，其餘雜色皆湮沒了。

突然，像有鬼似的，袁升的視線內出現了一個活的女人和一個十六七歲的青年。女人個頭很高大，樣子亦很強悍，袁升估計她大概是哪一個首犯的妻子——這一批死囚中，受株連的親屬不少。他們既已陷於漢回的仇殺中，平日結怨不少，對頭很多，一旦被俘，便有所謂「苦主」前來指認，所以，對他們一樣寬仁不得，袁升明白這一層，也絲毫不想憐憫這女人，可他卻對女人身邊的青年人發生了興趣，這娃娃又黑又瘦，顯然還未成人，一身衣褲也很破爛，在這大雪天，已有幾處露出了肉身，脖子上圍一條破圍巾，凍得直發抖……

袁升注視這青年，這青年也注視到了他。忽然，袁升發現他的臉龐和自己家中三弟很相像，特別是那雙眼睛，圓鼓鼓的，瞪著人時露出一種蔑視一切的神色，根本不在乎眼下的危險。

袁升想，他小小年紀，便如此癡迷，這態度，只能激起別人更大的瘋狂與殘忍。要不是自己想起了死去的親弟弟，他也根本不會從這樣的眼光中激發出憐憫心。

原來他三弟死時也是這麼狠狠地瞪著他的。

那時，袁升也才十三四歲，一天，他帶比自己小兩歲的三弟去後山栽竹子。三弟年紀小脾氣強，有些瞧不起比自己個頭大不了多少卻醜得多的哥哥，而袁升平日卻很寬容這個弟弟，當袁升把土坑挖好，準備把母竹放入坑中時，他把三弟招呼到面前，突然一反常態，虎下臉，「啪」地在三弟頭上狠狠敲了一記——這其實是根據一個古老的傳說行事，原來在流傳的《二十四孝》故事中，有「孟宗哭竹」一說，講古時孟宗母親患病，想吃鮮筍，時值隆冬無筍，孟宗撫竹根痛哭，孝心感動天地，致令冬竹也發嫩筍。沿襲下來，就成為定例，凡栽竹之際，身邊最好也有人痛哭，如此則竹子長勢必好。

兒時的袁升很迷信這一說法，這一回特地帶了弟弟來，且怕他不哭下手很重，不料三弟不但沒哭，反抱著頭，狠狠地瞪他一眼就衝下了山。這一跑終於造成了袁升的終身遺憾——他一人在塘邊洗腳，其時水滿池塘，腳下一石塊鬆動，不慎失足落水而死。

袁升記得很清楚，死後的小弟弟仍向他狠狠地瞪著眼，流露出一副桀驁不馴的神情。

後來，他從軍了，雖時隔多年，人世滄桑，可心中對小弟那一份自責自慚的心情從未淡化，他永遠記住了弟弟那滿是輕蔑的眼神。

今天，不知怎的，他一碰上這青年的眼光，馬上穿山渡水，引起聯想，心中那一份憐憫之情油然而生。

他終於猶豫著起身了。稍一打聽，立刻有參與定讞的幕僚告訴他，這個未長成的娃兒乃是聞名遐邇的余彥祿的兒子余小虎。據這幕僚講，余小虎這以前只是跟著流竄，並無罪孽，只是其父為罪大惡極的「四彥」之一，他受到株連。十六七歲的年紀，本在坎兒上，可輕也可重的，為斬草除根，故一併殺了算了。

袁升一聽，立即打定了主意。這時，劉錦棠指派的五百刀斧手已麻利地砍翻了東南角上一大片人犯，十幾名劊子手已連袂殺到了這一邊，眼看就要砍向這青年。袁升心一橫，上前揮手道：「慢來，此人留與老子試刀！」

以袁升的地位，劊子手趕緊收刀佇立，讓袁升把余小虎拉至一邊，袁升只用刀頭在他纏著厚圍巾的脖子上輕輕一抹，隨即一腳將他踢倒在死屍堆裡……

不久，袁升就把此事給忘了。不料一年之後，官軍在對流竄寧靈、金積堡一帶的白彥虎部清剿中，新發現一個厲害的對手，此人年輕力壯，與官軍作戰時勇猛異常；屠戮戰俘時，手段也非常殘忍。

左宗棠根據諜報核查，證實此人名余小虎，但是，案卷上注明，此人應當是早已被正法了的。

余小虎死而復活，成為官軍中一個謎，這個謎只有袁升心中明白，自己一時的惻隱，留下了一個心腹大患，他由此而想起了余小虎在刑場時那一副因仇恨而扭曲了的面孔及那一雙蔑視一切的眼睛。

他從此便一直記住了余小虎。

想起了這些前因後果，他對余小虎已伏法之說愈來愈懷疑，儘管他內心一百個願意，願意劉錦棠的報告是事實。

這些天，他隨左相東歸，途中聽到一個傳說，說流竄在俄國的陝西回民紛紛潛入了內地，他們欲趁中俄戰雲密布、官軍主力集中新疆邊界之際，聯絡內地已就撫的穆斯林，重扯綠旗又造反。余小虎的出現，難道是一個信號？

饑鷹餓虎，獵人難制。

袁升真有幾分擔心，幾分後怕。然而，當他來到左相房中，想將自己的擔憂稟告左相，以期引起他的警惕時，卻瞥見左相仍精神激昂，刺客的第二次出現所帶來的惱怒早又淡化了，載譽東歸，一路觸景生情，他完全陶醉在叱吒風雲的往事中……

第二章 心繫天山

拜相

同治十三年七月的一天，蘭州陝甘總督衙門的所在地節園突然冠蓋雲集，喜氣盈庭，車水馬龍，樂音嘹亮。中午，大廳之上，文武齊聚，雁陣兩行，一齊排班向總督左宗棠道賀，恭賀他此番榮升東閣大學士，一時官廳、兩廊乃至東西花廳，皆是嘖嘖連聲的讚歎聲……

清沿明制，無宰相之設。所謂「大學士」只是虛銜，有名無實，權力在軍機處。但是，論品級，已達極限，故入閣稱「大拜」，一般只有進士、翰林才有此殊榮。這是讀書人三更燈火五更雞一輩子苦讀追求的最高地位，左宗棠以舉人出身而獲此殊榮，算是「天恩超授」，開國以來，僅數人逢此「異數」，因此，能不歡欣鼓舞，恭之賀之？

當這一道明發上諭遞到蘭州時，所屬文武一齊趕到節園道賀，於是，節園張燈結綵，大排筵席，園中那戲臺也召了一台秦腔班來，跳加官，演大戲，酬賞賀客，如此熱熱鬧鬧，慶賀了三天三晚才收場，連蘭州的居民也跟著看了熱鬧。

眾人歡喜、羨慕之餘，也有細心人發現了一些異常情況——左相以出身乙榜而獲大拜，按他平日的性情，該是躊躇滿志，手之舞之，滔滔不絕地擺談自己的志向、經歷、戰功，但實在情形卻不然。在酬賞賓客時，情緒似乎並不十分高昂。除第一天在大廳接受眾文武僚屬的慶賀、陪眾人吃了酒聽了戲外，與往常比，話並不多，氣色也並不十分好，其餘兩天便不再露面，晚到的賓客只好由幕友接待了。

對此情形，於是有人猜測，可能是因「喪明」之痛——他的長子孝威，英年早逝，今年今月，恰是他的周年。

劉錦棠也屬於驚詫莫名中的一個，不過，他不同意這個看法，但他也沒有加入這一班人的議論，只在第三天夜晚，一個人悄悄地走進了節園。

「老師，學生特來向您辭行啦！」

劉錦棠不用通報，放輕腳步，走進左宗棠的書房，向正在燈下徘徊的左宗棠低聲說，「西寧那邊，還有待布置呢。」

劉錦棠字毅齋，湘鄉人，早年隨叔父劉松山統率老湘營，從曾國藩討長毛，屬道道地地的曾軍系統，但他自從入陝甘剿捻、回，撥歸左宗棠節制後，便隱約有些改換門庭的意味。特別是松山戰死，他代領老湘營後，雖然該軍的糧餉仍歸兩江總督衙門直接劃撥，但他卻於私下及往還函牘中，稱左相為「老師」，自稱「鄉弟子」，平日言行，也以左相為圭臬，亦步亦趨，恭順備至，故此，深為左宗棠所器重。

他現在掛西寧道銜，實際上並未到職，一直統率老湘營一軍，從左宗棠轉戰寧靈、河西一線，在摧毀金積堡、西寧、肅州各路回民軍的據點後，正待命軍中。他年輕氣壯，雄心勃勃。這幾年在對陝甘各地回民起義軍的鎮壓中，老湘營戰功特別突出，幾乎是無役不在，且攻無不克，戰無不勝，特別是在進入甘肅後，對盤據在金積堡的馬化龍部的圍殲中，劉松山戰死，劉錦棠接替叔父，很快站穩陣腳，繼續困圍，後來又決秦渠，灌金積，長壕高壘，滴水不漏，迫使馬化龍走投無路，肉袒請降，終於克服了甘肅回民軍一個最堅強的堡壘。前年，他扶松山靈柩返湘，又於湖南招募了一支新軍，配備了嶄新的德國造新式槍炮，預備在西征時大顯身手。

幾個月前，左宗棠得到河州降回頭目馬占鼇的密報，說河州南鄉已受撫的閔殿臣有復叛的嫌疑。他除了暗中招降接納四處流竄來的殘餘叛逆外，還在暗中打造兵器、製造旗幟，且四處遊說、煽動，很可能想趁官軍大部隊西調時，率眾重新反叛。

左宗棠得此情報，認為河州距西寧不遠，且劉錦棠正掛著西寧道的銜，乃令他回任西寧，暗中留意閔殿臣的動作，只要他扯出反旗，馬上從西寧出擊，抄他的後路。劉錦棠在西寧稍事布置後，仍不見閔殿臣的動靜，這時，聞知左宗棠入閣大拜的消息，便匆匆趕來。

按左宗棠以前的規劃，關隴平定之後，只要河西一線無窒礙，糧道暢通，楚軍便要陸續出關。比較各部隊長官優劣，劉錦棠年紀最輕、資歷也最淺，但唯他最知兵善戰，處事穩重，是前線統帥的最佳人選，為此，左宗棠曾屢次向他暗示，後來甚至向他明說，一旦朝廷明令大舉西征，總統營務處一職非他莫屬，但後來形勢的發展變化，出人意料——今年五月，就在嵩武軍統領張曜率部到達哈密後，朝廷突然降旨，任命原烏魯木齊都統景廉為督辦新疆軍務欽差大臣，另一個八旗親貴金順為幫辦大臣，左宗棠只是以陝甘總督的身分，籌辦糧餉轉運事宜，這職責等於是後路糧台的角色。

這道詔命一下，有如一道晴天霹靂，令劉錦棠愕然失色。

這以前，劉錦棠有一個宏偉的計畫，目前，他僅掛西寧道，關內戰事漸已告竣，當文官循序漸進，何年何月才巴望到督撫？況西北地瘠民貧，要錢無錢，要物沒物，幾時才能跳出這風塵俗吏的階基？左相有一句名言：唯戰爭之世，人才始出。

所以，他寄希望於戰場、於西征，眼下，大展宏圖的地方在新疆，自開國以來，立功西域者，無一不建牙開府，爵至列侯，岳鍾琪於世宗時還封了個一等公爵，然而，槍林彈雨、血肉橫飛的戰場，多少英雄豪傑，壯志滿懷，到頭來僅落得馬革裹屍，劉錦棠卻堅信，造物於他獨具青眼，征戰已十餘年，他身上皮也不曾擦破一塊，而且，他一旦跨上戰馬，抽出軍刀，便似有神助，渾身是勁；反之，倒覺得「髀肉復生」，悵然若失。

眼下，新疆淪陷，各軍厲兵秣馬，無不希望趁此機會，建功立業，左宗棠許他總統營務，這等於掛前軍主帥之印，這於他，真不啻置身天空海闊之間，可任意展翅遨遊，萬不料這一道朝旨，使一切成為一場春夢。

他不嫉妒景廉，卻嫉妒金順。這個庸人，成事不足，敗事有餘，憑什麼派他幫辦軍務，充先鋒出關。有景廉、金順兩個八旗親貴主事，自己處他們之下，能有什麼作為？「死是征人死，功是將軍功。」他的心，一下涼透了。

今天，劉錦棠來辭行，何所謂辭行呢？左宗棠心中明白，他其實是來請示自己的行止的，問老師何以踐前約的。

劉錦棠

「毅齋，真是廟謨高深，威不可測啊！做臣子的簡直連風也摸不著呢！」師生私室相見，左宗棠操一口純正的鄉音，毫無顧忌地說心裡話，「我想的他不許，他給的又太晚了，我已想過了，如今早不想了。」

這話好籠統，好含糊。但劉錦棠一聽就懂。上年九月，即肅州克復後，朝廷明發上諭，拜左宗棠為協辦大學士——這是為他正式入閣大拜做準備。今年五月，文華殿大學士瑞麟去世，位置空出，李鴻章以武英殿大學士轉文華殿大學士，於是，順理成章，文祥由東閣大學士改體仁閣大學士，空下東閣酬庸左宗棠。

朝旨未發，已熟諳官場路數及朝中體制的劉錦棠便已估計到了，只是他老師這話前半截有些言不由衷——拜相是文人一生夢寐以求的榮耀，他怎麼會不想呢？只是怨這道朝命來得太遲，遠遠落後於他最不服氣的李鴻章卻是真的。

左宗棠於咸豐十一年（西元一八六一年）便升浙江巡撫，不到半年時間又升閩浙總督，比較起來，李鴻章遲一年任巡撫，遲兩年任總督，但李鴻章入閣卻比左宗棠早了整整三年。直隸總督為疆臣領袖，文華殿大學士又為首輔，李鴻章一人盡領風騷，區區一進士、翰林的頭銜，委屈了雄心萬丈的左宗棠，想起這中間的委曲，儘管終獲大拜，但哪能高興得起來？

劉錦棠清楚老師心中所想，正想說幾句寬心話安慰老師，不料左宗棠卻接著說：「徒有虛名，大學士於我又如何！我看這一道明發上諭與早幾天發的那道密諭前後填錯了名字——真要依我的，我倒寧願與景秋屏對調呢！那不雙方樂意，皆大歡喜麼？」

景秋屏即烏魯木齊都統景廉，秋屏是他的字。一聽老師這口氣，劉錦棠這才明白老師是為這次的任命在生悶氣，不由精神一振——看來，老師的眼睛並沒有只望著冠蓋雲集的京華，而仍盯著新疆，仍在思想如何進取，劉錦棠明白，只要老師仍存西進的念頭，自己就仍有希望。

果然，坐下不久，左宗棠久壅於胸的情緒一下像決堤江河，突然爆發了：「毅齋，你看看，新疆發生回變，俄羅斯藉口叛匪越界，乃出兵擊敗伊犁的叛匪，進而攻佔伊犁，他們甚至還想出兵佔領北疆一線。此事無論說到天上去也是俄國人無理。俄羅斯駐京公使倭良嘎理於是在總理衙門信誓旦旦，謂俄國是代收伊犁，一旦中國軍隊收復北疆，俄國即交還伊犁——這明明是料定中國無力出兵收復北疆，他才故作姿態說人情話。可咱們總理衙門那一班老爺，如董韞卿、毛昶熙輩，卻對這話偏聽偏信，竟真的奏派榮全為伊犁將軍，取道外蒙古烏里雅蘇台至新疆塔爾巴哈台，去與俄國人做那形同兒戲的談判——榮全兵不滿千，做自己的衛隊也有限，憑什麼相信俄國人會交出伊犁九城？於是，枝節橫生，俄國那個負責談判的大臣傅呼策勒夫斯基閃爍其詞，讓榮全不得要領，而佔據伊犁的那個俄國七河巡撫科爾帕科夫斯基甚至致信榮全，說塔爾巴哈台也屬伊犁兼轄，所以，也是俄國暫管地方，於是，連榮全駐塔城也屬不該了。你看看，這不是胡亂燒香引出了鬼，隴且不保，休想蜀地麼。」

左宗棠一邊口沫四濺地數說，一邊撿出一疊近日由北京寄到、有關中俄伊犁問題的資料給劉錦棠看。把手邊一疊文件當成了北京總理各國事務大臣衙門的人，戳著指著，氣咻咻地，恨不得一口吞下去。

原來自從同治三年（西元一八六四年）天山南北路發生回民起義後，朝廷派駐新疆各地的將軍、參贊紛紛被殺，接下來，南疆落入浩罕汗國軍官阿古柏手中，北疆則被自稱「清真王」的妥明（妥得麟）控制。而俄國卻藉口伊犁的回民政權越界騷擾，乃派兵佔領了伊犁。

為此，總理衙門派人與俄國駐華公使倭良嘎理交涉。

倭良嘎理自知理屈，乃掩飾說：俄國只是代管伊犁，一旦中國政府收復了北疆，俄國便自動交出伊犁。

於是，朝廷一邊派景廉為欽差大臣，準備出兵北疆，一面派榮全為伊犁將軍，由外蒙轉塔城，與俄國人談判。

左宗棠對此處置很是不滿，眼下一經提起，便是滿腹牢騷：「……須知倭良嘎理的那句代收之說乃是有前提的——中國軍隊收復北疆。總理衙門的人聽話不會聽音，以為會馬上還你，眼下北疆又被阿古柏那『哲德沙爾罕國』佔去了，你去收伊犁，人家會肯嗎？列強爭霸，強權即公理，外交談判，以實力為先，總理衙門那一班大老爺打蛇未打著七寸，牽牛牽住了牛尾巴，為了跟俄國人談判，竟不惜遍詢各省督撫、封疆大吏，今天一道『軍機大臣字寄』，明天一道『數百里緊急軍書』，商討的淨是一些不著邊際、無關宏旨的細微末節。」

說著，說著，左宗棠只覺怒火中燒，突然把手中茶壺一頓，連連頓足說：「毅齋，可恨一出都門，便是萬里，往還文報又費時日，我真恨不能生出雙翼，飛到京師，和那一班糊塗傢伙面折廷爭也不必了，乾脆只扇他們兩個耳巴子。」

劉錦棠開始只默默地聽，這時，見老師動了氣，也不勸阻、寬解，只上前移開案上文稿，拂乾濺出的茶水，待左宗棠一口氣說了許多，略停頓換氣時，這才乘空隙問道：「老師，眼下不是已於軍事收復做了具體的安排了麼？」

左宗棠一聽，只輕輕哼了一聲，顯得不屑一顧。

劉錦棠不捨，又追問一句：「學生與景都護還未有過交往。老師看他才幹何如？可挑得起這重擔？」

這一問，等於又掘開了另一道河口，左宗棠先是狠狠地吐了一口唾沫，說：「這個人嗎？奈何不了他的命。論本領呀，與我提夜壺也不配。」

接下來，他就歷數景廉處事的無能。

其實，對朝廷此次任命，劉錦棠也認為過於拘守成法、看重履歷，景廉實在不副此任。

當初，關外回民軍已遍布全疆，哈密也一度被攻陷，忠於朝廷的回王伯錫爾及下屬各級伯克統統被俘或遇害，幸賴巴里坤總兵何琯及北疆民團徐學功、孔才等奮起苦鬥，才勉強收復了哈密及巴里坤、濟木薩一線入疆通道，同治八年秋，景廉以哈密幫辦大臣的身分抵任，至同治十年（西元一八七一年）升任烏魯木齊都統，至今已有五年時間，戰績平平，且有每況愈下之勢。

這裡左宗棠嘲笑過景廉後，又數落起幫辦軍務的金順及幫辦糧台的袁保恆，總之，朝廷此番的任命無一是處……

劉錦棠在一邊頗有興趣地聽老師嘲笑、數落朝廷任命收復新疆的幾個大臣，罵人也讓他罵，反正在內衙，罵了別人也聽不見。他想，老師的性格如此，罵出了氣再談正事，他估計，老師一定寫好了奏疏，對此次人事安排提出自己的看法，甚至會自請長纓，只要這督辦新疆軍務欽差大臣的大印由老師執掌，自己這先鋒印便無須再出面爭了。

不料左宗棠說著說著，突然話題一轉，竟從案上拿起一本書，向劉錦棠道：「毅齋，這裡有一本書，你讀過嗎？」

劉錦棠不知老師何以突然轉換話題，但又不好提問，只好接過書看了看——書名叫《東萊博議》，作者叫呂祖謙。他搖一搖頭，說：「只聽人常談起，並沒有讀過。」

左宗棠於是把書往他懷中一塞，說：「這個人是南宋時人，住婺州。東萊是他的號，據說，他寫這書是新婚之夕寫的，牽強附會，也不必去問事之有無，你可好好地去讀讀，此人專做翻案文章，翻《左氏春秋》的案，很是有趣的，我小時就能連翻倒背呢！開始便是警句：釣者負魚，魚何負於釣；莊公負叔段，叔段何負於莊公。簡直把這個鄭莊公說得陰狠毒辣，已是無可復加了呢。」

俗話說：別人身心如烏咂，他倒有閒心觀寶塔。劉錦棠不明白，剛才還火冒三丈的老師，怎麼一下偃旗息鼓，坐下來談起了古文，說長道短，好像忘記了先前的怨恨。但左宗棠不管學生的驚訝，仍興致勃勃，重開話題，此番專講《左傳》，講呂祖謙。

「其實，呂祖謙一個書生，只知講理學，豈知搞陰謀、耍權術。姜氏疼愛叔段，欲立他為君，訴之武公，公弗許。至武公薨，莊公即位，姜氏為太后，於是要脅長子莊公，代叔段請封，且指名要制城，制城乃是重城，不能封，於是又要京，莊公拿這個親娘毫無辦法，所以隱忍不言，臣子們操閒心了，說蔓草猶不可除，況君之寵弟乎？莊公倒是沉得住氣，說多行不義，必自斃，子姑待之。這就是鄭莊公的陰險狡詐之處，呂祖謙抓住這句話大做文章，認為是不教而誅，不是哥哥對弟弟的應有態度，其實正好看出他自己的書生氣、道學氣，何所謂亂世行春秋術？這就是啊。」

左宗棠侃侃而談，抓住劉錦棠的手使勁搖著，諄諄告誡道，「毅齋啊毅齋，須知這世界乃是人欲橫流的世界，怎麼可以講道學呢？假道學害人，真道學害己。」

劉錦棠雖連連點頭，心裡卻焦躁得很。

左宗棠不管不顧，他一會兒《左傳》，一會兒呂祖謙，還扯上宋明理學，程頤、朱熹，再加上重翻《鄭伯克段於鄢》的歷史，滔滔不絕。劉錦棠只好耐著性子聽，好容易停了下來，端几上的茶潤嗓子，劉錦棠才瞅空子問道：「老師，張朗齋已到了哈密，宋祝三也在準備，我是回西寧待命呢，還是——」

左宗棠不待他說完，手一揮說：「不要急，不要急。曾文正有一句口頭禪，極見你們這位鄉賢的涵養功夫——做官要以耐煩為第一要義。你還要學習，要多歷練。先聽我說完好不好？」

一部《左傳》要幾時才說得完啊！誰敢斷定他老先生不比較《穀梁傳》和《公羊傳》呢？但既然是學生，老師又有興趣，只好耐煩聽。

這一夜，外衙鼓樂喧天在演戲，內衙中，左宗棠唾沫橫飛在講古文，劉錦棠似懂非懂，始終不得要領，到夜深了，只得怏怏地辭了出來。

他揣度，以左宗棠平日之性格和作風，絕不會甘心為景廉這樣的鼠輩當個「押糧官」，費盡心思去籌糧餉，為他人作嫁衣裳，更何況他滿懷籌邊壯志，陝甘尚未肅清，就早為新疆的事做了種種安排呢。

轉念一想，左相既不滿於此次的人事安排，卻不見有據理力爭的表示，這又是為什麼呢？回憶剛才所說，他從左相虛虛實實、閃爍其詞的話語中，似乎窺見到了什麼，但又不知究竟是什麼，只在心裡存一個大大的疑團。

不久，河州南鄉的閔殿臣果然再次扯出反旗了，劉錦棠接到警報後，匆匆趕回西寧，一面調遣老湘營自西寧出積石關圍堵叛軍，一面卻仍密切地注視著正在緊鑼密鼓籌備著的西征。

閔殿臣之叛，純屬不滿馬占鼇的跋扈而採取的一次自殺式的反抗，雖號稱十萬之眾，其實皆倉促而起、離心離德、不堪一擊的烏合之眾，加之內部告密，官軍早有防備，故只花了十天便結束了戰鬥，閔殿臣全家及一些首領被捕殺。

剿匪容易善後難。為清除餘黨，追抄武器、逆產，安置被難的無辜百姓，劉錦棠被纏住了好幾十天。然而，就在這段時間裡，西征人事上大起波瀾……

催糧

景廉自拜西征督辦的大印後，躊躇滿志，很想過足「大將軍」癮，因朝廷詔命左宗棠以陝甘總督負責西征軍的軍糧餉運，於是，他便想公事公辦，在左宗棠面前指手畫腳起來，先是獅子大開口——動手第一次致陝甘總督衙門的公函，便是要左宗棠趕在大軍出關到達北疆前，先運十萬石軍糧到古城。

左宗棠看了這一份函牘，冷冷地一笑，只批個「閱」字，畫個圓圈，便扔在一邊，不加理睬。這裡先行出關的金順、額爾慶額兩支大軍近兩萬人已行進在途中，那裡景廉卻得不到左宗棠的回報，於是，他派了一個參將，風馳電掣地趕到蘭州來，給他下了一道坐地催糧的死令——十萬石軍糧不發到哈密，就不離開蘭州。

這個參將叫松秀，雖也是旗人，但出身本是景廉吉林老家一個護院家丁，既粗鄙又不諳世故，數千里沙磧荒漠的跋涉，到蘭州時，人已像個猴，一身衣衫像個叫化子，好容易一馬馳過黃河浮橋進了城，在總督衙門投遞了公文，便在距節園不遠的西關十字尋了個店鋪住下，剛洗了澡，換了一身乾淨衣服，就聽外面有人在問道：「這裡可有個從關外來的軍官，叫松秀松大人的？」

松秀一聽，忙迎出來道：「在下便是，請問尊姓大名？」

來人是個高長大漢，氣宇不凡，雖未穿公服，但那模樣一看便知是公門中人。他見松秀出來答話，忙上前拿住他的手說：「不敢當，兄弟叫朱信，在左爵相跟前行走，左爵相適才看了景都護的公函，知台駕已到蘭州，特派兄弟來看望。」

說著，眼睛四下一掃，抱歉地說：「你看，這店子過於簡陋，兄台既為都護特使，怎麼住這等地方呢？還是到衙門裡去住吧 這樣彼此都方便些。」

說著，不由分說，催松秀起身。自己又跑到帳房，為松秀銷了號，並招呼帳房把這半天的帳掛在他的帳上，又幫松秀拿了行李，推推搡搡，來到了節園旁門，一路招呼走了進去。

松秀一見朱信這派頭，這親熱勁，認做個朋友，一路放心不疑跟他走。

朱信安排松秀住在節園內的賓館，又關照裡面跑腿的人，用上等的伙食相待，又和他客氣一番才走。

松秀旅途勞累，心想既然如此客氣，這趟差事看來順遂，先安心睡一晚再說。第二天，剛用過早點，正要打聽如何才能見到這位左爵相，不料朱信笑盈盈地走來了，彼此問過好，朱信坐下來委委婉婉地問過松秀的出身、履歷，於是說：「看來兄台是初次擔當這樣的大事，原先雖然到過蘭州卻未久待過，蘭州為古金城，是西北兩千餘年來第一重鎮，此番因公到此，豈能不觀光觀光。」

說著便東扯葫蘆西扯瓢，什麼五泉山的五口泉如何神奇，泰和鐵鐘、接引銅佛又如何雄偉；白塔寺層巒疊翠，憑欄遠眺，千里黃河盡收眼底等等，說得天花亂墜。松秀不由不動心，於是，竟跟朱信去了，這一去便整整跑了一天，累得兩胯生痛，至黃昏才回驛館。

第二天，松秀正想如何見總督，待朱信來了後，便把意思告訴了他。不料朱信笑呵呵地說：「兄台急什麼呢？你不才來兩天麼？昨天跑了兩座山，看了三處廟，今天我要帶你去三街六市逛逛呢！蘭州的西關、南關皆是最熱鬧的處所，對了，南關的暢春園秦腔班子新近從西安來了好幾個坤角，正好才掛牌呢，咱們何不捧場去。」

松秀一聽，不由又動了心。他自從吉林到新疆，整日泡在軍營，所見多為荒漠沙磧，刁斗落日，幾時見過如此的都市繁華？好容易遇上幾個西域女子，見了他們軍漢多是躲躲閃閃的，從關內來幾個粉頭清唱，便覺耳目一新，認作仙樂了，幾時能看一場大戲呢？只因公務在身，臨動身時，景廉又一再交代，務必到堂坐催糧餉，不見發運不能回。

正猶豫間，朱信似乎猜著了他的心事，忙說：「老兄何必著急呢？既來之，則安之。咱們中堂大人這一向正部署河州剿匪軍事，等這頭有了頭緒必然會安排那頭的。」又說，「人生一世，草木一秋，得樂時便要及時尋樂，兄弟我在左大人跟前行走，願交四方朋友。正好關外景都護處沒個熟人，兄台一來，彼此拉個關係，將來出差到關外，也多個朋友照應，交朋友就要講交情，講義氣，既然是在蘭州，作為東道主，便不能讓兄台花一個子兒，只要老兄台高興，全包在兄弟我的身上！」

說著，不由分說，拖起松秀就走。

到了南關暢春園，這才知不是戲樓而是妓院，朱信說的只一半是真，這幾天確實是從西安來了幾個姑娘，本是秦腔班裡學旦角的，只因倒了嗓子，乾脆就走了這條路，其中一個叫「愛愛」的，模樣很標緻，人也很伶俐。松秀一見，便和她眉來眼去，朱信是個聰明人，便推說要去看自己的相好，扯了愛愛來陪他，待朱信從外面轉了個圈子再進來，松秀已和愛愛親熱得不行了，他一踏進房門，只見愛愛已坐在松秀的大腿上，正咿咿呀呀，清唱秦腔《拋繡球》呢。

愛愛見朱信進屋，忙起身閃在一邊。這裡松秀不待朱信開口，竟把他扯在一邊，悄聲提出想梳籠她，望朱信做成。朱信巴不得他能這麼快上鉤，忙一口應允，於是，這事就算成了。上下左右，都由朱信打了支應，另外再拿了一張五十兩的銀票與愛愛添妝。

俗話說，當兵三年，見了母豬賽貂蟬。松秀一個猛子扎在愛愛懷中，三天三晚才出水面。這以後，又由朱信出資，為他作東，為愛愛上頭，請了兩桌酒，無非是愛愛的乾娘、乾姐妹們，大家打打鬧鬧，嘻嘻笑笑，松秀只知朱信是個四海人，講義氣，不知周圍這一班人，還全被朱信買活了，大家只一個勁恭維他，奉承他，讓他樂不思蜀。

於是，今天你請他去參加她們的合子會，明天她請他看戲捧場，茶圍花酒天天吃，愛愛則時時陪在一邊，粉嫩嫩的臉兒貼著，嬌滴滴的話兒哄著，雲裡霧裡，松秀已不知東南西北了。

直到一個月之後，一天，忽聽外面號炮聲聲，鑼鼓喧鬧，聽人說少統領劉大闖又平了閔殿臣的反叛，輕騎報捷到了省城，三街六市商號皆鳴鼓樂慶賀哩。

聽了這話，松秀這才記起自己的使命來，於是在這天辭了淚眼婆娑的愛愛，又摒謝了所有的邀請，回驛館來找朱信。

說也奇怪，朱信在他身上耗費了幾百兩銀子，應是個大人情，可此時卻不知去了哪裡。松秀住了這麼久，對節園的路數也略知一二，於是，自己打聽好，便換了公服，攜了手本，尋到公事廳求見，不料找人一問，不是說左爵相在受降城主持獻俘，就是說在大校場看操，一連找了五六次，都未見著。

這天，他起了個大早，來到左相接見下屬的公事廳。他事先已打聽到，左相今日在衙內處理公務，於是想尋個戈什哈代遞手本，剛走到公事廳門口，只見門外一溜子掛著刀的差人，可一個個全是紅頂花翎，繡麒麟或雲豹的補子。

松秀吃了一驚，心想，我的媽吔，麒麟和豹子不是武職一二品麼，就說宰相家人七品官，這爵相的官到底有多大呢！但既已到了這裡，也不便退回去，只好乖乖地上前，與眾人打了個千，請了安，然後走至邊上一個差官跟前遞上手本，道：「巴里坤行轅參將松秀，有公事求見爵相，望大人轉達。」

這位差官愛理不理地翻了他一眼，懶懶地接過他的手本，只說了一句「你候著」，便轉身進去了。

松秀被晾在一邊，其餘人皆不理他，只顧自己談笑，等了半天，不見先前的差官出來，卻又見裡面出來了好幾班官員，就是沒見叫他。

松秀不好去問，更不能去催，只好呆呆地立著，看看日近中天，還沒動靜，只好訕著臉，怯怯地問另一個差官道：「標下是從關外來的，有緊急事求見爵相，手本已交先頭進去的那位大人了，怎麼還不叫見呢？」

那差官又向他翻了翻白眼，說：「你候著唄！我們的爵相總綰西北兵符，轄陝甘地方百十州縣，上馬治軍下馬治民，日理萬機，求見的人更不少呢！你一個三品武官，哪能說見就見呢？」

這一頓搶白，弄得松秀臉紅一陣白一陣，到了飯時，差官們挨班兒吃飯去了，松秀不敢走開，怕叫見時本人不在，又不敢去索回手本，第二天再來，只好癟著肚皮待著。

看看日頭偏西，聽差官們說，左爵相已休息過了，果然又叫了幾處官員晉謁，松秀幾乎軟耷耷地要斷氣了，才見開先那差官出來，道：「哪個叫松秀啊，上頭叫傳見呢。」

松秀聽了這一問，如同餓了三天的孩子見了媽，忙鑽出來應諾。由這個差官引進內廳，轉彎抹角，來到一間房子前，門前垂著珠簾，廊下站了好幾個帶刀帶槍的戈什，四周靜悄悄的，掉根針在地也聽得見。

差官示意松秀停下，然後上前打起簾子，報道：「松秀候見。」

這時，屋子裡傳出一個年輕人的聲音道：「讓他進來！」

差官向松秀使個眼色，松秀才戰戰兢兢低頭鑽了進去，只見裡面青磚鋪地，紅漆門窗，珠簾繡幕，非常氣派，房子正中擺一張木匠，兩邊一溜紅木太師椅，一個矮胖老頭，穿正一品文官補服，斜靠在小几上，正在把玩一個鏽跡斑駁的小銅鼎，身後一年輕書生在指指點點，剛才讓進來那句話，像是這年輕清客說的。

松秀不敢怠慢，穩端端地上前打千請安，並稟道：「標下松秀，給爵相請安。」

一個頭磕下去，半天才聽上面「咯咚」一響，像是小鼎放到了茶几上，一個含糊不清的南蠻子口音在說：「唔，起來，起來吧。」

松秀站起來，左宗棠隨手往邊上一指讓他坐，臉仍未轉過來，眼睛卻仍望著手邊這小鼎，似是在考察真偽，考證年代，辨認上面的銘文，待松秀在末尾一張椅上坐下，戈什獻上茶，他才漫不經意地問道：「一路辛苦了。」

松秀見問，忙站起來稟道：「軍情緊急，不敢言苦。」

左宗棠雖仍是側背對他，卻像生了後眼睛一般，手一擺說：「坐。」

松秀坐下，左宗棠又問：「景都護身體可好？」

松秀又站起來說：「託爵相福，我家大帥身子挺健旺呢。」

左宗棠手又一擺，說：「坐。」

松秀又坐下。

問了兩句，左宗棠眼睛始終未離開那小鼎。松秀除了看見那泥土斑駁的鼎，所見的爵相只半邊像小鼎一樣老斑赫赫的臉。

松秀坐了半晌，很不自在，只好把那一青花蓋碗的茶一小口一小口地喝，見左宗棠仍沒回頭看他，只好乾咳兩句，說：「我家大帥問爵相大人安好呢。」

一句話未說完，左宗棠手再次一擺，且往下按了按，示意他坐，口中說：「啊，啊，託福託福，你住下了嗎？」

「回爵相的話，承爵相恩典，標下早住下了。」

「啊，是嗎，那好那好，先住下來，沒去看過的地方去看看，沒玩過的東西也玩玩，蘭州不比關外，大著呢。」

說著，直起身，仍背對著松秀，伸了個懶腰，端起了几上的茶。

這茶盅一端，松秀可慌了，他知道，這是送客的信號，他來了快兩個月了，好容易到如今才見到了左爵相，催糧的話還未說出口呢！他正要搶在這時問一句，誰知兩邊的差官比他還快，早一聲長長的吆喝：「送——客！」

於是，不待他表示，左爵相已先起身轉進了內堂，松秀像被人牽著手，只好彎腰打千請安，快快地退了出來……

如願以償

松秀一走兩月餘，景廉既看不到一顆糧一根草，也不見任何形式的回信，於是，接二連三地下十萬火急的催糧信，並又差急足上奏北京，謂左宗棠籌糧不力，請旨嚴加督促、申飭。

不久，從京師發出「四百里加緊」廷寄到蘭州，口氣相當嚴厲，謂「倘因軍糧不繼，致緩師行，貽誤事機，定唯左宗棠是問！」

到了這一步，左宗棠仍不理睬景廉，卻詳詳細細，寫了一份奏疏，先算了一筆細帳，謂十萬石糧食，為三千萬斤，從涼州至安西，渡戈壁至哈密、古城子統共約三千五百餘里，中間一千多里的沙漠，沒有台站，沒有水草；另外，哈密至巴里坤一段雖只三百三十里，但要翻天山，過冰大阪，其中關塞險阻，可以想見；接著又舉一個現成的例子，說朝廷每年沿運河調運漕糧，從江浙皖贛用糧船起運，一年無間斷也不過數百萬石，而景廉開口便是十萬石，以現有的馱馬輸運，至少需要五至六年才可；又說若在河西徵糧採買，每石花銀五兩，而運費卻高出採買費一十四倍，達每石五十七兩之多，真是米珠薪桂，接下來，他更舉出大量事實，證明哈密、巴里坤、濟木薩一帶為產糧區，其糧價較關內還要便宜，就地買糧，每石三百多斤，只須三兩銀子，另外，這些年已從外蒙烏里雅蘇台、科布多及內蒙包頭一帶，採購、儲存了一大批糧食，景廉因怕貼進運費、損耗，竟白白地讓其黴爛，不去搬取，最後，他引經據典，歷數歷史上用兵西域，不外精兵足食四字，但景廉所部過於龐雜埋汰，「以冗雜之軍，虛糜至難之餉，實為可惜。」

奏報上去，正好碰上景廉、金順發生牴牾，相互奏劾——金順所部已到達北疆，出關時，只帶了途中口糧，左宗棠交代，到北疆後，就地採購，實報實銷。萬不料一到北疆，景廉卻不同意此舉，他認為金順新從關內開到，應由左宗棠供應糧食，甘肅的兵理應吃甘肅的糧，師無糧不行，可趁機向左宗棠加一點壓力，金順卻不同意。

原來北疆糧價較河西一帶賤，左宗棠知金順利心重，早許了他去關外購糧，可按河西糧價撥款，並當面就此事關照了糧台。這一高一低的糧價，於金順是一筆大進項；另外，左宗棠又許他額外報一筆蟲傷鼠耗，故此，金順一聽景廉的話馬上火冒萬丈，他說遠水難救近火，皇帝不差餓兵，你的防區有糧我拿錢買又不是搶呢？二人互不買帳，又都是旗人，誰也不怕誰，於是「景廉有糧無兵，金順有兵無糧」，各自的奏疏遞到了北京。

事情才開頭，景廉便著著失錯，一次開口要運足三千萬斤軍糧，在朝中一些明白人聽來更成了笑話，顯得胸中毫無成算。似此，何以統三軍，迎大敵？

於是，就在這年年底，劉錦棠在平息了閔殿臣之叛，回到蘭州述職時，在節園見到了喜滋滋、笑盈盈、精神煥發的左宗棠，敘過寒溫，左宗棠概略地講了景廉、金順相互指責，鬧到相互奏劾的事，老師便留學生吃午飯。

飯桌上，劉錦棠吃到了家鄉的燻魚和洞庭湖的銀魚，另有一盤油爆乾蝦子。節園的廚子病了，代替他的是本地人，拿著乾蝦子既不會去殼，也不知要剪掉頭部，就這麼油爆了端上來，劉錦棠多時沒吃到家鄉小菜了，吃起來也覺新鮮有味。

「和旗人爭口舌是吃虧事，他們是後娘生的，哪個後娘不護短？哪怕你再有理，後娘信了你一時，心中總有疙瘩。」

左宗棠夾了一筷子乾蝦子往口裡送，一邊嚼一邊說，「所以，最好的辦法是先促成其事，姑且待之，你說，此番若不是金順而是你，能對付景秋屏這八旗親貴嗎？對旗人，就像吃這蝦子一樣，斯文人一隻一隻地嚼它，結果刺口刺喉嚨，蠻人一箸一箸地吃，讓蝦子去刺蝦子啊。」

這是家鄉農村常用的比喻，劉錦棠覺得此時此地用這比喻貼切、有趣。他是個聰明人，一些事只要稍加點撥便如烘爐化雪，於是，他不禁想起數月前，老師批評《東萊博議》的事，並因此推而廣之，引發諸多聯想……

吃過飯，左宗棠引他進書房，拿出剛寄到的一份密諭給他看。

……關外現有統帥及現有兵力，能否剿滅此賊，抑或尚有未協之處，應如何調度，始能奏效？或必須有人遙制，俾關外諸軍作為前敵，專任剿賊，方能有所稟承，並著通盤籌畫，詳細密陳……

密諭很長，劉錦棠正從頭細看，左宗棠卻於一邊指點說：「你看這一段，真是用心良苦，欲蓋彌彰呢。」

劉錦棠順著老師的手指望去，原來是：

……朝廷用人，毫無成見。但求於事有濟，該大臣當諒此苦衷也。

看到這一段，劉錦棠頓覺柳暗花明，乃問道：「老師，眼下該是瓜熟蒂落、水到渠成，您該直抒胸臆，自請長纓了。」

「嗯啦。」左宗棠連連點頭，又從抽屜中取出一份奏稿，遞給劉錦棠，說，「既然密諭垂詢，足見上頭重視，不說豈不是白不說？我還客氣什麼呢？」

劉錦棠看時，只見他在表白自己轉運糧餉、通盤籌算的苦心後，接下來便直接評述景廉、金順二人之優劣，謂景廉道：

……平時回翔台閣，足式群僚，唯泥古太過，無應變之才，所倚仗之人，如裕厚等，阿諛取巧，少所匡助。

這等於說他愚昧無知，甘受小人包圍了。而說到金順時，卻又給朝廷留了餘地，略謂：

……為人心性和平，失之寬緩。雖有時覬便乘利，而究知服善，無忌妒。故亦為眾情所附。平時粥粥無能，帶隊臨陣，尚能奮勉。

說景廉是一無是處，說金順卻是打了又摸，摸了又打，看得劉錦棠心花怒放，稱心快意。

「毅齋，你準備出關吧，我估計，這道奏疏上去，金順雖不會撤，景秋屏的西域都護恐怕是做不成了，胡詠芝有句名言：幹大事不要怕包攬把持，我就最崇奉這句話。」

然而，好事多磨，就在他們彈冠相慶之際，半途中殺出個李鴻章……

第三章 海防・塞防

籌海

原來兩年前十一月，有琉球國船民因風漂流至臺灣，與當地土人發生械鬥，被殺五十餘人，日本以琉球為其屬國，便以此向中國交涉。

總理衙門的大臣毛昶熙，自命懂洋務，諳外交，其實根本就沒有經驗，當時為了敷衍，竟信口胡說，謂「臺灣生番本化外頑民，猶貴國之蝦夷也，我政府未便深究」。

不知外交場合，這種不負責任的話是說不得的，日本使者柳原前光當即拿住了把柄，說：「貴國既捨而不治，我將問罪島人。」

於是，日本國於同治十三年三月，拜陸軍中將西鄉從道為都督，率艦隊至臺灣。登陸後，擊破土人的抵抗，斬牡丹社酋數十人，佔領台東。

至此時，朝廷才聞警，馬上提出抗議，謂臺灣為中國領土，不許外人擅討，並請日本撤軍。日本既已興師動眾而來，豈能就這麼撤走？不但不撤，且訛言欲襲臺灣西部及台南、臺北諸城，朝廷知不能坐視，即令總理福建船政大臣沈葆楨為欽差，統福建水師赴臺灣禦倭。

幾經周折，日本亦知此時國力尚不足與中國抗衡，乃遣專使大久保利通來北京，經英國駐華公使威妥瑪調停、訂約，由中國賠償其兵費四十萬兩，撫卹金十萬兩，合計五十萬兩白銀，此事才算了了。

蕞爾島國的日本，原本一直仰中華鼻息，亦步亦趨。今天如此欺負中國，並且滿載而歸，似乎中國已是一堵倒塌的土牆，一面破鼓，可任人推，任人捶。此事於朝野上下，引起極大的震動。總理衙門在事情了結後，於一道奏摺中感歎道：「以一小國之不馴，而備禦已苦無策，西洋各國之觀變而動，患之頻見而未見者也。」

乃提出練兵、簡器、造船、籌餉、用人、持久等六條具體措施。由軍機處轉發上諭，寄直隸總督李鴻章等東南沿海省份的督撫，就總理衙門的奏摺詳細籌議，限一個月內復奏。

這一道上諭最先送到距北京最近的保定，遞交直隸總督衙門。

先一天，李鴻章正與海關總稅務司、英國人赫德商談海軍的事。

赫德自咸豐四年來中國一直在海關任職，因講得一口流利的華語，熟悉中國風土人情，深得恭親王的信任，這以前，他和李鴻章關係極其親熱。恭王用外國人掌海關，每年海關有上千萬兩白銀的進項一任外人掌握，此事很受朝野士民的訾議，李鴻章知此情形，乃向赫德提議，為他取一個中國人的名字，曰：「鷺賓。」

鷺，水鳥也，長頸而強喙，棲息水邊。《詩・周頌》有：「振鷺于飛，於彼西雝」之句，意即來自西方，振興周室。賓者，客之謂也。赫德既為中國客卿，臣服中國，為中國人效力——以此來塞那些「訾議者」的嘴巴。赫德於是最佩服李鴻章，凡有外事交涉，李鴻章總先徵詢赫德的看法，遇上麻煩，赫德亦居間調停。

此番赫德因事晉京，由北京南下保定，看望李鴻章。這回偏居東洋的小小島國日本，居然也敢以武力恫嚇中國，李鴻章亦深感震驚，二人談及此事，不由感慨不已。赫德見李鴻章很憂慮的神態，便說：「中堂可聽說此次日本水師侵台，沈幼丹宮保和日本水師提督西鄉從道中將的談判細節？」

沈幼丹即沈葆楨，幼丹是他的字。

李鴻章說：「看過總署轉來的抄件，大概情況，也略知一二。」

赫德笑道：「只怕有些至關重要的話未便形諸文字的。」

李鴻章見說，情知赫德作為一個中國通，不但於中國官場情形瞭若指掌，外國人那一邊，更是有廣泛的消息來源，於是，他饒有興趣地說：「願聞其詳。」

赫德說：「西鄉從道帶十幾艘舊式戰船，裝載兩千士兵攻台南，開始氣勢洶洶，不可一世。待沈幼丹宮保率領新建造了大批艦船的福建水師趕來，雙方相遇於台南海面，西鄉一見這形勢，知道兵力不敵，這時，幼丹宮保約見西鄉於恆春縣署，說：中日兩國，同在東方，一向和好，眼下又都在興辦洋務，只宜攜手共進，不可兵戈相向，徒招西人恥笑。西鄉還有什麼說的呢？他那兩千兵，幾隻破船，根本不成對手嘛，所以答應撤軍，但臨走時還是說了一句頗令人回味的話，說，二十年後，咱們再見。」

李鴻章一聽，忙問：「真的？」

「不信，可當面問幼丹宮保。」

李鴻章一聽，深感震驚，一時沉吟不語。

赫德又說：「這幾年，中國大辦洋務，設同文館，派留學生去泰西學習，又在國內辦機器局，造船廠；日本也不甘落後，他們一直暗中以中國為對手，緊步後塵。而且，據我所知，他們的勁頭更足，作為一個島國，地不大，物也不博，可不能小看它，大英帝國不也是個島國嗎？我看日本不強大便罷了，若一旦強盛，只怕第一個進攻的目標便是中國呢。」

李鴻章一聽，連連點頭道：「此言極是，我也早在兩三年前便看出了苗頭，而今之計，是諸事紛紜，究竟該從何措手，或是擇其緊急者先辦呢？」

赫德輕鬆地一笑，說：「這個，依鄙人之見，若要強兵富國，第一要著恐怕是海軍，可以說，當今世界是海軍的世界，各國強盛，無一不是優先發展海軍。」

於是，赫德遂大談海軍，談大英帝國的海軍史，談到與西班牙海上爭霸，西國「無敵艦隊」的覆滅，繼而英國又擊敗荷蘭，由是稱雄海上，成為今日海上霸主。

「現在，大英帝國仍是當今世界當之無愧的海上霸主！」赫德頗有些炫耀似地說，「我們擁有世界上最優秀的海軍人才，遍布全球的軍事基地，也有世界上最先進的造船廠。」

最後，他向李鴻章透露，日本最近在英國格拉斯哥造船廠訂購了兩艘新式兵艦，正在加速建造中，該艦為鐵殼，蒸汽機發動，每艘排水量皆在三千噸左右，上面安裝有新式旋轉式大炮十多門。

李鴻章聽了，不免怦然心動。

這以前，左宗棠於福建馬尾建船廠，移督陝甘後，船政委託於沈葆楨，目前已初具規模，此番沈葆楨率水師至臺，中間便有不少馬尾船廠所造的新艦船，雖未與日本人交火，但其威懾力足以讓倭人膽寒。他與左宗棠一直如雙峰對峙，互不相讓，馬尾船廠為左宗棠、沈葆楨的禁臠，他無法染指，看來，辦洋務，建海軍，湘系已著了先鞭。

道、咸之際，兩次鴉片戰爭，英人軍艦直抵天津；第二次鴉片戰爭時，英法兵艦攻大沽不克，繞道北塘登陸，包抄大沽炮臺，終於使天津陷落，英法聯軍又直逼北京，京津幾成不設防城市。李鴻章想，設若當時我大清國在渤海黃海有一支強大的水師艦隊，洋人何至如此長驅直入，狂悖乃爾？眼下自己身為首輔兼直隸總督，膺拱衛京畿之重任，若能組建一支強大的北洋水師，由自己掌握，那該多好啊！

於是，他對赫德說：「辦船廠不管用，左季高這些年辦馬尾船廠，耗費白花花的銀子可堆成一座山，又造出了幾條船？而且，也比不上人家的，就像那回，曾文正公令徐仲虎父子在安慶造的『黃鵠號』，一個鐘頭才走二十里，跟步行差不多。眼下既然日本人也搶了先，咱們非迎頭趕上不可，依我看，造船不如買船。你說說看，要組建一支新式水師艦隊，該如何籌措？」

李鴻章這一問，正中赫德下懷。赫德自掌海關，手中握有財權，但他仍雄心勃勃，想插手中國軍界。這一陣子，中國朝野上下，皆在談海軍，他當然有所風聞，心中一估摸，自曾國藩之後，李鴻章為首輔，是第一個有分量的人物，凡事只要他從中襄贊，便有八九成把握，於是，他在李鴻章面前盡情賣弄。購船、建港、選將、操練、機器保養、水師調教等等，一講就講了整整一天，儼然自己就是威爾遜再世，是現代海軍的通才。

李鴻章聽得津津有味。

赫德談到最後，才顯露自己的底牌——他暗示，只要中國政府有心組建新式水師，他願從中出力，效犬馬之勞。

李鴻章聽他如此一說，當時默然，未置可否。自從天津教案發生，他的老師曾國藩不獎民眾之同仇敵愾，只求息怒洋人，以賠禮道歉、賠款、懲凶等手段了結此案後，朝野大譁，老師處內外交攻之境，眼疾惡化，右眼失明，為此，善後之任落到了學生他的身上，後來將人犯正法，修教堂、賠白銀等具體事宜，皆由他接手續辦結案，因此，他也陷入漩渦之中，代老師挨了不少罵；加之這些年來，附和老師辦洋務，設機器局，奏派幼童出洋求學及保薦赫德，重用戈登諸人，頻頻和外人打交道，訂條約，很不見諒於清議，不少人甚至上書，指責他「媚外」，他很想立刻辦出一二件富國強兵的實事，讓那一班人看看。

就在第二天，剛送走赫德，「四百里加緊」的驛馬就遞到了這份廷寄，內附總理衙門所提六項條陳，第三項即「造船」，這下正對了他的心思，忙一條條細看下去。剛剛看完，還未及細想，門丁來報：「無錫薛大人來拜。」

漏卮說

無錫人薛福成，字叔耘，號庸庵，出身一個世代書香人家，同治四年，他以副貢生入參曾國藩幕府，一晃七年，七年中，他以淵博的知識，出色的才幹，深受曾國藩的賞識，於捐得同知銜後，以勞績歷保為候補同知，及平西捻後，又敘功為直隸州知州，並賞加知府銜，以後，又隨曾國藩、李鴻章北上天津，處理教案，至曾國藩卒於兩江總督任，他又助曾國藩長子曾紀澤料理完喪事，在蘇州賦閒了一段時間，不久即晉京赴部引見。

他由江南北上，沿運河至山東，這時，山東巡撫為丁寶楨，當年在曾幕，福成與丁寶楨交誼頗厚，眼下大哥薛福辰正任濟東泰武臨道，二哥福保正入參撫幕，為此，他在山東稍作盤桓，就在濟南二哥家，他從邸抄上看到朝廷廣開言路的上諭，乃以應召陳言的名義，揮筆疾書，寫下了一份「治平六策」和「海防密議十條」的萬言書，請丁寶楨代為上奏。

萬言書切中時弊，又上得正是時候，一下引起了朝廷樞機極大重視，兩宮太后面諭軍機大臣，將該文轉抄發給各衙門商議。這一來，大家不得不認真起來，於是薛福成一時成為北京士大夫中的新聞人物，人人爭相打聽這候補知府。

早在兩江之際，李鴻章便和薛福成關係密切，加之曾國藩生前極力推薦，一聽薛福成赴部引見，李鴻章乃三番五次，致書福成，邀他來保定共事，不料遲至今日，福成才遲遲造訪，李鴻章當下連呼：「速請！」

「叔耘，雄文六策，名動京師，就把老朋友給忘了？」李鴻章出客廳，立階上老遠就喊。

「豈敢，豈敢。薛某謬采虛聲，讓明公見笑了。」福成抱拳一揖。

李鴻章降階相迎，一把拉住薛福成的手，雙雙攜手進入客廳。

「你那一篇《應詔陳言》我已拜讀，據我看，其中有關創辦海軍之議最為緊要，也最中肯。昨天赫德來這裡，一談起當今要務，也是急宜籌建新式水軍，你們真是英雄所見略同呀。」

李鴻章敘過寒溫，便急不可耐地談起正事，他說著，又揚起這份廷寄向薛福成說：「而此事又與今天遞到的這份諭旨及轉錄總署所提六條吻合，看來，我大清海防確實空虛，左季高雖在馬尾辦船廠，可用人不當，成效不大，尤其是他老先生別出心裁，聽別人蠱惑，商船兵船兼用，不倫不類，我看那架勢成不了氣候。眼下籌議海防，我以為應重新開始，另起爐灶。」

薛福成一聽，不由沉吟不語。總理衙門那六項條陳，他在京之日便已詳細研讀過了，此刻，仍匆匆瀏覽一遍，說：「說終歸說，但真要辦起來，談何容易。」

「是的，是的。」李鴻章連連點頭說，「我等畢竟不是那一班賊娘的輕薄書生，徒逞口舌之快。未進城門，先思退路。萬一真的著手操辦，真是遍地荊棘，舉步艱難。」

李鴻章一急，一句粗話隨口而出，接下來，他把赫德的設想，概略地向薛福成複述了一遍，並說：「赫德說他願效犬馬之勞。依我看，這幾年剿長毛、平捻匪，賴他為之統籌軍火，確為朝廷立下了汗馬功勞，他這人性子急，也不太熟中國官場套路，說幹就要動手。昨天我聽他談設想，心中暗暗一估算，起手一項，便要一大筆銀子，以後要養一支新式外洋水師，每年也是不小的數目，辦海軍不比修鐵路開礦山，投資後有厚利可圖，這可是純貼不掙的事，這錢從哪裡去摟啊。」

一聽李鴻章提起赫德，薛福成心中大不以為然，他在兩江之日，與此人多次交往，深知這個勾鼻子紅毛番陰騺而貪婪，怙勢而又自專，雖受我國高官厚祿，但究其內心，仍明顯地向著本國，深負朝廷「借材異國」的苦心，這些年來，掌握中國海關，控制中國財權，久而久之，必為中國大患。

所以，他很想就此向李鴻章提出自己的看法，今見李鴻章極力誇讚此人，心知他在興頭上，不便潑他的冷水，以後瞅準機會再說。於是，他把已到嘴邊的話嚥下去，只就「錢從哪裡摟」提出己見——即他那篇奏疏中提出的，招商開礦，廣辦實業。

誰知李鴻章一聽，連連搖頭說：「你那六條中，關於採礦一說，我已看了。好是好，但那只能慢慢來，哪裡一鋤頭下去，就挖出個金菩薩呢？可這辦海軍已刻不容緩，人家日本已在英國格拉斯哥造船廠訂購了好幾艘新式軍艦了呢。」

薛福成一聽，也認為李鴻章說得在理，至於錢從何處摟，採礦慢了，還另有一說——眼下京城正大興土木——自英法聯軍攻入北京，一把火將圓明園燒為平地，斷送了皇家遊樂之所，至同治改元後，便不斷有人提出重修之議，眼下皇上親政，為讓母后頤養天年，終於正式下詔重修圓明園，並令各省報效，限額捐輸。

詔旨一下，內外臣工無不錯愕，御史沈淮、游百川等，皆袖疏廷諍，而皇帝竟拒而不納。

薛福成想：千羊之皮，不如一狐之腋；千夫之諾諾，不若一士之諤諤。李鴻章拜文華殿大學士，為首輔，其勳望及舁倚之重，曾國藩之後，一人而已，別個人微言輕，不被重視，他若乘機進一言，皇帝可不能輕易擱置了，只要這園工一停，還愁這海軍的軍費？

誰知他尚未開口，李鴻章卻說：「這兩年左季高倒是風光極了，前些日子，他參了景廉、袁保恆一摺子，檢清了路子，正躍躍欲試，準備征西，不知內情的人，真被他那一股倔勁哄了，以為他真能任事，也肯任事；知內情的人就明白，這幾年他擁寇自重，為了幾個回子鬧事，幾乎耗盡了東南數省的財賦，今日要糧，明日要餉，羽檄頻傳，虛聲恫嚇，沿海幾個富庶省份，哪一個督撫不被他逼得焦頭爛額？新疆縱橫數千里，浩罕已經營十有餘年，眼下英國、俄國正爭雄中亞，雙方皆爭相支援、拉攏阿古柏，你出兵征西，英、俄豈肯坐視？所以，我想，這仗不開便罷，若開仗，便是直接與英俄交戰，以中國目前的國力，能夠橫挑強鄰麼？我看這仗會打個長長無了期，直打得自己家空業盡才罷呢。」

李鴻章說著，呷了一口茶，略停片刻，又談起原隸左部的四個名將，劉銘傳、宋慶、劉錦棠、張曜對這事的態度：「劉省三是個聰明人，早早地稱病撤回了；宋祝三此番也脫了身——他活動河南巡撫奏調，也回防本省；只有劉毅齋、張朗齋吃了他的迷魂湯，陷進去抽身不得了。」

薛福成一聽，情知李鴻章打翻了醋罈子。以前，為追剿西捻，淮軍主將劉銘傳一度率兵到達陝西，但不久便稱病求歸；此番宋慶本已厲兵秣馬，準備出關了，卻突然被河南巡撫錢鼎銘以本省河防空虛為由奏調回防，今日聽李鴻章一說，才知是他在釜底抽薪。

薛福成心想，李鴻章談到辦海軍經費支絀後，忽然扯上左宗棠的西征，難道他想上奏停撤西征之舉？

果然，李鴻章數落了左宗棠一遍之後，忽然單刀直入地說：「我看要辦海防，這經費確實是一筆不小的數目，這裡摳一點，那裡擠一點不行，開礦山、興實業都是以後的事，唯一的辦法，就是停撤西征。」

薛福成一聽，仍然吃了一驚，不意李鴻章果然存了這一份心，不由問道：「那新疆呢？」

李鴻章雙手一攤，說：「曾文正公生前有句話：只管關內，不管關外。一雙手只能捉一條魚，有得必然有失，像眼前這國力，像新疆那樣個艱難局面，你說說，能兼顧麼？」

薛福成心想，不錯，曾國藩生前確說過這句話，但那是指用兵次第，先捻後回，先固京畿，再清關隴，關外新疆，當然只能暫且擱下，可他幾時說過京畿鞏固了，關隴肅清了，也不要關外了呢？

要丟掉新疆，這可是個大題目，當初康、雍、乾三世，賴舉國上下，戮力同心，十數次用兵，才有後來這局面，李鴻章怎麼會想到要丟了呢？此舉只顧眼前，不思往後，雖圖得一時之安，可要遺下後世無窮之患，將會落下千古罵名。他又想，自己和李鴻章有十餘年的交情，過去一直肝膽相照，好多事從來是知無不言，言無不盡，此番應邀來保定襄佐幕府，也實在是難卻他這一片盛情。名為賓客，實為摯友，可不能在大事上不作聲。

於是，福成苦苦勸道：「明公，這事關係非淺，恐要三思。」

「你是如何想的呢？」鴻章問。

「明公，我想，我大清帝國兩百年基宇宏開，全賴三北鞏固，才使得內地晏然。子孫後世，不要說發揚光大，開拓新土，總不能把現成的祖宗基業也輕易放棄呀。」他盡量把話說得委婉，不刺激對方。

誰知李鴻章淡淡地一笑，說：「叔耘，你幾時學得一股迂夫子氣的？凡事只能量力而做，瞻前還須顧後。若只顧憑一腔氣血，我也巴不得兵伐俄羅斯，連英倫三島、法蘭西一古腦給佔了也不為過。可你想想，中國有這力量麼？眼前這局面，是西洋東洋，皆想鼓浪而來，重演庚申年英法聯軍火燒圓明園的故事，中國海疆一日不靖，國家無一日之安，新疆地廣人稀，多不毛之地，為屯戍，每年耗費國庫無數錢糧，簡直成了一個無底深淵。你想想，為收這數千里之曠地，而於國庫安一個漏斗，究竟值與不值呢？為國家高瞻遠矚，統籌全域，可不能只重虛名，不講實在。」

這口氣，倒分明是蓋臣謀國的口吻，老成持重之談。薛福成心想，再爭下去，他也不會認輸，只好說：「明公，這事可多與幾個人談談何如？畢竟關係太大了。」

李鴻章說：「叔耘，昨天我送赫德走後，就此事想了很久，你說的那些我都想到過，總之，國力有限，不可兼顧，就是諸葛亮再世，他也只能管一頭，所以才有『東和孫權，北拒曹操』一說。今天恰好又收到這份廷寄，這以前要說還有所不便，我和左季高不怎麼協調同步，別人都知道的，我若說撤西征，人家會說我嫉妒，要敗他的功，今天，有這『遍詢大小臣工』的一道煌煌上諭，可就名正言順了，該說的也可劈直說了，正好你又來了，這不是天賜文膽嗎？當初曾文正公帳下有四枝大筆桿子，我看這『四子』中，你筆頭最老到，此番在京師上一篇策論，比中了頭名狀元還風光。正好借這股東風，借你這如椽之筆，代我做這篇文章何如？至於立意，就照我剛才說的——徒收數千里之曠地，而增千百年之漏卮，已為不值。你再圍繞這個去發揮。」

薛福成心想，早不來，遲不來，偏偏這時跑來，頭一天便碰上一件麻煩事，這不是撞上來陪斬麼？

他這裡還在猶豫，李鴻章卻已看了出來，乃殷勤地對他說：「寫吧，我知道你怕了那一班書生，怕他們罵你是漢奸，是秦檜、石敬瑭，這其實是多心，要罵只能罵我。為國事，我哪能顧這些呢？再說郭筠仙比他這位湘陰同鄉為桓溫，為董卓，包藏禍心，尚未引發而已。我看這話或許有些過頭，但就他那一份狂勁，那對朋友不仁不義的操行，也該抑他一抑，此番入東閣大拜，我可想像他那一份狂勁，那一種得意忘形。」

至此，薛福成總算徹底摸清李鴻章的真正用意了。他想，他既然主意拿定，自己也勸阻了，既蒙知遇，延在幕府，東翁之意，豈可違拗？於是，他安下心，開始了進入直隸總督幕府後的極不情願的試筆之作……

插一槓子

李鴻章的《籌議海防條議》一疏，奏報到京，呈兩宮太后及樞府看過後，一時意見紛紛，莫衷一是。

於是，兩宮太后下詔，將此疏轉抄，由軍機處發往各省督撫傳閱。待遞到蘭州之日，左宗棠為籌備西征軍糧餉輸運事宜剛議出了些頭緒，正在和劉錦棠研究從各個方面搜集到的、有關新疆的敵情，商討進軍路線。看了李鴻章的這篇《條議》，左宗棠突然爆發出一串冷笑。

劉錦棠於一旁見左相忽然臉色一變，冷笑不止，忙問道：「老師，怎麼回事？」

左相把面前這一疊文稿往他手中一塞，說：「我說呢，犬不以善吠為良，人不以善言為賢。可他李少荃就是不記得這話，遇到我的事總愛狺狺不已。」

劉錦棠不知左相何故罵李鴻章，忙拿過文稿一看，原來是轉抄的一份李鴻章的奏稿。劉錦棠先是一怔，忙急不可耐地看下去。

薛福成的文筆果然不凡，洋洋灑灑，鋪排得體——先講急籌海防的理由，次敘籌款的艱辛，順勢話題一轉，對正了西征，謂：

……新疆各城，自乾隆年以來，無論開闢之難，即無事時，歲需兵費尚三百餘萬。徒收數千里之曠地而增千百年之漏卮，已為不值……

劉錦棠讀著讀著，不由發起怔來，手連連抖著，說：「如此說來，西征不完了嗎？」

「完了，哼！」左宗棠一旁倒沉得住氣。

就在劉錦棠看這《條議》時，先是胸中如翻江倒海的左相，彷彿突然觸動了某根神經，一下平靜下來。此時，他頭仰靠在太師椅上，雙目微閉，不斷輕微搖晃，左手扶在茶几上，不斷輕輕地敲，頭與手的節奏吻合，那模樣，就是一個詩人，在推敲一首新詩或是重溫舊作……

劉錦棠不知開先氣得牙咬得格格作響的老師何以突然悠閒、鎮定起來。據他想，以左相的性情，費了九牛二虎之力，才定下來的事，豈容他人半途來插一槓子？何況還是他的政敵，能不暴跳如雷，口吐白沫，罵它個一佛出世、二佛涅槃嗎？

似乎已猜到劉錦棠心中所想，左宗棠又輕鬆地說：「你看下去呀，李合肥雖狂吠不已，可兩宮太后、皇上、恭親王可大不以為然。」

劉錦棠翻到底下，果然還有一張朱諭，上面口氣鬆動得很。

……有人奏，新疆各城，北鄰俄羅斯，西界土耳其、天方、波斯各回國，南近英屬之印度。中國目前力量不及兼顧西域，可否敕西路統領，但嚴守現有邊界，不必急圖進取。此議果定，則已出塞及尚未出塞各軍，可撤則撤可停則停，其停撤之餉，即匀作海防之餉。刻下情形，如可暫緩西征，節餉以備海防，原於財用不無裨益。唯中國不圖規復烏魯木齊，則俄人得步進步，西北兩路已屬堪虞。且關外一撤藩籬，難保回匪不復嘯聚，肆擾近關一帶。關外賊氛既熾，雖欲閉關自守，勢有未能，現在通籌全域，究應如何辦理之處，著該大臣酌度機宜，妥籌復奏。

看完這一道專寫給左相看的上諭，劉錦棠這才鬆了一口氣，說：「這還差不多，這還差不多。」

左宗棠說：「何所謂天日昭昭呢？樞府若無明白人，沖齡天子，豈不被蒙哄了麼？我看這朱諭遣詞造句，分明是文博川的口氣，這個人是旗人中第一個明白人。」

劉錦棠說：「您真是明察千里，這麼說來，您又有大文章要做了，我告辭。」

左宗棠忙一把拉住他，說：「急什麼，其實，這文章我早做好了。」

「啊，這份抄文不是剛送到嗎？」劉錦棠大吃一驚，「您莫非未卜先知，早料到有人會這麼說？」

左宗棠不由感慨系之，說：「唉，這事講起來還在二十七年前的道光末年……」

第四章 位卑志大

林則徐到長沙

道光二十九年十一月下旬某日黃昏，一艘普通大客船由沅水駛來，泊於長沙大西門碼頭對面的水陸洲，時值三九，河邊寒風刺骨，過路行人匆匆一瞥，誰也沒注意到水中停泊的這艘船，誰也不曾想到，船上的客人，就是九年前名震中外的風雲人物——林則徐。

林則徐自禁煙獲罪，被讁戍伊犁，謫居歲月悠悠，一晃便是四年，其間，他考察了南北新疆的邊防、屯田、水利，並協助伊犁將軍布彥泰辦理阿齊烏蘇廢地墾務，直至三年後的道光二十五年冬始獲釋，隨即，皇帝命他以五品京堂的資格候補。道光二十六年春，他自哈密入關，奉旨以三品頂帶先行署理陝甘總督，五月任陝西巡撫，次年五月任雲貴總督，就在這一年的冬天，一直與他相濡以沫的鄭夫人在昆明病逝，林則徐受此打擊，心境日非，此時，雲南保山等地一直遷延未決的漢回衝突進一步激化，第二年終於演化成趙州回民大暴動，馬上波及周圍好幾個州縣，為平亂，他日夜操勞，四處奔走；加之聖旨連連催督，嚴詞申飭；內外交困，終於導致舊病復發，鼻衄、咯血、疝氣腫脹，到後來實在不支，乃於本年七月奏准開缺，於十月帶著兩個兒子聰彝、拱樞，扶病護鄭夫人靈柩東歸閩侯故里。

想到以往一切，他明白，自己病體懨懨，再難振奮而肩重任了。可是，艱難的國運終使他不可能安心終老林下，息影田園，觸目神州，風雲迭起，外患日熾，內亂且也漸露端倪，眼前，就在他曾涉足過的西北、西南正不斷發生小規模的回民暴動，官軍剿撫皆不順手；兩廣及福建沿海一帶卻到處有天地會、三合會等幫會組織活動，他們砍香結把，抗拒官府，警報時有所聞；一紙《南京條約》並未滿足英國人對中國的饕餮之心，反助長了它的氣焰，這幾年外交糾紛不斷發生，為拒絕英國人入城，終於發生了廣州城十餘萬人的罷市示威……

這些，全是國人矚目的焦點，可林則徐的遠見卓識，使他細察毫末，遠觀千里，看到國家另外潛伏著的大患。

湖南本是他禁煙前任湖廣總督時的治下，朋友、舊屬不少，此番回籍，他只想以一個平民身分過境，不願驚動官府，也不願告知任何熟人，今天聽船家說，眼下北風正烈，幾天內可能不會息風，無法開航。他便令船家把船停下來，並對次子聰彝說：「既然阻風不能開航，你明日與我去一趟湘陰，了一個心願。」

聰彝見父親令他去湘陰，以為是去拜訪李星沅。馬上說：「是去石梧先生家嗎？聽說老先生早已移居長沙了。」

林則徐說：「不是去李石梧家，是去柳莊拜訪左宗棠，約他來舟中一敘。」

聰彝在父親身邊，早已耳熟左宗棠的名字，只是不知他是湖南湘陰人，聽人說，此人乃當今一大「怪才」，聰彝很想見見這「怪才」怪在何處？於是，他很高興地約書僮林松上岸去，先打聽湘陰的方向，預備明日清晨動身。

聰彝走後，林則徐吁了一口氣，轉身至案上，翻開一封書信，一行行飄逸、灑脫的小楷字跳入眼簾：

……得執事歲杪急步所遞書，敬悉少穆宮保愛士之盛心。執事推薦之雅誼，非復尋常所有。僕久蟄狹鄉，宮保固無從知僕，然自十數年來聞諸師友所稱述，暨觀宮保與陶文毅往復書疏，僕則實有以知公之深。海上用兵以後，行河、出關、入關諸役，僕之心如日在公左右也，忽而悲、忽而憤、忽而喜，嘗自笑耳。邇來公行蹤所至，而西北，而東南，計程且數萬里。海波沙磧，旌節弓刀，客之能從公遊者，知復幾人？焉知心神依倚惘惘欲隨者，尚有山林枯槁未著客籍之一士哉？來書陳義至大，所以敦勉而迫促之者甚切。僕誠無似，得府主如宮保者，從容陪侍，日觀其設施措注之跡，與夫蒞官御事之人，當有深於昔之所聞所見者。縱不能有當於公之憊，其有益於僕則決可知矣，尚何所疑而待執事之敦促也！顧事有未能如意者，孤侄年已十七，家嫂爭欲為授室，期在今年。又，陶婿預訂讀書之約，未能恝然。坐此羈累，致乖夙心，西望滇池，孤懷悵結……

——去年冬天，貴州安順知府胡林翼薦左宗棠於林則徐之前，說他為當今異才，品學為湘中士類第一，林則徐欣然相邀，不料事與願違，左宗棠因事抽身不得，為不拂好友盛情，尤其是為感謝林則徐對自己的器重，左宗棠寫下了這封文情並茂的信，訴說了自己對林則徐的傾慕至魂夢相隨的地步。

其實，左宗棠哪裡知道，林則徐亦早聞左宗棠之名——十餘年前，林則徐署理兩江總督時，就聽總督陶澍讚揚過左宗棠的人品、學問，且預言說，此人今後名位不在我輩之下。

林則徐與陶澍是心心相印的朋友，陶澍的人品學問也一直是林則徐的楷模，故對陶澍的評價深信不疑。

後來，林則徐在署理陝甘總督時，又聽幕友王柏心說起「湖南四傑」，據他認為「四傑」固然不錯，但論抱負和才幹，「四傑」皆不及左宗棠。

「四傑」之一的魏源乃林則徐的密友，其知識之淵博，見解之精闢，曾使林則徐嘆服不已，其餘「三傑」——左宗植、湯鵬、陳起詩，有的亦林則徐的好友，有的雖未謀面，但也久聞其名，確實都是名實相符的俊傑，不意王柏心眼中，左宗棠竟躍居「四傑」之上。

這以後，林則徐又聽很多人說起左宗棠，道光二十七年，林則徐接替賀長齡任雲貴總督，交接之暇，與賀長齡說起山林隱逸，賀長齡更翻檢出六年前左宗棠寫與他的一封信給林則徐看。

左宗棠在信中對當時的「英夷犯海疆」提出「料敵、定策、海屯、器械、用間、善後」等六條建議。林則徐仔細審視，發現左宗棠這六條與當時自己以待罪之身、留廣州協助剿夷時，向繼任欽差琦善所提的建議十分相似，激動之餘，他又一次加深了對左宗棠的印象。

不久，胡林翼到了昆明，他科名雖比林則徐晚得多，又是陶澍的女婿，屬晚輩，但在江蘇時，二人關係就極親密。此番胡林翼調任貴州，做了林則徐下屬，見面才敘過寒溫，胡林翼便說：「天下紛紜，大亂將至，宮保欲為天下蒼生計，非借重左宗棠不可。」

聽胡林翼介紹，左宗棠為當今天下奇才，而這奇才的「奇」便在於他不屑於攻讀時文八股，而致力於經世致用之學，平日在家，悉心鑽研農桑、輿地，家中遍掛山河形勝、關塞險要詳圖，本人於山川、道里、疆域、沿革及歷代兵事瞭若指掌。

林則徐一生也算閱人多矣，詩壇巨擘、古文大家，京華薈萃之日，與林則徐交往甚多，但都是文學侍從之臣，談不上治亂世、禦外侮、挽狂飆。然而胡林翼一說起左宗棠便興致勃勃，眉飛色舞，說左宗棠正是治亂世之能臣，甚至攘臂嗔目地斷言：左宗棠乃當今霸才！為此，林則徐能不動心？不料去年的邀請未能如願。今日路過湘省，長沙距柳莊不過百里之遙，能不一睹「霸才」顏色？

左氏兄弟

黎明，長沙至湘陰的官道上，林聰彝與書僮林松兩騎正並轡急行。

這時，半輪殘月照著滔滔北去的湘江，嚴霜鋪蓋著莽莽田疇，寒風凜冽，呵氣如霜。他們出了城後，放馬急馳，只見板橋、小屋、枯樹、禿山皆飛快地向身後閃去。

待路邊莊戶人家在吃早飯時，他們已走了約莫九十餘里，早過了橋頭驛、茶亭、朱家鋪，來在湘陰地面了。只見晨霧漸起，兩邊樹木陰翳，馬蹄在石板路上有節奏地頻頻敲擊，山鳴谷應，很是寂寞荒涼。

又走了幾里，才隱約看見前面有一片房子，像是一條小街，走近來才發現，店鋪招牌上寫有「界頭鋪」字樣。

他們先在長沙就已打聽明白，左宗棠住湘陰柳莊，柳莊距界頭鋪不遠，於是，主僕二人下了馬，就在路邊店鋪吃了一些早點，也順便向店家打聽柳莊在哪個方向。

這時，只見店鋪中走出一人，年約六十歲，雖是莊戶人家裝束，舉止卻還斯文。他見聰彝二人衣著不俗，口音又不是本地人，各騎一匹駿馬，還牽了一匹馬，像是來接人的模樣，便說：「二位打聽柳莊，可是要去接左宗棠的麼？」

林松一聽忙說：「正是正是，老伯尊姓大名，莫非與左孝廉相熟？」

老者笑呵呵地說：「不敢當。老漢賤名左宗樹。二位要找的左孝廉左宗棠正是我的本家，論起來算是同輩兄弟呢。」

聽彝一旁聽見，忙上前揖了揖，又通報了自家姓名，然後說：「既然老丈與左先生是同宗兄弟，相煩老丈指引一下何如？」

左宗樹說：「巧得很，我這位兄弟是個能人，我正有事要去請教他，剛出門便碰見二位，我們一路同行吧？」

聽彝他們一路所過皆是長沙至湘陰驛道，聽說從這裡去柳莊要走小路，正怕無法找人問路，今見左宗樹願帶路同行，喜之不美。他們正好有一匹準備供左宗棠乘坐的馬，於是，讓左宗樹騎著，三人同往柳莊來。

原來柳莊處在界頭鋪與湘江碼頭樟樹港之間，距此還有十餘里路。左宗樹見聽彝氣宇不凡，一口京腔字正腔圓，帶一個伴當也眉清目秀，心中已明白對方是個有身分的人，於是，一路上極其巴結，言談也很健，且很想顯示自己有見識。

他說：「我們左姓，始祖即春秋時魯國史官左丘明，繁衍下來，到我們湘陰這一支，原是北宋時隨高宗南渡遷徙至此，六百年間，也是代有聞人。」

於是，他從南宋嘉定年間中進士、曾歷官兩浙採訪使的湯盤公左大銘說起，歷數左氏列祖列宗中的聞達者，最後話題落到聽彝要找的左宗棠及其兄長左宗植身上。

——他先是繪聲繪色地說起道光十二年壬辰科湖南鄉試的盛況——那一年左宗植一舉奪魁，中了解元，左宗棠也同時中了第十八名舉人，兄弟雙雙，春風得意，左氏門中皆大歡喜，開祠堂祭祖，熱鬧了好幾天。

接下來，他說起左宗植、左宗棠當時那一份狂勁。那一回，他們兄弟出場後，別人皆怏怏，他們卻很自信，榜還未發，左宗植兄弟就先在自家燈籠上寫上「新科解元」字樣，出門拜客，到處張揚。眾人都說他們狂，可他們十分得意地宣稱：第一名應該在他們兄弟中，不料榜發之後果如其言。

這事於左氏門中人當然引為驕傲，經他們發揮後更是動人，林松聽得很有趣，聰彝聽起來卻很不以為然。

聰彝今年二十五歲，父親官至總督，按說他也算是個貴胄公子，但細細說起來，他年紀輕輕卻吃了不少苦頭，他兄弟四人，父親一生宦海浮沉，四處奔走，一家人跟隨父親漂泊無定，他們兄妹姊弟有兩人就出生在旅途中。

父親生性耿介，仕途凶險，一家人為他操心，當禁煙失敗，父親被遣戍伊犁，詔旨發布之日，一家人如山崩水決，莫不駭然無語，父親年近花甲，母親體弱多病，一家人涕泣相隨，送至西安後，母親即臥床不起了，長兄汝舟因是官身，雖心想伴父親去伊犁，但陝西無人敢出銜代奏，只好送到乾州即回，由十八歲的聰彝和十五歲的拱樞伴父親出塞，臥病的母親則由妹妹陪伴，僑居西安。

一家數口，分居四處，常常音問阻絕，其悽惶困苦，不堪細訴。父親在新疆四年，為贖罪，曾自認捐資助屯，興辦墾務，為勘測屯田和水利，足跡遍及天山南北，很多偏僻的邊陲地方，不但是謫臣從來未去過的，就連邊帥武將也不曾涉足。聰彝兄弟緊隨父親左右，艱難跋涉，「短衣攜得西涼笛，吹徹龍沙萬里秋」。

後來，因母親思念幼子，父親乘有人東歸之便，將拱樞託付別人隨返西安，父親後在南疆及和闐的考察，一萬餘里的行程，就聰彝一人陪伴。

北疆的冷，吐魯番的熱，十三房的風，荒原沙磧，行數日難見人蹤，宿沙丘，飲雪水，歷盡了各種磨難，二十歲的聰彝飽受人間冷暖，看盡世態炎涼，眼下雖個人功名未曾成就，可閱歷及處世經驗已遠非同齡人可比。

儘管父親告誡他，應留意仕途經濟，將來功名應從舉業發解，以文章報國，並常在他們兄弟面前表示，不該因自己宦海漂泊，誤了他們兄弟的功名，此番急於回籍，也就是為他們兄弟便於回籍參加鄉試，但聰彝內心於功名非常淡薄，特別是母親逝世後，父親身體一日不如一日，一些家庭細務、官場應酬、書札往還全由他代勞。他憚於這些事務，更加迫切希望父親早作退步抽身之計，此番好容易盼到皇恩浩蕩，准父親回籍養疴。

告別了囚籠似的總督衙門，他像出籠的小鳥，只想盡快趕回閩侯老家，回到那小西湖畔的雲左山房，家中田產不多，聊備衣食；房廈不廣，足供棲宿。寄情山水，徜徉田園，讓小西湖的水洗去父親眼中的陰翳；雲左山房的書卷消磨父親晚年的最後時光吧。向煙霞笑傲，任世事蹉跎是人生的最高境界，何必再傾心世俗的交結，留意政壇的風雲呢？

所以，父親自昆明返閩，一路偃聲息、少交遊，他對此極力贊成，可今日為什麼又耐不住寂寞了呢？長沙城裡做寓公的李星沅等人本是文壇知己，仕途的同命人都不見，卻單單要見這左宗棠，區區一在籍舉人，三家村學究，足跡不出湖南，有什麼歷練、有什麼見解呢？尤其是聽這左宗樹所言，看來，此人還是個醉心功名仕進的狂人。俗話說，場中莫論文，又說一命二運三風水，四積陰功五讀書，憑什麼也不敢說穩拿解元呀！這些年聽彝也接觸了不少人，春秋術士，口說縱橫，三分鋼全安在嘴巴上，漫說技可屠龍，其實卻無寸用，心想，這左宗棠只怕也是這類人物。

柳莊訪賢

林聰彝因對左氏兄弟有了成見，一路之上，便盤問左宗樹了許多有關左宗棠的身世和志向，又說：「左老丈，據您所說，這左宗植、左宗棠兄弟既已中了孝廉，宗植且已出仕，任縣學教諭，那弟弟左宗棠為什麼又淹蹇鄉間呢？」

左宗樹說：「公子不知，這左宗棠平生志向大得很，可惜人強命不強。依他原先的口氣，似乎是中進士、點翰林也只是手到擒來的事，不料幾次赴京會試皆不得意。哥哥宗植是看得破，熬不過，乃赴京候選，做了一任教諭，後又改內閣中書，做一名小小的京官。左宗棠卻熬得住，對小官不屑一顧，認為不做官便罷，要做就要做督撫，獨霸一方，不受他人約束，所以，他平日在家只以諸葛亮自居，寫信題簽，總是署一個『今亮』，別人說他狂，他反說今亮還要勝過老亮。只等哪一天劉皇叔三顧茅廬來請他，可惜就是還不見那天到來，如今已三十有八了，一生光陰過了一大半，還是『高臥隆中』。」

聽彝想，他本家兄弟也這麼取笑他，其人能耐可知矣。但仍不放心，又問道：「那他現在一定仍在家發憤，指望博個龍頭屬老成了？」

左宗樹說：「這話又是又不是——他確實在下幃苦讀，只可惜讀的不是四書五經，更不是時文八股，只把個心思用在一些不正經的閒書上，什麼顧炎武的《郡國利病書》呀，顧祖禹的《讀史方輿紀要》啦，坊間刻印不多，他卻捨得花大價錢買來讀，別人買《闈墨》讀，好心人送一部給他，他看也不看就拿著搓紙媚子，別人認為他無可救藥，背地裡譏笑他，他卻一笑置之，朝夕用功去讀那些無用書，且認真條陳筆記，寫出眉批、心得，因為這樣分了心，所以會試無望。眼下明知做官沒希望了，他好像也清楚了，但那一份憨勁仍未改，仍是一個心思放在那些閒書上，什麼輿地學，農桑書，孜孜不倦。閒暇時，督率長工，栽桑種茶，養蠶種田。他又自號『湘上農人』。」

聽到這裡，聽彝發現這左宗樹不似一般種田人，居然能說這些農夫所不知的名詞術語，便稍稍盤問他。這左宗樹也不掩飾，他坦率地告訴聽彝，自己是個老童生，讀了幾十年書，赴了幾十年考，也不知做了幾多承題和破句，卻連個秀才也考不上，這才認輸改行務農，可惜為時已晚，此番去柳莊，便是去向左宗棠請教種茶技術的。

原來這以前湘陰不產茶，四年前左宗棠從安化引進茶種，在家鄉令長工試種，方法全是他口授的，鄉里人看它種在紅薯土邊，不佔多少面積，且有不少收益，也跟著學種，兩三年了仍無收穫，而左宗棠種的卻早已開始採青，今年更是蓬蓬勃勃。

左宗樹不解個中原因，曾向他請教過，左宗棠說，茶籽種下去後，不能聽之任之，讓其自生自滅，出苗後須盡心培育，施肥護土，拔草捉蟲。並約他於冬至過後來看他指導長工護理，眼下冬至已過，他便如約去向左宗棠請教。

直到這時，聽彝才稍稍改變了開先的看法——當聽左宗樹開始的介紹，他對此行失望已極，甚至準備勒轉馬頭回長沙的，據他看來，讀書人往往自命清高，看不起種田人，當年林則徐在江蘇任巡撫時，曾勸農民種雙季稻，還從湖廣購得「六十早」早稻種分與農民；後來在新疆，又四處勘察水利、農田，教人試挖坎兒井，勸墾勸屯，改造沙漠。種種措施，先後皆為同僚恥笑，不料這左宗棠也是衿過一青的舉人，且狂不可及，居然也留意農桑，又做出了成績，倒算是個有心人。

一路閒談，不覺又走了幾里。這時太陽當頭，晨霧散去，路邊當陽處凍土皆已翻漿。聽彝想，十里路只怕又走了七八里了，柳莊大概已不遠了。正要動問，只聽左宗樹在與路旁一背鋤頭的人問話：「可曾看見左三爹？」答話人說：「巧得很，他正在大塘基上，安排前沖後沖、上屋下屋左姓、黎姓、曾姓、蔣姓的人擔塘泥。」

聽彝一聽，不由問道：「左先生是地方鄉保里正麼？怎麼連這類事也要他到場？」

左宗樹尚未答話，那人卻搶先說：「嗨，左三爹呀，吃一升米的飯，操一石米的心，什麼閒事、空事他都熱心，我們這口大塘，上下承潤幾百畝田，這些年田產易主，應盡的塘工都不出了，可到乾旱要水時卻都來動鋤頭開水口，冬天無事卻聽任大塘淤積。是他老先生重新邀集眾人決議，按承潤田畝攤工，有錢出錢，無錢出力，均之勻之，不出塘工的天乾不准放水，有他舉人老爺出面為頭，誰敢不去呀。」

左宗樹一旁對聽彝說：「他就是這種人，雖也是個老爺，可與一般老爺大不一樣，碰了秀才講得書，遇上屠夫殺得豬，士農工商樣樣拿得起。」

說著，宗樹指著前面一片屋場告訴聽彝，「看，那就是柳莊。他在任淥江書院山長時，掙的學俸銀子買的。」

聽彝遠遠望去，只見綠蔭掩映，渠水環流，作為莊屋，算是整齊。依左宗樹之意，是聽彝主僕自去柳莊，由他去塘基上喊左宗棠回家。聽彝心想，既然這左宗棠就在前面，不如一道去見他，再說，他聽左宗樹閒談介紹，對這個左宗棠的為人漸漸已有了輪廓，此刻，他急欲見這個有幾分可敬的狂人。於是，堅持要同去，左宗樹只好依他。

下了一道小山坡，便是田間小路。兩邊是水田，中間僅可容足，馬行不便，聽彝只好下馬，讓林松牽著順原路退回，逕去柳莊等候，自己卻和左宗樹步行走田塍，過了一條壟，只見宗樹手一指，說：「看，那不是我那三弟嗎。」

說著，便隔著兩丘田招手，大聲呼喚。

這裡左宗棠剛好分配完擔塘泥的人，聽有人呼喚，認得是宗樹，忙走下塘基。

這邊聽彝總算看到了左宗棠。

三十八歲的左宗棠，個子不高，人也單瘦，穿著也極平常——布衣短褐，戴一頂棉帽，足蹬一雙外套草鞋的布棉鞋，雖不下塘擔泥，但也濺了一身泥水，那樣子，比周圍赤腳草鞋擔箢箕荷鋤頭的農民也整齊不了多少。

聽彝見左宗棠走近，眼露迷惑之意，也不用宗樹介紹，迎上一步，對左宗棠拱手說：「侯官林聽彝，奉家父之命，特來拜見左先生。」

左宗棠怔了怔，馬上醒悟，忙也拱手說：「侯官林公子？哎呀呀，足下莫不就是少穆宮保的少爺？真是稀客，路上不好說話，先到寒舍一敘。」

說著，招呼宗樹一聲，便引聽彝往家中走。這裡左宗樹才知自己一路陪來的人，便是威名赫赫的總督林則徐的公子，一時激動得說不出話來。

路上聽彝說：「晚生聽家嚴介紹，知先生為當今人傑，不料先生還這麼急公好義，為地方細事也不憚煩難。」

左宗棠說：「公子不知，農家靠田土為生，水利為第一要務，水塘水壩閒時不保修，忙時搶也不及，但敝鄉雜姓甚多，人心不齊，明知是有益之事，只因無人出頭宣導，事情便辦不成，所以，鄙人只好出來當這個頭。」

聽彝說：「先生急公好義，精力旺盛。」

左宗棠說：「國有國法，鄉有鄉規，循規蹈矩，鄙人僅指手畫腳而已。」

說話之間，他們已到了柳莊。只見林松正牽著三匹馬在路邊躊躇。左宗棠一行人走近，先喊長工把馬安頓好，再引聽彝進屋。

柳莊房屋不大，小康人家的格局，上下兩進，左右廂房，中間一個院子，前有槽門，後有倒步，其餘碓房、土倉、牛欄、豬欄、鴨塒，一應俱全。與眾不同的是，種田人家，卻在院子左邊廂房中闢有一間頗具規模的書房，門框、窗櫺簇新，裝飾得整整齊齊，一看便是書香人家的本色。

一進槽門，左宗樹自去尋長工問話。這裡左宗棠先引聽彝進書房，自己進裡間更衣。

聽彝先在槽門口站一站，瞧見正堂屋神龕邊有一副楹聯，筆法雄渾厚重，道是：

縱讀數千卷奇書，無實行不為識字；
要守六百年家法，有善策還是耕田。

進了書房，又瞥見正面牆上掛了一張條幅，仍是前面的筆跡，道是：

身無半畝，心憂天下；
讀破萬卷，神交古人。

聽彝一一默誦，連連點頭。

他聽父親講過，這左宗棠最初受知於陶澍即從一首楹聯開始——道光十七年，兩江總督陶澍閱兵江西，因原籍湖南安化，乃請假回湖南，途經醴陵。其時，在淥江書院任山長的左宗棠應縣令之請，為陶澍行館寫了一首楹聯，恭維陶澍如何受皇帝器重及湖湘子弟對陶澍的景仰：

春殿語從容，廿載家山，印心石在；
大江流日夜，八州子弟，翹首公歸。

據說，陶澍一見這楹聯，非常欣賞，詢知為左宗棠所作後，馬上邀來交談，並推為國士。

聽彝想，這類應酬文字，歌功頌德，作成容易作好難，唯眼前所見這類述志抒懷自勉之作，才能見志向。聽彝雖生在達官顯宦之家，但曾經大變，於世事反省較深，他想：渾渾噩噩，無知無識，固然是低等人生，與驢馬等牲畜無異；學而不顯，自修自娛，倒是隱者風範；用之則行，捨之則藏，自耕自樂、寧靜淡泊則真可以布衣傲王侯，但不知這左宗棠果然人如其文否？

心裡想著，便瞅著空子打量他這書房。

左宗棠這書房很是與眾不同，房屋雖不華麗，但寬敞明亮，古玩擺設沒有，唯紙筆墨硯擺布整齊，書籍很多，且許多書並非刻印，而是在毛邊紙上用蠅頭小楷細心抄錄裝訂成冊，有的已翻開，上面壓了書籤；翻開的書上，有的加了眉批、按語，有的夾有短箴或做了印記。

一看這形勢，聽彝可以想像書齋主人確手不釋卷在認真讀書，最令人驚詫不已的是書房兩邊牆上，竟掛滿了用整張熟宣紙拼攏、底褙皮紙的輿圖。

聽彝一見，不由怦然心動，忙走近細看。

原來這數十幅輿圖總括了關內十八行省、關外三北、西藏及越南、暹羅、緬甸、阿富汗等藩屬，將大清皇輿盡收一紙，彼疆我界及山川、道路、關隘、城堡一一用工筆細細描繪於其上。聽彝特別在西北及新疆部分仔細瀏覽了一番，凡他熟悉的地方，這上面皆有記載，具體方位、道路里程也大體不錯。

聽彝不由一下驚呆了。

自從父親虎門禁煙，英夷犯我海疆後，世人始知海外有國名英吉利，其人貌似紅毛番，船堅炮利，不遵我天朝上國的王化。但究竟這些鷹眼巨鼻的夷人來自何處，即英吉利國的具體方位，則誰也說不明白。待有人從新疆回來，說起南疆卡外發現有英吉利人往來互市，眾人紛紛以為怪異，認定這些夷人只能在東南沿海騷擾，絕不可能又跑到西北口外去，除非是從地下鑽出來的，為此，聽彝的父親還在廣州時，就根據從澳門的報紙及各番館獲得的資料，又參考已翻譯出書的《世界地理大全》一書，編成一部《四洲志》，說明世界原是一個球體，同時又大略說明了各國的方位。

這部書因成書倉促，未能盡如人意，後隨著父親獲罪發遣，刻印不多，流傳也不廣，父親將原稿交與好友魏源，囑其詳細考證訂正補充。魏源是個有心人，他接受父親的囑託後，又參考了大量書籍和資料，編成六十卷本的《海國圖志》，書中詳述了各國的歷史、地理、人情風物，並最先提出了「師夷之長技以制夷」的主張，可惜的是這類書至今仍不被人所重視，在公卿士大夫中更被視為異端，很少有人提及。不料今天在湘陰柳莊這麼個窮鄉僻壤，竟有這麼個人，不知何來如此豐富的知識，能把本國的輿圖，描畫得如此詳細周密。

在這以前坊間刻印的《圖書集成》中的輿圖多以《康熙輿圖》和《乾隆輿圖》為底本，聽彝當日隨父親勘察南疆，手中便有這種輿圖，通過實地對照查證，便發現了許多訛錯及遺漏，然而，在這輿圖上卻彌補了這些缺陷。比較《海國圖志》，一是說海外，一是繪的本國，用意則完全相同——使人一目了然天下大勢。

聽彝至此，完全清楚了——同聲相應、同氣相求，父親之所以心儀這個左宗棠，絕不是輕信浮言，而這個左宗棠享譽士林也不是沒有來由——他，完全是父親及魏源一流的人物。

果然，聽彝在書架上一眼就看到了熟悉的《四洲志》與《海國圖志》，同時，除左宗樹說的《郡國利病書》、《讀史方輿紀要》外，他還看到了齊召南的《水道提綱》和徐松的《西域水道記》、《漢書．西域傳補注》，賀長齡的《皇朝經世文編》等書。聽彝看著這一堆堆的書，這一張張的圖，已覺得它不再是死的、呆板的物體，而已經活起來，變成了支撐一個人的精神和力量。

聽彝暗自讚歎：「這左先生真是一個不同流俗的讀書人！」

這時，左宗棠已更衣來到了書房。

其實，所謂更衣，也只不過脫掉已濺上泥水的罩衣罩褲，換上另一條乾淨布褲，脫掉短衣，換上一件長棉袍而已。

左宗棠見聰彝在自己所繪的輿圖前留連，便說：「鄙人這圖，多非親歷考察，訛誤一定不少，公子曾隨令尊大人考察西北及新疆，一定發現有不少錯誤。」

聰彝忙說：「哪裡哪裡，先生真是個有心人，據晚生看來，這圖方位已相當精確，標注也較尋常的周詳縝密，以私家之力量能做到這一步誠非易事。俗話說：秀才不出門，能知天下事，此話用來形容先生，真是再貼切不過了。」

主客落座，長工獻茶。聰彝先講述父親老病、道經長沙相邀左先生一敘之意，接著又奉上林則徐的親筆短簡。

左宗棠一邊接著一邊說：「去年這個時候，令尊大人惠函相邀，鄙人因家務纏身，未能應命，下懷難安，此番一定隨公子前去拜會令尊，親聆令尊大人清誨。」

聰彝見左宗棠答應，心中歡喜，又問道：「晚生還有一事不明，想請教先生。」

左宗棠說：「公子但說無妨。」

聰彝乃指著牆上輿圖接續剛才的話題道：「先生為此，恐費力不少？」

左宗棠說：「誠如公子所言，為繪製這些輿圖，鄙人和內子參閱、比照了坊間刻印的各種輿圖版本及歷史文獻、遊記，又聽取了諸多遊客及商人口述，反覆考證、補充，前後歷時三年始成。雖仍未能盡如人意，可確實費了九牛二虎之力呢。」

聰彝不由深有感慨地說：「眼下讀書識字之人，無不以時文八股為當務之急，縱有些逸人高士如先生者，識得破此中滋味，退而潛隱，為消閒，也只是作作畫，寫寫詩，先生卻為何肯費大力氣對此饑不可食、寒不可衣且與舉業毫不相干的輿地學下此苦功呢？」

左宗棠一聽，先是微微一笑，繼而長長地歎了一口氣說：「公子不知，左某人平生所最引以為恥的，莫過於凡事一問三不知，時文八股，不過是仕進之梯，謀富貴的手段，於經世致用毫無益處，眼下海路開通，夷船叩關，而國人多不知夷人來自何處，又去自何方，這，應該是讀書人的奇恥大辱。這些年，鄙人潛心揣摩、思索，進而悟出史地兩項，凡人生處世之道、經邦濟世之學，莫不由此中有所得而來，而輿地之學，更為治國安邦的根本學問，其地形變遷、山川形勝、人物分布、庶物蕃昌、政區畫析、關塞險要、水陸交通，凡此種種，莫不與文教、武備、修學、施政、治事有關，眼下國家承平日久，士子多熱衷時文八股，頌德歌功，鄙人卻認為這閒時似是用不著的東西卻千萬丟不得，俗話說：閒時不燒香，急時抱佛腳，真正到了急時，再抱佛腳也晚了。」

聽彝聽了，連連點頭，說：「韞櫝深藏、待時而動，先生果真抱負不凡。」

賓主越說越投機，不知不覺中，後院左夫人已親自動手，整治出了一桌農家的酒席，虛席以待……

舟中會

傍晚時候，左宗棠、林聽彝一行已趕到長沙城，隨即下河登舟，與林則徐相見。

林則徐很驚訝，已近不惑之年的左宗棠，外貌仍像個小夥子，一點也不見老相，舉手投足，雄赳赳氣昂昂精力相當充沛，近百里的馬上馳驅，就像才遊過小園，瀟灑飄逸，無半點風塵之態。

當下，左宗棠欲以晚輩之禮拜見林則徐，被林則徐搶上前扶起——論年紀，左宗棠僅比林則徐的長子、翰林院編修林汝舟大兩歲，但左宗棠與陶澍為兒女親家，且是林則徐神交已久的朋友，故林則徐無論如何不肯受此一拜。

主客一揖即罷。落艙坐下後，左宗棠不待林則徐發問，先是興致勃勃地說：「晚生昨天還和鄉鄰好友說起明公，以為眼下兩湖之局勢，除非有明公這樣的人物重來，庶民才有重見天日之時，不意今天就親睹明公顏色，這真像是有什麼預兆似的。」

林則徐不勝驚訝，忙問道：「先生此話從何說起？」

左宗棠乃歎了一口氣，搖著三根指頭道：「湖南自道光二十六年起，連年乾旱，今年又遭水災，湘中湘北十數縣盡成澤國，道路遍是餓殍，儘管有司慈悲，奏准開倉放賑，可下層胥吏有幾個肯實心任事、體恤時艱？於是層層克扣，中飽私囊，致使賑糧落到百姓手中無幾。到秋後，一些高田雖略有收穫，可除正式課稅外，又巧立名目，各項苛捐雜稅無窮無盡，差役敲比追呼，凶神惡煞，至此，士民誰不念及明公在總督湖廣時那種體恤下情與民共憂患，在江蘇時抗旨救災、盡心濟民之心？所謂『晝見陰霾之象，自省愆尤；宵聞風雨之聲，難安枕簟。唯求恩出自天，多寬一分追呼，即多培一分元氣』，這疏語是何等的沉痛，又是何等的體念下情啊。」

林則徐不意左宗棠竟能背誦十多年前，自己在江蘇巡撫任上寫的懇請緩徵漕糧的奏疏——那一回，江蘇省發生特大澇災，但朝廷仍著令地方官加緊徵收江南漕賦，林則徐抗旨力辯，寫下了這篇當時膾炙人口的奏疏，疏文奏上，幾乎搿逆鱗、獲大罪——皇帝下密旨，令兩江總督陶澍追查。虧陶澍與林則徐同心，才得以化險為夷，闖過一關。

重提往事，林則徐不由感慨系之。於是，他和左宗棠談起勸賑救災的感受，不由又扯上了儲糧備荒、備兵，這樣就很自然地又扯上了他在新疆天山南北考察所得。

新疆自乾隆朝歸入版圖，百餘年來，朝廷在那裡推行軍府制，派到那裡的官吏，多是八旗親貴，豐鎬世家，天高皇帝遠，一任他們胡地胡天，上自將軍、都統，下自章京、筆帖式，幾乎無官不貪，無吏不猾，致使邊疆吏治腐敗不堪，且愈演愈烈，屯政荒廢，屯民逃散，人民怨聲載道，苦不堪言，林則徐考察天山南北各地，就親自目睹了這些情況，而在蔥嶺之西，兩個野心膨脹的大國，皆在虎視眈眈、饞涎欲滴地盯著新疆，據他所知，在他被譴戍伊犁的前三年，英國人正入侵阿富汗，前鋒兵馬已接近中國西陲；而俄羅斯尤甚——道光以來近十年間，俄國武裝邊民、商隊經常侵入巴爾喀什湖、齋桑湖之間，探查、設卡，蠶食邊界，其狼子野心已昭然若揭，可此時國人卻因海疆不靖，英吉利犯邊而把目光集中在東南。為此，他大聲疾呼：「最終為中國患者，其俄羅斯乎！」可朝廷袞袞諸公，對他這警告置若罔聞，他明白，國勢如此，自己以鐘殘漏盡之年，是無力再當大任了，朝野上下、濟濟多士，誰是那繼而奮起、力挽頹勢之人？

為此，林則徐這些年一直在留意海內人才，當他一聽胡林翼說起這個左宗棠後，不由心動，馬上就急不可耐地派人馳書致聘，今天，他惦念已久的人終於到了跟前，林則徐能不細心考察？

座間，六十五歲的林則徐，面對三十八歲的左宗棠，儼然以考問的口吻說：「季高先生，聽說你在家鑽研輿地、農桑等經世致用之學，自比諸葛，通曉天下大勢及古今歷史，鄙人今有一事不明，不知尊意肯賜教否？」

左宗棠拱一拱手說：「明公如有垂詢，晚生當知無不言。」

林則徐說：「鄙人自道光二十二年以罪臣之身謫居伊犁，歲月悠悠，一住四年，其間所聞所見，感慨良多。」

林則徐說著又微微歎息一聲，稍稍抿一口清茶潤嗓子，繼續說：「新疆廣袤數千里，沙磧戈壁，人煙稀少，聖朝自聖祖仁皇帝、世宗憲皇帝、高宗純皇帝直至當今聖主，凡十數次用兵，連年征戰，至師老民疲才勉為綏服，早在康熙之時，便有大學士李光地等上疏，謂新疆地廣人稀，乃蠻荒甌脫之地，朝廷勞師耗餉，已為不值，眼下海疆不靖，島國肆虐，輸鴉片、割香港、通五口、窺西藏，要商要戰，歲無寧日，為防海，我朝舉國上下，莫不朝乾夕惕，戰戰兢兢，似此，設若西陲有事，聖朝難免陷入東西受窘之困境，不知先生以為朝廷當何以處置新疆？」

林則徐說時，左宗棠一邊慢慢品茶，一邊認真地聽。這以前他一直認為林則徐以禁煙獲譴，流離邊圉，摩頂放踵，痛恨的應是英吉利，防患的該是東南沿海，不料四年逐臣生活，新疆的隱患又把他注意力吸引到了西北，心中不由感歎——藎臣憂國，遠矚高瞻，防微杜漸，無處不費盡心思，今天，他這口氣分明是有意考問自己，乃放下茶杯，淡淡地一笑說：「明公，據晚生所知，西事由來，已非一日。這以前，周逐獫狁，秦禦強胡，漢伐匈奴，唐征突厥——歷朝莫不銳意經營西域，致有張騫、班超、衛青、霍去病輩，功勳炳耀，煌煌然載諸史冊，想當初，漢建河西四郡，謂張中國之腋而斷匈奴之臂，又建西域都護府，遂令朝廷政令，頒行西域三十六國；唐時析西域為三州，分安西、北庭兩大都護，又設伊犁道行軍都總管，故漢唐之際，西域各國單于、可汗無不由中國策封。至國朝平噶爾丹、霍集占、張格爾之叛，設伊犁將軍，轄各辦事、領隊大臣，天山南北再次歸入我大清皇輿，由此足見，西域之統於中國，已近兩千年，其地廣袤數千里，蔥嶺、天山、阿爾泰山、崑崙山縱橫其間，為中國西北一大屏障，如今，西北鄰俄羅斯，西南接英屬印度、阿富汗，可謂雄峙於兩大強鄰之間，其地位至險至要，試看今日之中亞，俄羅斯、英吉利逐鹿爭雄，俄恃國大，英仗兵強，浩罕、布噶爾、印度、阿富汗、土庫曼皆成其席上之珍，任其臠割，英、俄如封豕長蛇，饕餮成性，既已於中亞蠶食鯨吞，難免不思於新疆瓜分豆剖，難保不以入侵浩罕、印度之兵移師東向，設若俄人得志於北疆，則外蒙不得安；英人得志於南疆，則西藏為其囊中之物，那時，玉門關外，烽燧頻傳，中原欲保一日之安，只恐難得。縱觀一部廿四史，凡中國強盛之日，必固守西陲，所以，漢得以逐單于於窮荒，大漠南北，不見王庭；唐擒沙缽羅可汗於石國，蔥嶺以東盡皆通款。內地晏然，不聞警柝；元人失國於中原，仍雄踞西北；朱明無遠略，用宦官，失邊備，遂令韃靼、瓦剌肆虐，英宗終蒙土木堡之辱；國朝龍興滿洲，定鼎中原，噶爾丹不臣中國，並回部，吞青海，攻喀爾喀，揮師東進，橫穿外蒙四千餘里，致使三汗四十九旗盡被侵凌，其前鋒直達京畿口外，我聖祖仁皇帝、世宗憲皇帝、高宗純皇帝視為心腹之患，歷三代宵旰憂勞，窮天下之力始平準部。愚以為今日之英俄，遠非瓦剌、也先可比，遠非噶爾丹、阿睦爾撒納可比，昔日弓矛鳥銃之時，仍不讓西北寸土，今日面臨十倍、百倍於曩昔之敵，焉敢說新疆可輕？若西北不守，藩籬盡失，玉門關外，皆為敵國，中原擾攘，又何能獨守東南？處今日之勢，要自強自立，必先固守新疆，反之，唇亡齒寒，戶破堂危，一省閃失，四省被災——此非聳聽之危言，實是迫於眉睫之急務也。」

聽左宗棠如此一說，林則徐不由連連點頭，心想，此人歷史、地理之精熟確名不虛傳，但不知政見何如？於是又說：「先生所言，自屬正論，只是新疆近百年來，屢有叛亂，先生以為其主要癥結何在呢？」

左宗棠心中清楚，林則徐在新疆四年，對那裡的民間疾苦、吏治及宗教皆洞悉其詳，這裡問我仍是試探之意，自己這些年雖致力於這些，畢竟憑的是耳食之言，書本知識，既然這裡坐了一位老師，「先生面前無顧忌」，完全可盡抒己見，且聽一聽這位老師的批評。於是，又侃侃言道：「新疆地域遼闊，蒙回雜居，蒙族奉黃教，敬喇嘛；回民信真主，習禮拜，故彼此常因教派之爭，互為水火，國初之際，準噶爾部興起，此即瓦剌四衛拉特之一，厄魯特人之苗裔，其民族精神崇尚武力，桀驁好鬥，噶爾丹奪得汗位，遂對中原生覬覦之意，致遭我大軍連年痛剿，噶爾丹、策妄阿拉布坦、策零、阿睦爾撒納——準噶爾部前後四大汗相繼被誅殺，此後，又天降天花，瘟疫流行，終使其部落毀滅，準部既殞，回民繼起稱雄，其首領稱大、小和卓木，猶西洋人之主教，西藏之達賴、班禪也，其民生性溫順，與世無爭，篤信阿拉，不惜以身殉教，當日準噶爾強盛，凌回民如賤奴，回民任其宰割若羔羊，國朝撫綏新疆，釋大、小和卓木，令其統舊部，沐浴風化，然而仍有霍集占、張格爾等大小和卓木之叛亂。細究當日之亂，或因教派不同，心存疑懼；或因官吏不法，暴虐激變，起始之初，朝廷慎選邊臣，以德服人，各領隊、辦事大臣受伊犁將軍節制，歲徵錢糧土貢，不過數十分取一，比較當初受準噶爾人虐取，不啻天壤。故國民賴此休息，常仰朝使如天人，豈料後之來者，保舉漸濫，流弊漸多，駐邊大臣，狼貪羊狠，科比日繁，徵派日急，日積月累，回民能不生仇恨？高宗之世，大將軍成袞札布謂邊民為山獸河魚，可聽其行走，無用法律約束，此後新疆平定，朝廷仍襲前人成法，立軍府，置邊臣，且屯且戍，邊陲政務，則一任大小伯克處置，聽其狐假虎威，指鹿為馬，此純羈縻於一時，非一勞永逸、長治久安之策也。上既失策於廟謨，下又誤事於邊臣，以邊遠之地、疑懼之民，能不屢撫屢叛？而今欲固西陲，永保疆域，設郡縣、置行省、招漢民實回疆、變窮邊為內地，廣興屯政，為根本之策，申法律、明約束、立信譽、示仁愛於邊民，為治本之方，然後，君臣效力，內外一心，則西域可保，英、俄亦不敢貿然叩關東向。」

這裡，左宗棠把新疆歷次的叛亂一半歸咎於本地民族矛盾，另一半歸咎於官吏的不法，逼得邊民鋌而走險，而造成這些現象的直接原因則是朝廷的失策——內地與邊疆政令不一，視邊民「為山獸河魚」，這與林則徐在新疆考察後的結論是一致的，且與林則徐在陝甘和雲貴處理回民起義時的看法也是一致的，林則徐在處理這些地方的暴動時，就提出了一條準則：不問漢回，只分良莠；是良雖回亦保，是莠雖漢亦誅。這種主張曾招非議，被指斥為姑息，不料今天，左宗棠也有類似的認識，真正是不謀而合，於是連連點頭。

左宗棠於是更加有恃無恐，乘興大談他的在新疆設置行省的構想和具體細節……

這以前，林則徐早就聽過他那一班「宣南詩社」的朋友，如龔自珍、魏源等人說起過宜在新疆設置行省的主張，但今日聽左宗棠說起，仍然覺得他的主張很新穎。

林則徐在新疆四年，考察所得，每天都寫進了筆記和心得中，其實，他對經營新疆有一套完整的看法和措施，也都體現在這些筆記裡。

老驥伏櫪，志在千里，烈士暮年，壯心不已。他時刻想著還有被皇帝重用的一天，也時刻在盼望這天能親自向皇帝暢談自己的看法，從而重新整治新疆，使之真正成為和內地不可分的一部分，永固西陲。

然而，歲月不居，君恩不再，他因禁煙一事與皇帝及皇帝周圍那一班權臣的隔膜是永遠無法消除了，而繼起肩重任者，莫非就是眼前人？他把左宗棠看了又看，把他說過的話想了又想，認定自己的判斷不錯。於是，他不再考問他了，只就剛才的問題談起了自己的看法。

人一激動，未免忘情。只見他頗興奮地從船艙底拖出一口箱子，打開來，裡面滿滿的全是地圖、筆記和書。他指著箱子對左宗棠說：「季高，這是鄙人在新疆四年的心血，原來總以為有一天要親自向皇上做交代的，看來這一天不會到來了，你拿去吧，鄙人斷言，設若今後西域有事，必英、俄作祟，而能固我西陲者，捨君其誰！」

這時，艙外的北風不知什麼時候息了，流水一般的月光終於從嶽麓山頂上傾瀉下來，橘子洲頭被嚴霜覆蓋的叢樹放出寒浸浸的珠光劍氣，湘江仍在咆嘯，港灣裡此時漁火一齊熄滅了，停泊的漁船仍在波濤中簸動；四周靜悄悄，只這一艘大客船艙口仍閃亮著燈光，舵樓在微風中嗚咽，與船艙人語相互應答，竟夕語聲未絕……

說起往事，二十七年彈指一揮間，雖然林則徐墓木已拱，但那指畫剖陳的畫面仍如昨日，左宗棠何曾料到，歷史的演變，竟有如此巧合——當年六十五歲的林則徐所提及的話題，竟在自己將近六十五歲之際，又重新被人擺了出來——僅李光地換成了李鴻章而已。

那麼，新疆的問題難道還須另外構思一篇奏疏嗎？

左宗棠不由熱血賁張，終於筆挾風雷，予李鴻章的《條議》以痛駁……

不久，一紙「六百里加緊」廷寄遞到蘭州，它，表達了朝廷最後的決心——收復新疆為既定國策，用人亦不必拘泥成法，乃撤景廉的欽差大臣，撤袁保恆幫辦糧台，任左宗棠以陝甘總督督辦新疆軍務，兵、糧、餉、運一身兼，全權負責收復新疆事宜。
為了這一道任命，左宗棠幾乎泣血以待近三十年……

第五章 喋血金城

金黃銀白

蘭州拜命之日，正是他大開殺戒之時。俗話說：人馬未動，糧草先行。為此他一次殺了十三名親信軍官，致令楚軍袍澤無不聞風股顫。

事件是因平番縣百姓魏鶴齡等十名老人赴轅投訴引發的。

為了西征軍糧，左宗棠在河西產糧區十五個州縣設有軍糧採買局，平番距蘭州最近，為平抑省城糧價，保證省城民食，開始時，蘭州四周的幾個州縣都不准設局，也不准私商屯積居奇，直至去年秋，他得知河西及隴右一帶大稔，穀價成直線猛落，為不致穀賤傷農，且保證軍需，這才應武威知府龍錫慶之請，在平番設局收糧，就在這時，差官張東興毛遂自薦，要去平番。

在身邊人中，張東興是最不安分的。他是湘陰東門外蔣家坪人，距柳莊不遠，且與左家沾親，此人本無賴子，有偷雞摸狗之劣行，有一回，他騙姦了一個幼女，此女與張為同族，論輩份還是長輩。這下動了公憤，族人要將他沉塘，虧他聞訊早，腳板上抹油溜得快，從此流落在湖北，在荊江替人搖櫓背縴做苦力，不敢回家。

咸豐五年，湘軍水師在江西湖口大敗，外河水師由彭玉麟率領回金口修整船隻，重整水師，張東興此時投入水師營，長江水師中多三湘子弟，彼此間常相互照應，他先分在一艘長龍上當篙手，因在湘江邊長大，水性極好，打仗又不怕死，加之也念過幾天書，心算口算快，在一班農家子弟中，他是佼佼者，只一年多時間竟爬到了哨官的位置。

那一年，張東興回家養傷，好了後在長沙見到了正在撫署任師爺的左相。左相原來也知道有這麼個人，眼下又正是用人之際，便勸他留在湖南。張東興在左相身邊只半年便不想待了，逢人便說寧為雞口不為牛後，左師爺自己也是伴甑而食，我更是吃別人殘羹的殘羹。

這話傳到左相耳中，有天便請他到書房說，張東興，你若是實心跟我，自然是有鹽同鹹無鹽同淡，不然便不要在外言三語四，腿還在你肚下長著呢！

張東興果然二話沒說便捲舖蓋走人。回到長江水師又幹了兩年，但總爬不到營官位置，這時，左相已開府兩浙，一路順利，張東興聞訊，便寫信與左相，要到浙江來。左相閱信笑了笑，也不寫信，只在他信上批了句：仍是伴甑飯，想好了只管來。

張東興這回沒有來。同治元年，李鴻章組軍援滬，張東興到了淮軍中，李鴻章開始還借重兩湖子弟，待攻下蘇州，自認成了氣候，便不把帳下一班湖南人放在眼中了。張東興本無賴子，流氓氣習重，一口痞腔，大咧咧的，故上下都不喜歡他，以致在淮軍五年，銜至記名提督，卻仍只當個哨官，帶百十個勇。

這年春，左相移督陝甘，在漢口募軍，他聞訊後，信也不寫便脫身來見左相，見面尚未說明來意，便先罵李鴻章嫉賢妒能，阻他仕進。左相知他來意，便說：旭初，看你這模樣，是在淮軍那邊混不下去了，我這裡一個蘿蔔一個坑，也不能把別人拉下來安排你，你要能耐煩等便先在我身邊等等看。就這樣，他留在了左相身邊當差官。

從一品記名提督官階大得很，但軍興以來，保舉之濫，已使這類武官多到貶了值，左相身邊一班差官便都是一二品武職大員，個個翎頂輝煌，也不單委屈了他。

此番，據告狀的說，張東興夥同平番縣令陳觀幹壓價收糧，百姓抵制後，便創立「賠頭錢」名目——令百姓加倍賠償以前領到的預購款，另外，張東興本人還有強佔民女等惡行。

張東興本無賴出身，這樣的人一旦離開左相，沒有了約束便胡作非為，本不稀奇。令左相不解的是平番縣令陳觀幹，此人乃兩榜進士出身，分發到甘肅後，在慶陽府當一任知縣有聲有色，口碑很好，正因為此，三年任滿才讓他去平番，平番為蘭州西行第一站，衝繁疲難，讓他去是望他有所作為的，不料卻讓張東興拉下了水。

左宗棠當時聽了稟報，氣得臉上青筋條條綻出，當即准了狀子，並馬上派出親信差官袁升和師爺陳迪南去平番了解實情。

幾天以後，袁升和陳迪南回來，才知情況有所出入——據了解，張東興壓價收糧，創立「賠頭錢」名目及強佔民間有夫之婦係確有其事，但縣太爺陳觀幹卻是個好人，根本未參與張東興所作所為，且幾次為此找張東興交涉，無奈張東興根本不聽他的。又說，張東興後來私自設卡，不准平番的糧食外銷外運，四道卡子中有一道由縣署派人，但凡百姓糧食從縣署卡子經過便放行不誤，後來，張東興發現，四道卡子全派了他的人這才把路卡死。

眼下，平番百姓中紛紛其說，說這位張軍門是左宮保的親戚，左宮保看他打了幾年仗，清苦可憐才委了這差使與他，成心讓他摟幾個錢回去養老，縣裡府裡知道個中情由，因為礙了左宮保的面子故不敢揭發。

袁升從百姓口中了解到這些情況後，便直接去了縣署，找到了陳觀幹。陳觀幹和陳迪南是同鄉，彼此是很熟悉的，所以，一見面即呼著陳迪南的表字說：「子異，我猜，你們二位是奉了左相之諭，特為平番縣的『賠頭錢』而來。」

陳迪南沉得住氣，故意板著臉孔反問道：「什麼意思？」

陳觀幹連連冷笑說：「子異，何必裝腔作勢？既然是你來了，我可以開誠相告，魏鶴齡等十人赴轅投訴乃我背後主使。」

「好啊。」陳迪南和袁升對視一眼，也冷笑道，「既然如此，你可知道利害？」

「知道。」陳觀幹仍然應對從容，「子異，我陳觀幹上不疚於神明，下無愧於百姓。」

「那麼，你是怎麼做平番的父母官的呢？」陳迪南的語氣仍咄咄逼人。

陳觀幹又冷笑說：「不錯，我陳觀幹既為平番縣令，平番縣出了坑民的事便該唯我是問。不過，張東興官階為從一品，且奉的是總督手札，我區區七品官，想管也管不下呀。」

陳迪南說：「那你也該申詳上臺，讓下情上達呀？」

「問得好。」陳觀幹點了點頭，又說，「子異，這可有說的呢。」

據他說，近二年隴右及河西大稔，糧價一度跌至每百斤四兩。平番因未設局採糧，糧價更低，交通不便的地方降到三兩五以下，為此，他先具稟到府，由武威知府龍錫慶轉呈至督署，左相特恩准於平番設局，派張東興來平番。

張東興到平番後，先在客店住下，卻派了個親兵拿了一張名片到縣衙來，傳縣令去問話，待陳觀幹趕去時，他正橫陳匠上抽大煙。儘管文武兩途，不相統屬，陳觀幹還是用大禮參拜他，可他理也不理，由人家跪下叩頭，又自己起來，他仍一個勁地抽他的大煙，直到一個煙泡燒完，這才爬起來，吐了一口濃痰，用煙槍指了指旁邊，示意陳觀幹坐下，又用土話說：「娘的×，這地方的土還可以，跟雲土差不多。」

陳觀幹以為他誇平番土地肥沃，不知是講煙土，忙應道：「土地是肥沃，就是怕乾旱，這兩年託皇上如天之福，總算風調雨順。」

張東興一聽，和對面替他打煙泡的親兵幾乎一下笑岔了氣，笑過又用煙槍指著莫名其妙的知縣鼻尖說：「糊塗，糊塗已極。如此耳聾目瞶，怎麼中得進士做得官。」

奚落之後，便令陳觀幹派差、出告示、傳鑼挨戶通知，並劃定地方設局、修倉，派人輪流護院。陳觀幹心想，秀才撞上兵，有理說不清。碰上了這麼驕橫跋扈的武官也沒辦法。做此官，行此禮，分內的事推辭不得。只好忍氣吞聲地退下，按他的吩咐照辦了。

待他把一切辦妥，張東興移到新設的採買局辦公後，再也不理睬他這個一縣之主了。不久，新糧登場，張東興掛牌收糧，卻不先標出明碼實價，收了糧只打一張收條，說待督署行文定價後再憑條兌款，又說定價一定是參照市價，絕不會短少。

四鄉農民有的已支到預購款，有的不知是計，紛紛送糧到局。

當時，陳觀幹便有懷疑。據他所知，左相督甘，一手抓軍事，一手抓民政，無糧不聚兵，民以食為天——兩者都與糧相連。所以，他既籌軍食又籌民食，且常告誡下屬，不能因軍食而奪民食，只有保證了民食之後才有可能保證軍食。故此，青黃不接時，為防止奸商屯積居奇，他寧願貼運費從外地購進糧食平糶，限制糧價上漲；秋收時他也採取措施防止糧價下跌，以免穀賤傷農，而且，利用設局採購軍糧之便，有意調節糧價，因此，新糧尚未登場，他的糧價便已出來且通知到各府縣了，今年怎麼糧價反在新糧登場之後呢？

於是，陳觀幹天天留意採買局的動向，並派人去鄰縣打聽情況，張東興掛牌收了十天，糧食已收足一千石，這才掛牌出來，每石定為三兩五。這一來鄉民大譁，都呼上當，紛紛找縣令申訴。

陳觀幹想，三兩五的糧價確曾有過，那是前年各地尚未設局時的價格，到各地設局後，糧價便上浮了。據他所知，河西十五縣去年糧價都在五兩五上下，如果仍是三兩五，那自己具文呈報到省中請設局採糧豈不是胡亂燒香引出了鬼？

於是，他決定去找張東興交涉。

左右一打聽，原來張東興不在局裡，已包了一個妓女，吃住都在那妓院裡。

陳觀幹心想，自己也是兩榜進士出身，十年窗下用功，日夕講論聖人之教，眼下七品官雖小，也是朝廷命官，怎麼好把公事去妓院當著婊子說呢？

左想右想，拿不出主意，最後只好讓一個差役去請他，只說省裡來了公文。張東興當時在和一群妓女玩牌，興致正濃，聽了差役的報告，風風火火趕到縣衙，一聽不是公文，而是縣令代百姓申訴，要他提價，臉色頓時便垮下來了，說糧價是左爵相定下來的，一言堂，不能再改，誰要提，自己去省裡和左相說。又責備陳觀幹不該說謊，誆他來縣衙敗了他的雅興。

說到這裡，陳觀幹突然涕泗橫流起來，說：「我只說，據我所知，今年河西十五縣糧價都是五兩五上下，鄉民一年辛苦不易，大人不該如此殺價收糧。這話一出口，便如點著了火藥桶，他暴跳如雷，竟猛地甩了我一個耳光，說我誣陷他，有意煽動百姓仇官，罵的話真不能複述。」

陳觀幹此話一說，袁升和陳迪南不由義憤填膺。

陳迪南一邊拉住要去找張東興算帳的袁升，勸他少安毋躁，一邊又埋怨陳觀幹說：「事已至此，不是我埋怨你，你怎麼拖到今天也不見一個字報上來呢？這無論如何也是你的錯呀。」

陳觀幹說：「我受辱後第二天，即具文申詳到府裡，也不說他打我的事，這等粗鄙小人不值與他計較，這個虧我吃得起，只是平番的百姓這個虧卻吃不起，所以，我申文到府，說張東興坑害百姓。第五天，府尊龍大人來到平番，是為落實左相修路、開渠、植柳的事一路巡視過來的。他已見了我的呈文，我見他又詳細稟報了一遍，誰知龍大人歎了一口氣說，時代多警，軍人受寵。何況他又是左爵相身邊人，聽說還沾了親，左爵相他老人家素以知人善任自詡，這事若揭發出來，他老人家先落個失察的名聲，面子上如何下得來？好在他的騙局已露底，百姓再也不會送糧上門了，讓他吃下這一千石糧的差價，回去屙痢、嘔血、打標槍吧！我一聽這口氣，明白他五品黃堂投鼠忌器，不願開罪他提督軍門，看來這一個巴掌是白挨了，只好打落牙齒和血吞。不料你不吭聲他卻不肯放過這一方百姓，百姓不送糧上門，他急了，找上縣署大耍威風，說平番的百姓全是通匪的刁民，不殺幾顆人頭辦不成事，立逼我派差役下鄉催糧，又從我手中強索田畝冊，按田畝分攤認購，沒有糧的賠錢，名曰『賠頭錢』，拿糧拿錢不出的抓到他那局子裡，灌涼水、抽皮鞭，一座關帝廟一時成了酆都城。前不久，又把一劉姓人家的媳婦搶來作妾，藉口是這戶人家欠了三石軍糧，至於其他劣跡，我這裡收了一疊告他的狀紙，一樁樁、一件件，有憑有據有苦主，我實在不忍，又自覺無能，只好出此下策，鼓動百姓赴轅上控，連我一起告下。」

袁升和陳迪南了解到實情後，當下安慰了陳觀幹幾句，二人連夜趕回蘭州，向左相說了此事的來龍去脈。

左相連連冷笑，決定嚴懲張東興以儆效尤。為防止張東興聞訊遠遁，他只派人以要事相商的名義將其傳到蘭州，一進西關立即被看押起來。

左相特委陳迪南審理此案。這案子既複雜又容易，所謂複雜是張東興來頭大，沒料到有人敢告，且告在左相名下，也沒料到左相會認真查辦；所謂容易是一目了然的貪污案，湘人俗話說的「石頭上扎猛子」，證據確鑿，無法抵賴，一訊即供，張東興一夥合計貪污制錢三萬餘串，折銀三萬餘兩。

不過，張東興畫供後卻提出要求見左相一面。

賠頭錢

左相聽了陳迪南的詳述，又看了張東興的親供，恨得牙癢癢的。陳迪南一邊說：「此事不宜遲疑，得趕緊奏報上去，請旨嚴懲才是。」

左相冷笑著，點一點頭說：「當然，這種人能讓他逍遙法外嗎？這幾年軍紀早已鬆懈了，一些人要錢不擇手段，我正想借幾顆人頭以資震懾呢。」

「這——」陳迪南老實人做紮實事，一旁提醒說，「大人忘了，今年改元。」話只說了一半，卻一下提醒了左宗棠——今年新皇帝登基，改年號「光緒」，大赦天下。張東興屬於官犯，縱能照擬定個大辟罪，但遇著大赦，刑部停勾緩決人犯，拖到明年便不一定不開恩免死，就是不開恩，這種人能讓他拖到明年嗎？左宗棠不由沉吟。

「大人要他三更死，絕不留人到五更。」陳迪南說完這句話，才發覺這話極不得體，不由漲紅了臉，結結巴巴地說：「我，我是說您有『尚方寶劍』。」

「這——」左宗棠倒沒留神陳迪南說漏了嘴，將自己比作了「閻王」；他只想張東興官階為從一品，官銜為記名提督，所謂「尚方寶劍」只能是七品以下者才可先斬後奏，像他這類官是要請旨後才殺得的。

陳迪南又一邊提醒說：「他的記名提督只是虛銜，實職僅麾下一差官，總督殺差官一點也用不著申報。」

這下終於提醒了左宗棠，於是決定不出奏了。聽陳迪南轉述張東興欲見一面的話，左宗棠眼珠子一轉，頗有興趣地說：「好，讓他來。」

於是，張東興垂著雙手默默地走了進來。走進花廳門，一眼瞥見左相端個水煙筒坐在上頭，如同孩子看見了媽，遠遠地便跪了下來，一路膝行至前，大叫一聲道：「三爹，我該死。」

「好角色嘛，怎麼該死呢？」左宗棠冷冷地盯著他，笑道，「俗話說，三年清知府，十萬雪花銀，你堂堂一品大員，大半年也才弄了個三萬兩，不算多啊。」

張東興仔細揣摩左相這句話，眉間現出一絲喜色，乃連叩三個響頭說：「三爹是個明白人，我小子是窮瘋了呢。」

「是嗎？」左宗棠閒閒地像敘家常，說，「『金黃銀白，誰見了不眼紅心黑，須知頭上有青天。』伢仔，這不是我們縣裡城隍廟門口的對子嗎？但話說回來，千里做官只為財，就是我招兵時也跟你們講了，跟了我去剿匪，只要不死總要發財，那是讓你們去搶敵人的，不然，男子漢空手出遠門不為錢為什麼？不過，話又要說回來，世間的錢有的只管放肆搶，有的卻丟在地上看也看不得，看多了要爛眼睛，拈了要剁手指。湘陰的左日升你應該是熟悉的，和我們一族同姓不同宗，他也跟你差不多，在家裡偷堂客被人趕出門的，從軍後也混到了記名提督，那年他找了我，要和我們聯宗續譜，我不答應他，他一氣之下，回到老家牛路口砌祠堂，比我們界頭鋪左氏宗祠還氣派，他有錢，我也奈他不何，因為他錢來得正路，這就是角色，我看你小子才摟了這幾個錢，真是連狗卵子也不抵！」

張東興呆呆地由他罵，又連連叩頭說：「是的，三爹罵得好，我是狗卵子也不抵，也只怪那一班人，一下就哄著我把錢玩完了。」

「這麼說，你還沒有匯一個錢回家與父母？」

「是的，三爹，我如果匯了錢回家，您老人家便活剮了我。」

「匯了錢說明你還有藥救，不匯說明你已是不可藥救的報應崽，平日手中拮据時也常見你叨念爺娘，有了錢卻只記得婆娘，包了個粉頭又還要霸佔生妻，不要說了，越說我越看你不來，你還有什麼要交代的？」

張東興聽出左相最後一句兆頭不好，忙膝行近前，抱住左相的一條腿哀求道：「三爹，三爹，沒有別的話，只求您網開一面，手下留情，我是您屋門口的人，打虎還需親兄弟，上陣還是父子兵，我不就跟您兒子一樣嗎？留我在身邊，我會替您出死力的。不然，讓我到新疆打回子去。」

他抱住左相的腿，一把眼淚一把鼻涕哭訴個沒完。

不料就在這時，只聽頭上發出一連串陰冷的笑聲，直笑得他毛骨悚然。他抬起頭來看左相，左相也正陰森森地看他，說：「廢話，打回子靠你？來人啦，拉出去！」

說著腿一抬，一下踹翻了張東興。

張東興剛要爬起來繼續求情，兩廊下的戈什哈如何會讓他再近身？他們上來兩個壯漢，按住張東興的頭，一人夾一條胳臂，把他一下拖了出去，拖到外面的一間套房門口，只見朱信、袁升、戴福等一班差官齊候在那裡。

這一班人中，數朱信與張東興關係最好，他倆不但是同年，且是換過帖拜過把的盟兄弟。此時他一見張東興被挾持出來，忙迎上去拱手道：「張東哥。」

眾人也一齊圍上來叫張東哥。

張東興一見他們，熱淚一湧而出，忙甩脫兩邊的戈什哈，「撲通」一聲跪下來哀訴道：「哥子們，這回東哥的禍闖大了，你們可不能見死不救啊。」

說著像小雞啄米似地向眾人一一磕頭。眾人來扶他，他硬不依，竟把額頭也碰出了血，說：「原以為左三爹寵愛我們，弄幾個錢開一開心沒什麼了不起，沒料到此番他認了真。你們都是他的心腹差官，出生入死保過他的。你們去討個保，他沒有不賣面子的！」

朱信等人見他如此，眼中都滲出了淚水。但一聽「討保」二字便個個搖頭歎氣。朱信說：「張東哥，別說了，能討保還用你說嗎？爵相寵我們不差，我們平日要弄點外快，他也常是睜一隻眼閉一隻眼的，你這回不同，不該敗他的軍糧。眼下他正為這事晝夜不眠地操心，貪污軍糧的人比挖了他的祖墳還可惡，再說呢，你也太膽大了，就在他眼皮子底下搗鬼，且又搞在明處，天底下的貪官都沒你這麼傻的，我清楚，打從你出事他便動了殺機，你在他身邊這麼多年還不清楚他的脾氣？打定了主意的事，只怕皇帝老子求情也扳不轉。」

袁升長長地歎了一口氣說：「別說了，這事不是我們這些人能說得清的，張東哥，我知道你怨著我，案子是我辦的，但你要是個明白人也就該原諒我，差事攤到頭上是無法推脫的，不認真查三爹也饒不了我。」

戴福說：「張東哥，這裡特為你辦了一桌飯，算是給你賠罪，你就打定主意趕第二趟生意吧，二世為人記住一條，不是你份內的別癡想啊。」

眾人說著，不由淚如雨下。

七勸八勸，好容易把他勸到上席坐了，朱信把盞，袁升夾菜，盡把好吃的往張東興碗裡夾。

張東興一見這陣勢，靠牆牆倒，靠壁壁歪，一條小命少靠了，不由眼淚雙流，酒菜儘管豐盛，只是難以下嚥。一頓酒喝了個把時辰，張東興和眾人都是在和淚而吞。

正挨著辰光，只聽外面一陣靴子響，一個紅頂子官在窗前晃了晃，雖只現了半張臉兒，袁升眼尖，馬上看清了是陳迪南。他向朱信遞了個眼色，朱信和戴福等人都會意了，於是，端著杯子站了起來，說：「張東哥，請乾了這杯酒，願此去最後一次為左三爹爭一口氣，也為弟兄們做個好榜樣。」

張東興一見這形勢，哪能顧及眾人的殷殷期望，一下癱軟下來，復又號啕大哭。儘管眾人催促動身，他仍賴在桌上不肯站起，口中說：「哥子們，你們真忍心看著我去死，不肯去求一個情嗎？」

這一來，眾人心裡便有了幾分鄙視之意了。大家想，我們不求情，你哪能得如此從容？

朱信看出眾人之意，劈直說：「張東哥，不是兄弟說你，事至如今，天意難回，你若是條漢子，和眾兄弟痛快地乾三杯，一仰脖子走路，二世不又是條好漢嗎？不要這麼窩窩囊囊的，讓人小看。」

袁升也說：「你的雙親，我們會好生照應的，讓二老覺得就如你還在一樣，細伢崽也要代你撫養成人的，你就放心好了。」

張東興一邊乾嚎一邊訴說：「我如何放得這份心啊。我那繼父是頭騷特子，還未收兒媳，先動燒火心。我不死，他還有些畏，我一死，我那婆娘便靠不住了。」

這後事交代下來，別人如何代為得？連勸都不好勸，門外幾個看熱鬧的護兵忍笑不住，一齊捂住嘴在外邊抹眼淚。

袁升怕耽誤久了遭左相責怪，又連連向朱信使眼色。眾人只好連勸帶拉，把他拉起來，攙扶到外面。

只見甬道上早停了一輛很漂亮的後檔轎車，藍布幔子遮著轎門，白色流蘇垂在四周，很是講究的。眾人扶著張東興上了車，像姊妹夥送嫁一般，把他圍在中間坐了，這裡人一坐下，馬車立即走動，那拉車的三匹大馬項上的鈴鐺「叮噹叮噹」地響著，馬蹄「踢噠踢噠」地敲著，蓋過了張東興的嚶嚶哭泣聲，一直拉到西關外河灘上。

斬雁灘

這裡早已布滿了洋槍兵和馬隊，圍了一個大圈，圈外裡三層外三層擠滿了看熱鬧的百姓，足有上萬人。

大家說左宮保今天唱大戲，都來看熱鬧。大圈正中搭起了一座巨大的蘆棚，成隊的刀斧手分站兩邊，蘆棚正中香煙嫋嫋，巨燭高燒，一張朝南的大紅木案上，供了一個檯子，上面插了一面藍緞子三角旗，一面裹金小虎頭牌，旗子和金牌上各有一個楷書的「令」字，上面加蓋了兵部衙門的印鑒——此為「王命旗牌」，也就是陳迪南所說的可先斬後奏的「尚方寶劍」。總督或巡撫「代天巡狩」安撫一方，天子必賜以「王命旗牌」，一省文武官員見了它，就如同見了皇上一般。

此刻，左相端坐在紅木案的左邊太師椅上，站在他對面的是以魏鶴齡為首的從平番縣赴轅投訴的十名老人，棚內悄然無聲，棚外刀劍羅列，旗幡飄動，氣氛煞是森嚴。

日上中天的時候，只聽一陣隆隆炮聲響過，張東興被拽著下了車。他人一下車，車子馬上掉過頭回節園了——人非草木，焉能無情？這一班差官和張東興是在槍林彈雨中共過患難之人，更何況他是個四海人，只有嘴上說的，沒有心裡想的，最好相處，眾人實在不忍心看著他死。

可河灘上有的是看熱鬧的人。這年頭常常見殺人，幾時看過殺一品官？尤其是平番縣的百姓，一聽坑害他們的贓官今日挨刀，半夜裡便動身趕大車騎毛驢來看熱鬧。這裡張東興一下車，人群中就「轟」地一聲鬧開了，罵的、唾的、揮拳頭頓足的都有，慌得督標參將和蘭州兵備道只好親自騎馬出列，指揮手下軍士將竄進圈子裡的百姓趕出來。

這時，另一條胡同裡進入兩輛大車，平番縣軍糧採買局的整套班子——司稱、記碼、司務、出納共十二人，他們沒福像張東興一樣受優待，一齊被五花大綁，從車子上推下來，順著河灘跪了一排。

張東興一見這形勢，雙腿早直不起了，就如一個醉漢軟成一團，由眾人半扶半拖拉到了蘆棚前。三聲號炮響過，身著官服的陳迪南走出來，向軍民人等講述一番左相整飭吏治，嚴懲貪污的決心，又數說張東興在平番的罪惡，最後歸結到一切為了西征軍事，望軍民人等恪職守法力爭西征奏捷云云——這場面太大，人又多，陳迪南的方言尾子重，底氣又不足，眾人也沒聽進多少，反正聽的不如看的。

陳迪南說完，又是「咚、咚、咚」三聲號炮，左相即時離座，走至香案前。這時，細樂奏起，左相在樂聲中對著香燭供奉著的王命旗牌恭行三跪九叩之禮，禮畢復轉身，剛剛站定，陳迪南已把一張罪狀，一十三道斬標一齊捧了上來，左相也不細看，就在小几上操起朱筆匆匆勾朱，勾完朱筆往後一丟，轉身就走。

就在這時，只聽一聲淒厲而絕望的慘叫聲突然傳過來——「左三爹，刀下留人啊！」

左宗棠回頭一望，只見張東興披頭散髮、大哭著跌跌撞撞地朝蘆棚撲來。

原來挾持他的兩名士兵見他嚇成這樣，便沒再牢牢地把住他，待左相恭請王命旗牌時，這兩個士兵眼睛走了神，竟讓清醒過來的張東興跑脫了。可惜蘆棚外軍士列隊如牆，如何讓他近得左相的身？終於被擋在棚外了。

他雙手挽住架棚的木柱，號啕大哭，不肯鬆手。監斬官陳迪南此時板著臉，向兩邊的士兵一努嘴，眾士兵動得鑾來，終於使勁將張東興十指扳開來，但終不好再五花大綁他，仍是左右二人架著他的胳膊按著在陳迪南跟前跪下。

陳迪南又當眾宣讀了罪狀，然後低聲喝道：「張東興，你認罪嗎？」

張東興只嚶嚶地哭，不回答。按他的士兵只好代答：「認罪！認罪！」

陳迪南又低聲喝道：「還不趕緊謝恩！」

士兵只得拼命將他的頭摁住，朝王命旗牌點了點，勉強謝了恩，然後一下把他拉到前邊——這裡已鋪了一大塊紅氈毹，算是對他最後的禮遇。

待張東興被按到紅氈毹上，一個手執大刀的劊子手上來，先給他下了個單腿跪，口稱：「小子送張軍門升天。」

這時，張東興已不掙扎了，眾人也鬆了手，但他怎麼也跪不直，軟耷耷的縮著頭癱在那裡。

這情況讓劊子手為了難，他已受袁升關照過，這一刀務須乾脆俐落，可犯人這個樣子，要麼只削去天靈蓋，要麼會砍在肩膀上，還是他有辦法，他站起來突然向著後面大叫道：「張軍門，婊子玉蘭花送行來了。」

這一句還真靈。張東興止住哭，淚眼婆娑地挺起身子扭頭去看，這身子一挺頭一扭，只見身邊的劊子手刀一揮，張東興那顆頭已砉然離身子丈餘遠了，劊子手還是出了一身汗，說：「真不是角色。」

殺了張東興，其餘十二人好對付多了，劊子手們兩個伺候一個，乾淨俐落，霎時之間，黃河邊上人頭滾滾，齊整整擺下了十三具屍首……

左相為正軍紀——更確切地說為了保證西征軍糧而殺一品大員的消息，只幾天便傳遍了全軍，眾人至此無不心生警惕，以至後來大軍西進時，糧餉雖然緊張卻極少出現侵吞謊冒情事，但於此事也仍有人背後議論的，這主要是從張東興臨死時的懦怯上做文章，他們說，以張東興這樣的渾人，以左相的精明，偏偏被派了去經手錢糧，且恰巧又派到陳觀幹這麼一個循吏的轄地，這分明是一個圈套，本意便是借人頭以示警。再說張東興固然是左相身邊人，沾親帶故，但他一度混跡淮軍，在那邊獲得功名，算不上「家生奴才」。有人甚至說左相殺張東興後也曾心虛過，每年春秋兩季去定湘王神廟為陣亡將士的亡靈燒香時，其中有一包錢紙是密封的，死者姓名寫在內封上，說得神乎其神。

其實，在鐵腕冰容的左爵相來說，轅門喋血又算得什麼？他那成功的光環又掩蓋了多少血腥？

第六章 定湘神王

籌餉

左宗棠於第二天來定湘王神廟祭神，這是事先安排的項目。

在西北，凡楚軍戰鬥過的地方都建有定湘王神廟，唯肅州的神廟最大。定湘王本長沙城隍，據說，當年太平軍攻長沙相持不下時，洪秀全深夜巡視軍營，遙見有金甲巨人坐天心閣指揮官軍守禦，知長沙不可克，遂引兵北去，於是，湘人風傳，謂巨人即城隍顯靈，湘撫駱秉章乃上奏朝廷，傳旨封長沙城隍為「定湘王」。

於是，定湘王成了每一個楚軍士兵心中的戰神，成了他們的精神支柱，他們深信，有神祇的庇佑，在他們面前，種種危難，皆可逢凶化吉，由此，定湘王廟前香火不絕。

肅州的定湘王行宮在南關外軍營附近，當年肅州之役，陣亡將士很多，戰事告竣後，觸目城廂，碧血滿地，白骨撐天，十數萬楚軍將士無不惻然，左宗棠乃下令，在南關城外建定湘王行宮，塑神像於殿上，又將戰死的將士神主附祀其側，左宗棠在肅之日常親至行宮燒香，此番入京，再來就不知是何年何月了，故於百忙中仍抽空至行宮一拜。

就像第一次進殿主持祭祀一樣，他邁著平穩而莊重的步履，一步一步跨進殿堂。隨行的侍從早放慢了步子，此刻正成兩排肅立在階下，連粗氣也不敢出，一隊粗壯高大的兵士抬著烏牛白馬等犧牲進來，一一擺上祭台，兩廊廟祝擊動鐘鼓，在肅穆的鼓樂中，他抬起頭，像入覲面聖一般，用無限虔誠與自信的目光，望著金座上的神像，一步一步，緩緩走近。

這時，殿上神燭高燒，整個殿堂全籠罩在檀香的靄靄青煙中。

終於，他穩步上前，端正地跪在蒲團上……

——光緒二年二月二十二日，左宗棠終於帶著他的親兵小隊離開了蘭州，踏上了西征之路，六天後，一行人到達了涼州（武威）。

涼州知府龍錫慶帶了一班隨從郊迎三十里，從大河驛陪著進涼州。

龍錫慶字仁荄，湖南安化人。他也是追隨左宗棠最久的楚軍骨幹，同治初年即以縣學生員的身分佐幕府，能詩善畫，極有才幹。

前不久，他畫了一張《疏勒望雲圖》並題詩獻給左宗棠，畫好詩更佳，所謂「脫卻菜衣擁纛牙，漳江浙水又胡沙」一句深受左宗棠誇獎，不料接著他治下的平番縣出了張東興一案，他竟主張隱匿不報，待左相怒斬張東興，十三人喋血金城後，他自知辜恩溺職，不待左相追究，馬上上了一道謝罪書，把自己痛罵了一番，左相才未予追究。

今天，他一見左相之面馬上又請罪，左相笑盈盈地說：「仁荄，算了，已往之事，認了錯就好，再說，投鼠忌器也是人之常情。此番關外打響，涼州地位非一般，千萬不可再出紕漏啊。」

龍錫慶連連拍著胸脯保證，左相這才放心。

六天的旅程，一路風沙迷漫，征人鬚髮皆黃，左宗棠決定休息一天，他住進龍錫慶的府衙，龍錫慶一面以酒肉犒賞左相的隨從和親軍，一面備盛宴為左相接風。

席散之後，左相退入上房休息時，龍錫慶試探著說：「老師為收復新疆夙興夜寐、整軍經武多年，今天算是瓜熟蒂落、水到渠成了。」

左宗棠輕輕歎了一口氣，說：「水到渠成？好一個水到渠成，我這分明是做孤注一擲呢。」

待龍錫慶問起所以然，他便苦笑著說起六天前離開蘭州時的情景……

就在左宗棠將數萬楚軍擺在河西走廊，厲兵秣馬，行將出關之際，雲南發生了馬嘉理事件——英國翻譯官馬嘉理在騰沖被殺，英使威妥瑪以此要脅朝廷，外交上大起風波；加之日本侵台事件後，海防驟然緊張，沿海各省督撫紛紛以海防為由，拒絕撥解西征協餉。

這裡征西需軍費孔亟，左宗棠只得奏請由兩江總督沈葆楨代借外債一千萬兩。沈葆楨一向與左宗棠關係不錯，不料此番受李鴻章挑唆，卻向他「打起了哈哈」，上奏朝廷，謂「左宗棠此行，不當效霍去病犁庭掃穴，而應師趙充國養威負重。將帥無赫赫之功，而國家受萬全之福。」

此說自然是拒絕左宗棠的要求。西征軍已是箭在弦上、不得不發了，新正一過，二月初八日，前署理陝西巡撫劉典終於到達蘭州，他是應左宗棠之請，由朝廷降旨以三品京堂、二品頂戴的身分，來蘭州代行代拆總督事的，故友重逢，盤桓數日後，左宗棠決計啟程，金順、張曜的部隊早已於前年到達哈密一線，征西的主力、劉錦棠的老湘營也已就食涼州一帶，接令後陸續移營肅州。從肅州至哈密一路多沙漠，沿途台站水井僅能供千人，故數萬大軍須分成幾十撥出發，節次西進，左宗棠是讓各軍分別啟程後，自己最後統親軍開肅州。

動身之際，藩司崇保、學政吳大澂、臬司史念祖、蘭山書院山長吳可讀等一班官紳兩百餘人齊集金城渡浮橋的一側，準備為左相餞行，左宗棠卻和劉典同乘一輛後檔轎車緩緩地出城。

「克庵，我就要走了，你還有什麼話要說的嗎？」車中，左宗棠緊緊地握住劉典的手，雙眼噙滿了淚花。

還有什麼話要說呢？所有事務，其輕重緩急，左宗棠皆一一關照了，他本幕府舊人，熟悉左宗棠的心事及作風，且一度出撫陝西，如今接手甘肅後方政務本應輕車熟路，所不放心的只有經費一項。

來之前，左宗棠信上就跟他訴過苦，「西事已成疲頑之症，賴以成事的兵、糧、餉、運四事無一項可落到實處。所謂兵疲、糧乏、餉絀、運難。」到蘭州後，發現此話雖有些誇張，但經費一項確實十分拮据。上年實際開支達五百多萬兩，但收到僅三百多萬兩，歷年積欠達兩千多萬兩。眼下出關的隊伍要發鹽菜、馬乾等費用，裁撤下來的老弱病殘要一次償清歷年積欠好回去安家，單這兩項便不下數十萬兩之數，師行絕域，無的餉可指。但左宗棠認為不能等到萬事齊備那天才出師，他有一句口頭禪，叫「草鞋沒樣，邊打邊像」，又說「火缽裡煨黃鱔，只能一節一節來」，終於克日興師了，他想，左相並非騎虎難下，為什麼要走這一著險棋呢？

十幾年軍旅生涯，劉典一清如水，家中債臺高築，左宗棠得知他的窘況，寫信關照湖南巡撫王文韶，在劉典動身來西北之後，送了五千兩銀票至他家，三千兩代他清理債務，二千兩為太夫人養老。

到蘭州後，文書印鑒，統統交他，事無巨細，和盤托出，所謂知心契合，肝膽相照，劉典是抱定士為知己者死的心理來接下這副重擔的。所以，事到如今，他只好硬著頭皮說：「明公，你放心去吧，這裡有我。」

「克庵，有你這句話，我還有什麼不放心的呢？我一直認為，天下無不可了之事，唯上下一心事才有成。此行是凶是吉，前方靠毅齋，後方就靠你，我是坐享其成。」

說話之間，車子已駛離西大街，北邊廣源門的城樓已遙遙在望了，一直坐在車門邊的袁升見二人臉上有淚痕，不由焦急地說：「我的二位爺，鎮遠橋頭送行的文武官員幾百人在候著呢，這樣子怎麼見人呢？」

一句話提醒了他們，這才各自掏出手帕擦乾老淚。

今天，他和龍錫慶說起這些，仍不勝唏噓。他說：「仁荄，你說這不是孤注一擲又是什麼呢？」

龍錫慶不由也感慨系之，只好寬他心道：「師行絕域，無的餉可指，老師這一著棋確是險棋。不過，老師為國家收復舊疆，凜然正氣，會有天助的，這以前不也常常逢凶化吉嗎？」

一言未了，只聽外邊突然傳出一片吼聲，隨著，又是「砰」地一聲槍響。

左宗棠和龍錫慶不由一下怔住了，只見一個衙役匆匆跑進來，大聲說：「府尊大人，不好了，西邊過來一夥亂兵，一下搶了西關，城內的商號、民戶全遭了殃了！」

反武威

官玉田十年前便是禮字三營的營官。

禮字三營本是多隆阿的舊部，最初在陝西時，禮字三營很吃香，作為欽差大臣多隆阿的親軍，糧事餉事優厚，便宜佔了不少，待多隆阿戰死，他們也跟著倒了楣——繼任的穆圖善、金順都有自己的親軍，對他們則採取任其自生自滅的態度。

金順後來接統成祿舊部，出關後又代領景廉部眾，隊伍如滾雪球一般越滾越大，至有四十營之多，但冗員龐雜，缺額極多，戰鬥力很弱，為精兵節餉，左相奏准朝廷，令金順分批裁撤至二十個營的編制。

金順雖十分不願，但面對朝旨，不得不應付，禮字三營便成了第一批裁撤對象。官玉田本人情況更慘——早在多隆阿在世時，他便因營中查出了哥老會而被革去營官職務，貶做了哨官。

這以後，這支隊伍成了沒爹的孩子，官玉田本人沒有靠山，沒有開復處分的機會，待開赴新疆時，部隊有天宿營白龍溝，半夜遭到回民軍襲擊，官玉田剛跨出帳篷，只見對面火光一閃，他右腿一麻即掛了彩，回民軍人數少，騷擾一陣之後便撤了，可他的右腿卻被打斷，踝骨流血不止。行軍途中條件艱苦，雖經郎中診視，但傷口流了一個多月的膿，後來便成了跛子。所以，此番裁撤，他作為老弱病殘的「殘」，理所當然不留，首批裁軍，金順怕出事，為省事不說裁只說撤——回防河南。

這支軍隊成員多河南懷慶和南陽兩地人，表面看，回防河南正如他們的心願，暗地布置則是只待他們過了黃河便宣布解散，營官董志新事先得知這安排，經多方活動後調到金順的親軍中去了，卻把個跛子官玉田推出來任營官，算是讓他官復原職。

「娘的×，什麼撤，以為老子不清楚，卸磨殺驢呢。」官玉田和手下三名心腹已聞到了風聲，把金順恨得牙癢癢的，恨不得當時就反了，但他們沒有這樣做——部隊駐紮濟木薩，眼下大軍雲集，一個營不過五百來人，反起來只有虧吃。

所以，他們裝作服從，答應帶著隊伍回老家去。從戎十餘年，年年月月，未發過一次滿餉，攻克肅州後清理了一次積欠，但接著又拖欠，至今每人名下幾乎有幾十兩之多，營、哨官有缺額可吃，每人名下有上千兩，雖無現銀可關，上頭還是認這個帳的。眼下撤防回家，上頭傳下話來，撤防的發三成餉，剩下的欠餉一律發期票，到西安後，找西征後路糧台憑票兌現，一個子兒也不少。

「哼，一個子兒也不少，說的好聽，把爺哄脫了身，到了西安，一張十兩紋銀的期票只能兌九兩五錢松江平！」官玉田向心腹們嘀咕。

「松江平」是一種成色極差的銀子，市面上只按八五折算。這麼一來，十兩銀子到手只剩八兩零七，眾士兵不知情，一聽回防河南，到西安又可清發歷年積欠，一個個都興高采烈。官玉田不動聲色，帶著隊伍便動了身。

一路上，正好遇上大隊伍往西開，都是左相嫡系勁旅，裝備一新，士氣旺盛。人家風塵滾滾往西開，他們卻偃旗息鼓往回走，往回走不是壞事，弟兄們早動了思鄉之情，但「飯不熟，氣不勻」。

「大哥，官怕成團兵怕散。到了蘭州，裁撤的命令一下，人心就會散。」過了嘉峪關，右哨哨官馬毓材有些焦急地找官玉田問計，原來官玉田早就是哥老會成員，馬毓材是他的兄弟夥。

「急什麼，肅州是苦地方，金張掖，銀武威，咱們到張掖再說。」官玉田胸有成竹地說，「眼下要趁行軍中，相扶相助之情，多拉弟兄入圈子，到時人多勢眾，不怕餘下的不從。」

不料開到張掖，剛進西關，劉錦棠的前鋒余虎恩部三千餘人正好開到，人多勢眾，重炮快槍，耀人眼目，更令人心驚膽戰的是劉錦棠自統大軍不日即到。

一見這形勢官玉田不得不打消動手的念頭。

「還有個銀武威呢。我們這裡一路去，劉錦棠正好開過來，那裡南走西寧，東去寧夏，北走阿拉善，只要不去蘭州，都是防守薄弱的地方，迴旋餘地大得很，到了武威，先放膽搶三天，他娘的。」

果然，他們一路東進，在永昌西遇到了劉錦棠的大隊，並從一個馬夫口中得知眼下武威城，僅涼州副都統崇志的二百名旗兵駐防，不過，三五天後，又有大隊開到。

「娘的×，一不做，二不休。搶了武威，把隊伍往寧夏一帶拉，那邊的防軍中，圈子中人不少，不怕無人響應。」

官玉田和馬毓材商量妥當後，當天晚上宿營後，又約了幾個哨官、隊長、什長之類的人密談。

「鬧餉？」官玉田不敢公然說造反，只說鬧餉，要帶隊找涼州知府借銀關餉，誰知左哨哨官孫紹武一聽，眼睛睜得老大，「不是說好了，到西安憑期票一次清嗎？怎麼急在一時呢？」

「一次清，你曉得個屌，期票只能兌到九五折松江平，再扣去成色，十兩只剩八兩呢。」馬毓材大聲斥責他。

「鬧餉好，爺早憋了一肚子氣了，就是造反也只要有人領頭，老子一定跟著來。」曾經在紅槍會中幹過的抬搶隊長范大昌馬上紮腳捋手地喊起來。

「莫說這些了，天下大亂時，也沒見誰成了氣候呢。」另一個哨官金祥根年紀較大，人也較穩重，他說，「我也隱約聽到了風聲，撤是假，裁是真。既然如此，何不乾脆些？我看找這個涼州知府，我們交出期票，請他代墊付清銀子，兌了銀子早解散，我好去趕趟生意。」

金祥根這話很有代表性，大部分哨官、隊長、什長都附和他。官玉田見這情形，只好收場，他背地和馬毓材、范大昌說：「到了涼州便搶，待搶了東西殺了人，就不怕他們不跟著走了，然後再大開山堂，推舉頭領。」

因為他們穿著號衣，打著官軍旗號，事先上面已行文關照了，所以，涼州西關的守軍猝不及防，一下讓他們把關搶了。

這裡受官長策劃的五百亂兵一進城，眼裡除了銀子便只有女人了，哪裡還聽當官的指揮，他們一進西關大街便亂跑，官玉田等為首的好容易才集合了三百多人，由馬毓材等人帶著直奔府衙，官玉田自己跛著腳，一邊招呼那夥散兵，一邊跟在後面往府衙趕。

府衙的前面兩廊，犒賞左相親兵的酒席未散，朱信坐的地方靠窗，窗戶臨街。他突然發現街上行人到處亂跑，神色慌張，心知有異，馬上起身出來，剛走到街上，只見一隊頭裹綠布袱子的兵從西關下來，見女人就拖，見雞犬就打，大部分都手夾各色包袱，吵吵嚷嚷向這頭跑來。

圍府衙

朱信知不對頭，馬上抽出手槍，對天打了一槍，又吼道：「什麼人，不准過來！」

朱信這一槍使亂兵們吃了一驚，不少人停止了追逐女人，有的還丟掉了手中雞鴨，且一齊呆在原地。

馬毓材慌忙回頭尋官玉田，只見官玉田一邊喊著一邊跑過來，口中叫道：「弟兄們，怕什麼？老子腿上打個眼，只比皇上小一點，借幾個餉也犯了法嗎？」

亂兵們一聽這話，馬上打消了顧慮，一齊圍了上來。

「砰，砰！」朱信手中「六子連」短槍又一連響了兩下，且揚手大喝道：「幹什麼的，不准過來！」

這時，聞警的親兵們都手執快槍跑出來了，一齊擁到朱信周圍，把槍口都對準了街口。

亂兵手中都無快槍，卻不乏矛戈，且從前線撤下來，哪把這百多人的衛隊放在眼裡，竟一窩蜂似的圍了上來。

此時，袁升還在左相身邊，戴福帶一隊親兵和左相的一班幕僚還在東關的知縣衙門赴宴，朱信在這裡為頭，他向身邊戈什使個眼色，這戈什手一揮，帶了十幾個人進到知府衙門二門，從裡面把二門關上，其餘親兵統統撤上階基，緊緊把住大門。

小小的知府衙門，外面竟擺了一百多名裝備十分精良的衛隊，這是官玉田始料不及的，但既已走到這一步，便是過河卒子有進無退了。他向馬毓材遞了個眼色，馬毓材立刻走出來大聲號召說：「弟兄們，我們刀山火海、槍林彈雨幾十年，要遣散了還不一次發清欠餉，七折八扣，所剩無幾。眼下借幾個餉算什麼，他們敢開槍嗎？」

「衝啊，衝開大門找知府說話！」范大昌也跟著喊。

眾亂兵於是一窩蜂地衝上來。

這裡喊衝，階基上的親兵們手中的快槍便都「嘩啦」一聲拉開了槍栓。范大昌不信邪，飛身衝上階基，尚未站穩，朱信飛起一腳，踢中了他的小腹，范大昌不由蹲了下來。

亂兵們見朱信真的敢踢人，不由火起，立即有十多人一齊衝過來，朱信正要下令開槍，只聽背後一人高喊：「且慢。」

眾人一愣，朱信回頭一看，只見二門內轉出涼州知府龍錫慶，他身穿官服，帶兩名差役急匆匆衝出來，朱信見了，往旁邊讓了半步，龍錫慶上前，抱拳向亂兵們拱手說：「弟兄們，有話好說，大家不都是一家人嗎，有什麼事不可商量呢？先說說，你們是哪一部分的？」

亂兵們一見他戴水晶頂子，穿白鷳補服，知是知府出來了，開先那一夥前腳已踏上臺階的不由退了下來，都把眼來望官玉田，官玉田於是跛著出列，對龍錫慶說：「哪一部分的你們別管，反正爺們都是吃皇糧的，從關外濟木薩到這裡，每人僅發了二十兩銀子做路費，這夠花嗎？來此無別，只想借幾個錢花花。」

龍錫慶聽他們是從濟木薩來的，便知是文報中提到的首批裁下來的金順的禮字三營，官玉田像是個為頭的，他不說番號，說明心中仍有所懼，於是說：「兄弟，你是帶隊的官長吧？何必呢？你們從關外回來辛苦了，路過這裡，要犒賞、要慰勞是可以的，要餉可不成。職有專司，你們薪餉不經我手，帳也不該在這裡清呀。」

「放你媽的個狗屁！」一旁的馬毓材跳起來吼道，「帳若該你清，我們會這麼做嗎，識相點吧！」

「是呀。我們是來借糧的，可不是叫化子，誰稀罕你的犒賞！」官玉田的另一個心腹也說。

這麼一喊，不由亂了套，哨官金祥根排開眾人，走上來向龍錫慶打了個拱手，說：「大人，上頭說裁又不裁，哄我們回防，我們各奔前程，也不去西安了，就在這裡把期票換了，求您代墊了吧。」

說著，果真從身上摳出了一把期票，眾亂兵於是也都吵著從身上摳出了期票。

龍錫慶見狀，賠著笑臉說：「弟兄們，別吵了，憑期票兌銀子是左爵相定下的規矩，到了西安一個也少不了，但要到西安，小小的涼州府，地瘠民貧，眼下正愁難度春荒，哪有這一筆銀子代墊呢？」

亂兵們一聽，又一齊吼了起來。有人說：「不是有金張掖，銀武威的話嗎，就不信你武威太守府庫裡沒錢！」

有人說：「涼州府轄五縣一廳，一年的地丁、鹽課不都繳到這裡了嗎？代墊軍餉不正好。」

官玉田聽眾人這麼亂嘈嘈地喊，不耐煩了。他既然帶了這個頭，鬧起來了，豈止為了幾個錢。於是，乃大吼道：「弟兄們，別跟他囉嗦了，扯碎龍袍是個死，打死太子也是死，他不交出錢，我們先殺了這狗官！」

官玉田這麼一喊，他手下幾十名心腹又一次衝了上來，此番且都亮出了明晃晃的刀矛。

龍錫慶一見這形勢，自己彈壓不下了，他向朱信使了個眼色，準備一齊退入府衙，頂住大門——他估計，這支親兵人數雖不多，但武器精良，平亂雖力量單薄了些，但守衛府衙，保護左相還是綽綽有餘的。

他和朱信等正欲相機撤入大門，只聽二門嘩啦一響，身穿正一品文官補服、頭戴鏤花金座、雙眼花翎的左相竟悠悠地走了出來，接住了官玉田的話茬說：「假如有銀子墊付呢？」

此話一出，石破天驚——眾人驚的不是「有銀子墊付」這一句話，而是此時此刻，在這樣的場合中竟出現了左爵相——他頭上這支雙眼花翎表明了他的特殊身分，十萬西征軍中還只有一支。

階上階下的人竟同時呆住了。

陰陽不測

開先，左宗棠坐在上房，外面聲音有異，衙役進來報信，亂軍和知府龍錫慶的對話，他全聽到了，雖然事發倉促，但他馬上做出了判斷，那一聲槍響以後，接連又一連兩響，全是上年底從德國購進的左輪手槍的響聲，在西北，除了他的衛隊及各軍統領的護兵再沒有其他人有。再說，衙役報的是兵變，自然不是回民，劉錦棠的老湘營才開走，後續部隊要明天才開到，反水的是關外撤下來的那支禮字三營無疑。

「金和甫這混帳王八蛋，成事不足，敗事有餘。」他心裡剛這麼一嘀咕，龍錫慶已氣急敗壞地進來了，一見左相忙說：「老師，不好了，出了亂子，您趕快避一避。」

「避到哪裡去？」左宗棠不動聲色地問。

是啊，避到哪裡去呢？外面情況不明，哪裡最安全？龍錫慶略一沉吟，馬上指著後面的花園說：「假山下有個洞，可容十數人，這還是前任為避回亂防不測而準備的。」

話剛說完，只見左宗棠突然臉色一變，大罵道：「混帳東西，這是什麼時候，竟只想個人逃命。」

為張東興一案，左相都未如此嚴厲地罵過龍錫慶，不料眼下卻遭如此呵責，龍錫慶怔了一下，外面的吼聲已一陣一陣蓋過來，府衙內師爺、文案的喊叫聲亂成一片，龍錫慶急了，竟帶著哭腔央求道：「老師，求求您了，您一身繫國家安危，您若有閃失，叫學生如何擔待得下呀。」

左宗棠正尋思對策，被他這麼一攪不由火了，他連連頓足道：「糊塗東西，首先要想退兵之策呀，尚未出師，先有兵變，若涼州有失，我能逃脫朝廷的懲罰嗎？你趕快出去應付，不要管我。」

這麼一說，龍錫慶才如夢初醒似的跌跌撞撞地往二門外來。

他一走，左宗棠想了想，竟也跟著出來，袁升不敢攔阻，只把支短槍握在手中，緊隨著來至二門邊。

開始，見知府衙門口擺下了這麼一支衛隊，官玉田便覺有些蹊蹺，眼下見左相出來，心中不覺有些緊張，但他也算是見過世面的人，情知事已至此，只能硬下去，不能自己先亂了方寸。他見眾人一下被鎮住了，只好跛著出列，冷笑一聲說：「哼，小小的知府衙門，居然也藏龍臥虎，這是想騙誰呢，以為裝出一個大官來了便可不要銀子了麼？弟兄們，我們反正遲早要被當官的一腳踢開的，只認銀子不認頂戴，誰不給錢也不行。」

其實，下面好幾個哨官都已認出了左相，但都懷著不同心理一時呆住了。馬毓材也認出來了，正不知所措，聽官玉田這麼一說，馬上會意，忙跟著說：「對，我們不認頂戴只認錢，奶子長，便是娘。」

立刻又有幾十個人跟著吵吵嚷嚷起來。

左宗棠立在高臺階基上細心留神，發現此番跟著起鬨的，只那麼幾十個人，其餘的人有的已被自己的突然出現而鎮住了，有的無所適從，更有的人表現出明顯的驚恐不安，顯是被脅迫或隨大流看熱鬧的樣子，他看出他們人數雖眾卻並非鐵板一塊，於是滿臉堆笑地說：「本爵大臣已聽到了你們剛才所說的話，對你們中某些人目無法紀、語言狂悖之舉很是震驚，不過，念你們剛從前線下來，沒功勞也有苦勞，所以一概不予追究，而且，念你們確實艱難，決定破個例，就在這裡關你們個滿餉。」

這麼一說，人群中立時寂然了一刻，但隨即又像開了鍋一樣，馬上議論開來，有人不信，有人歡喜，也有些唯恐天下不亂的人感到失望。

「有現銀嗎？」有人斗膽問了一句。

「有，請弟兄們把期票拿出來，就在這裡兌。」左宗棠仍笑盈盈地答覆他們。

官玉田心中有本帳。自己這一營人，手中期票約兩三萬兩之多，涼州府正鬧春荒，收地丁鹽課不是時候，他不相信左相西行督師，會隨身帶著一大筆現銀，所以，他認定這是在拖，可能有人去報信，調援軍去了。於是大喊道：「弟兄們，你們別上當了，這是緩兵之計。哄我們的。」

誰知左宗棠冷笑一聲說：「哼，本爵大臣言出法隨，取信萬民，豈會因區區小事失信於爾等。」

說著，手向裡一抬，只見二門內一下湧出十幾個親兵，抬出十口大木箱，沉甸甸的，竹槓也壓彎了，打開來，裡面全是閃光耀眼的、五十兩一錠、才出爐的官寶，緊隨在後的便是手持戥子的師爺和拿著斧鑿、鏨子準備鏨開大錠銀子分帳的幫手。

左宗棠大聲說：「看清楚了嗎？誰是營官，通報姓名，上來說話。」

這一夥亂兵們一見整箱的銀子抬到了階基上，知道假不了。他們中以孫紹武、金祥根等人為首的一大部分人此番是純粹鬧餉，只圖關個滿餉，把手中期票換成十足紋銀便算了，待見到左相出來，便知禍闖大了，心中怕得很，一個個往後面溜，或往兩邊鑽，這一來，便把官玉田手下那幾十個心腹圈子中人暴露在中間了。眼下左相擺出銀子，又叫為頭的出來，眾人齊不作聲，只把眼來瞅官玉田，官玉田於是硬著頭皮走上前，大模大樣地說：「我是營官，銀子交我吧。」

朱信見他仍這麼狂妄，手槍向他一指說：「狗東西，左爵相面前是這個樣子嗎，老子一槍崩了你！」

左相卻不計較，他拉了朱信一把讓他退後一些，又對官玉田說：「你是營官，好，本爵大臣就認准了你，你先把隊伍約束好，挨次兌銀，不得擁擠哄鬧。」

官玉田說：「何必呢？一總交我代為分發多省事。」

左宗棠冷笑說：「不行，弟兄們這點錢來之不易，誰不望實打實落到手？」

這一說正合眾人之意。官玉田本是個「黑豆上要刮層漆，蒼蠅過身要揩油」的人，平時薪餉儘管有限，他仍要千方百計克扣，所以，左相這一說，眾人馬上叫好，且不待官玉田下令，竟一齊站好了隊。

這時，從二門外抬出了一張案桌，師爺在桌上安好戥子秤，眾士兵見擺出了當場發銀的架式，便紛紛手持用牛皮紙木板刻印、上蓋西征軍後路糧台印鑒的期票往案桌這邊靠。龍錫慶怕亂了秩序，手一抬，立刻上來兩名大漢，手持大刀，虎視眈眈地立於案桌兩旁。

官玉田見眾弟兄心思都在領餉的上面去了，自己被暴露出來晾在一邊，形勢於自己越來越不利，只想扭轉這局面。他瞥了十口裝銀子的箱子一眼，略一估算，頂多一萬六千兩銀子，與本營所需實數差一大截，於是馬上有了主意，手一揮，向眾兵說：「弟兄們不要吵，挨次兌銀，無論到手的和未到手的都不要走散。」

說完，他自己往邊上一站，裝作維持秩序的樣子，心想，兌到後面沒有銀子，看你如何打發他人。

第一名是個小兵，名王小雙，他既不是官也不是圈子中人，因圖看熱鬧，個子小被擠到了前邊，其實手中才二十五兩期票，他報了姓名，又報了期票數，交師爺登記好後，打下手的衙役搬了個五十兩的大寶逢中鏨開一稱，不多不少正好二十五兩平秤，眾人一齊喝采，小雙子喜滋滋地接了又站在一邊看眾人兌銀。

第二個是官玉田的心腹馬毓材，他當了三個年頭哨官，哨官月例三十兩，但他長期吃了五名空缺，三年陳帳滾新帳，積下來竟有一千三百兩之多。他大咧咧地把期票摳出來往案上一拍，報道：「馬毓材、右哨哨官，一千三百兩！」

話剛落音，一直冷眼旁觀的左宗棠突然大聲道：「慢！」

馬毓材吃了一驚，抬頭望左宗棠，只見左相板著臉問道：「馬毓材，你幾時當哨官的？」

「我？前年冬出關後由抬槍隊長升哨官的。」馬毓材不知利害，如實報告。

「哼，」只見左宗棠冷笑一聲，說，「哨官月例才三十兩，前年冬至今不過年半時間，就是未發一文錢攏共也不過五六百兩，何況年年也關到了七成餉。你這一千三百兩從何而來？」

馬毓材沒料到左宗棠有此一問。其實，當官的吃缺在十萬西征軍中已是公開的祕密，長官從來不過問的，金順所部四十營，實數僅止一半，這事早已形諸左宗棠的奏章，彼此心照不宣而已，但在正式場合下追究起來，卻是明顯的貪污行為，所謂「提起千斤，放下四兩」，要重可重，要輕可輕。馬毓材一下亂了方寸，張口結舌，不知如何說才好。

左宗棠哪容他從容，連連逼問道：「王小雙在你哨當兵，辛苦三年才二十五兩，你一個小小哨官，竟多達一千三百兩，一個頂他五十二個，這是誰定下的規矩？」

此言一出，全軍大譁。

「這是貪污！」

「娘的×，喝兵血！」

「鬧餉，鬧餉，全為當官的鬧了，這些傢伙好狠毒的心！」

事發突然，馬毓材結結巴巴，說話更加走火了，竟說：「我，我，我，這還不算多嘛，營官還多些，有三千多兩。」

左宗棠一聽，瞪著一雙冷森森的眼睛問官玉田道：「是真的嗎？」

官玉田當時一隻手已插進內衣口袋，正抓著一摞期票，在尋思左宗棠這按人頭清餉，顯是多此一舉的用意，直到左宗棠當場截住馬毓材，這才恍然大悟，正要出來為馬毓材開脫，不料就在這關節眼上馬毓材頂出了他，心一慌，捺著期票的手竟抽了出來，口中卻道：「不是，不，不。」

「不？這是什麼？」朱信早已溜到了他手後，一手用短槍頂住了他的腰，一手搶過了他手中的期票往案上一丟，官玉田的身子一下抖了起來。

師爺把這摞期票一點，果然有三千二百兩。數字一報出來，眾士兵又一次大譁。

「你傢伙肚皮真大。」

「喝兵血的祖宗。」

「怪不得他鼓動我們鬧餉。」

左宗棠冷笑一聲，問道：「你這營官始終未報名姓？」

下面馬上有人說：「大帥，這小子叫官玉田。」

「官玉田？不對呀，金都護手下四十多個營，營官名字我都熟，好像沒有你呀。」左宗棠悠閒地問。

「大帥，他原來是營官，開革已十年了，此番升營官不到半年。」下面又有人代答。

「好傢伙，半年不到的營官，才管五百來人，空額竟吃到一百幾，有你這樣的營官，弟兄們生活之苦也可想而知了。」

左相連連冷笑著，指斥官玉田。這一下，可說到了士兵們的痛心處，紛紛起來訴說官玉田當哨官及當營官時，克扣軍餉的情況，大部分人說著說著都氣憤起來，揚起拳頭道：「殺了這傢伙！」

左相見時機已到，乃大聲向士兵們說：「弟兄們，本爵大臣歷來愛兵如子，儘管籌餉艱難，但從不克減軍糧，只要上面款子解到，立即如數分發，故各軍將士，皆樂為我用，不料下邊良莠不齊，竟有官玉田、馬毓材這等敗類，喝兵血不算，還煽動鬧餉，本爵大臣豈能容忍這兩個敗類！」

說話間，袁升嘴一努，立即有幾個衛士撲上來，一把扭住了官玉田和馬毓材。官玉田和馬毓材這下才知壞了，一邊掙扎一邊喊道：「弟兄們，快來呀！」

他二人本有好幾名心腹，但此時這些心腹早被其他已倒向左相的士兵們監視住了，竟不敢上前。

這裡左相話音剛落，袁升手一揮，那兩個手執大刀的莽漢竟不約而同把刀一舉，只見刀把上的紅穗一展，白光一閃，就在眾目睽睽之下，砍下了官玉田和馬毓材的頭，連哼也未來得及哼一聲。

這兩顆頭滴溜溜滾到眾人腳下，眾士兵立時噤若寒蟬，半晌才醒悟過來，一齊跪拜下去道：

「請爵相大人寬恕。」

左宗棠早已換上笑臉，手一揮，說：「弟兄們，不關你們的事。大家繼續領餉。」有這兩顆人頭擺在地下，那一班懷中揣著大把期票的哨官、隊長們哪個不怕？他們各自默算了一下自己應得之數，多的也只敢撿四五十兩拿在手中，怕還要搜身，其餘的便只好偷偷撕掉扔了，這樣一來，一萬六千兩銀子發這個營滿夠。

待涼州副都統崇志、武威知縣楊道一及陳迪南等一班幕僚聞訊，集合了手下馬隊、差役和衛士一起來府衙增援時，府衙外除了兩顆血淋淋的人頭表示這裡曾發生了意外，剩下的就是士兵排隊領餉，已是一片平和景象了。

眾人一齊進內衙慰問左宗棠。只見左宗棠正坐在花廳喝茶，見他們進來，馬上對崇志說：「險情雖過，隱患未除，你先把這一營兵安置好，今晚將其包圍繳械，立地遣散，我讓朱信帶我的衛隊協助你們。」

崇志答應著，出去安排了。左宗棠又對武威縣知縣楊道一說：「亂兵在西關放搶，百姓遭騷擾。這安撫百姓的事便麻煩貴縣了。」

楊道一一揖到底，說：「分內之事，何勞大人吩咐！」

楊道一答應著也出去了，左宗棠抓住陳迪南的手說：「子異，真是一腳有失，險象環生呀，只要這裡動了殺伐，朝廷那一班傢伙便有了口實。」

原來這一萬六千兩銀子是左相自己的養廉銀，特帶著準備在肅州犒賞出關將士的，不料卻在這裡應了急，若不是它，局勢真不堪想像。

眾人此時回憶起剛才那一幕，仍不免有幾分後怕，陳迪南說：「大人臨危不懼，臨亂不慌，欲擒故縱，突使絕招，終於各個擊破，穩定了局勢，真有鬼神不測之機，非凡人所能及。」

龍錫慶也附和說：「神，真神！還是學生開先說的，定湘王菩薩坐得高，老師才化險為夷。」

左宗棠一邊卻若有所思，半晌沒有作聲……

四月中旬，他們一行終於到達肅州，而一直令人惴惴不安、望眼欲穿的軍餉也終於有了著落——十萬大軍擺在嘉峪關外已成騎虎之勢，朝廷至此始痛下決心，將戶部提存的四成洋稅項下一次撥給二百萬兩，又令各省把西征協餉提前撥解三百萬兩，再准左宗棠自借外債五百萬兩，合成一千萬兩之數。

有趣的是四成洋稅項下的二百萬兩，這是李鴻章垂涎已久了的，所謂「移塞防之餉充海防」，便是指這筆銀子，最終卻為塞防爭得。

左宗棠跪聽上諭，大喜過望幾至老淚縱橫。

——定湘王廟內，左宗棠跪伏在蒲團上，燭光熊熊，香煙陣陣。

金座上，定湘王神像似乎一下活起來，那兩道揚起的劍眉下，一雙晶瑩若動的眸子似乎蘊藏了無窮的智慧與力量。

何謂神？《易經》說：陰陽不測謂之神。

想到這裡，他眼望定湘王金像，虔誠地、默默地祈禱，又深深地拜了下去——此番入京，若俄國人果真不肯改約，那麼，一場大戰在所不免，中國究竟能否獲勝，成功地收回伊犁，似乎全在這一拜中。

——不料就在此時，一縷如泣如訴的琴聲隱隱飄來……

第七章 湖湘狂士

廣陵散

琴聲時斷時續，彈得漫不經心，但跟著一種淒涼哀婉之色，給情緒一向激昂的左宗棠陡然增添一份莫名的不安與惆悵。

袁升適時地走了上來，為剛上過香祈過神的主人披上一件大氅，準備扶他登上早已候在廟門口的車子。

「誰住在這裡？」左宗棠沒有挪步，仍駐足細聽。

「您是問這彈琴的人嗎？不遠，就住在巷子那邊的屯墾局內。」袁升一旁十二分小心地回答。

「啊，是他？」一聽是住在屯墾局的人操琴，左宗棠馬上明白了是誰，不待袁升再說，雙手抓住大氅的下襬往後一攏，毅然地轉過身子，扔下一句硬梆梆的話：「福裕不是說他已經瘋了嗎？」

袁升提心吊膽，好半天沒有作聲，侍候左宗棠上了車，車子走動後，又小心地侍立在踏板上。

左宗棠臉上布滿了陰雲，眼睛就像藏匿石洞的蝮蛇，閃出了冷幽幽的、陰毒的光。

望著他這個樣子，袁升的嘴囁嚅了半天，仍不敢啟齒，待回到安肅道衙門，扶左相下車時，才期期艾艾地說：「他樣子的確難看極了，幾乎連我也認不得了。」

「這麼說，你早就去看過他了。你們真不愧是好連襟呀。」這回左宗棠反應極快，聯想也極快，且把那滿是毒焰的眼光移向了袁升。

袁升不由打了個寒噤，禁不住心虛膽怯地說：「我是無意路過遇上的。」

這當然瞞不過左宗棠那能洞察五臟六腑的眼睛，只見他冷笑一聲，陰沉著臉，沒有再說話。

他們說的這個人是何紹南。

今年四月，左宗棠整旆出關之際，何紹南輾轉從南疆解到了肅州，安肅道福裕代負責解送他的道標守備江標遞了一份呈文，從這份呈文中，左宗棠得知這個失蹤了六年，尋獲後又被他一紙手令幽繫了兩年多的同鄉已精神失常了。

江標一路與他同起居，從喀什噶爾經庫爾勒、吐魯番直至肅州，他發現何紹南除飲食起居與從前迥然不同外，白天常自顧自地引吭高歌或彈奏一些哀歌怨曲，彈畢又總是目光呆滯地遙望遠方，不與人說話，就是熟人勉強去找他搭訕，他也往往神不守舍，說起來也是丟三落四，語無倫次，而最可怕的，是經常在半夜夢魘，發出一陣陣令人心悸的嚎叫聲。

因他的特殊身分，江標也不敢懈怠，曾找好幾個郎中與他看病，郎中皆說：「這是心瘋的徵兆。」

「哼，心瘋，」左宗棠似乎是自言自語，「患心瘋的人，能彈出整段的《廣陵散》？『昔李斯之受罪兮，歎黃犬而長吟；悼嵇叔之永辭兮，顧日影而彈琴。』嵇康臨刑彈什麼？就彈這《廣陵散》！嵇叔夜可稱至死無悔，福裕這八旗世胄，連樂為心聲的道理也不明白。」

他不理睬一旁黯然神傷的袁升，眼睛只望著房頂——幽怨的琴聲，仍在耳際縈繞，它，喚醒了雄猜陰狠的總督的記憶……

湖湘第一狂人

很多人都認為，楚軍將士喝了西北水，成了西北人。左宗棠也有同感。

他睜著一雙紅腫的眼，掃視著帳下將士，他們一個個面皮黧黑、手腳皴裂，跟他上下年紀的，更是眼圈紅腫，迎風流淚；他們的服飾質地上乘，卻很難說得上光鮮；不用問，他們都是幾個月難洗一次澡、更一次衣——漫天風沙，高寒缺水改變了他們的生活習慣。

這中間，只有一個人例外，這就是營務處師爺何紹南。他除了衣飾始終保持著光鮮整潔，更令人羨慕不已的是膚色，幾乎是西北的寒風濁水奈何不了的——任你整日風沙，塵土撲面，都能一如往昔地保持著白淨、細嫩的肉色。因這個緣故，遂得了個「傅粉何郎」的外號——三國時的何晏，其人美姿儀，面白皙。

這是與他共一個營帳歇臥的同僚陳迪南叫出來的。而且，不但於衣飾儀容、飲食器具特為講究，同時還有恃才傲物、超然不群的性格，這常在他那一雙睥睨一切的眸子中流露出來，因此，熟悉他的人，遇事只須留神一下他的眼色，是褒是貶，是愛是恨，無不一目了然。

營務處人才濟濟。懷才仕子，候補官員，一個個無不躊躇滿志，目空一切，左宗棠一向自恃筆下殷勤，視營務處如同虛設，之所以將這一大班人延聘，高薪厚祿地養著，實在是不得已——總綰西北兵符，帳下何能過於寒素？再說，他也實在擋不住京城一班大老爺及各省督撫的盛情推薦。

縣學生員出身的何紹南置身於這一班狂人之中，顯得比他人更狂，他不把其中的舉人、進士乃至翰林放在眼中，經手的文牘，容不得別人刪改一字；別人的文章，常被他貶得一錢不值，嘻笑怒罵，溢於言表。

左宗棠心中明白，這也是沒有資歷的人，以進為退的一種手段，因他與左宗棠是小同鄉，別人不無忌憚，有時只好退避三舍，為此，他後來又落下「湖湘第一狂人」的譏評，他的狂勁到後來一發不可收拾，有時連左宗棠也遭他嘲笑，兩人關係終於破裂了。

何紹南於同治十一年春間在安定行轅隻身出走，這一走，家中不見他的人回來，詢問的書信不斷，營中不知他的下落，四處追尋。

左宗棠也曾親自行文下劄，向各處查找他的蹤跡，不料半年下來，何紹南的下落仍然杳如黃鶴，後來，大家便一致認定，他是被潛藏的、反叛的回民軍給殺了，因這事牽涉到和左宗棠的糾紛，大家也沒宣揚，只由左宗棠出奏，以陣亡結案，卹典自然從優。

不料光緒三年冬，喀什噶爾戰役告捷時，他又神祕地出現了，據說，是在蜀軍徐占彪部清理戰場，搜捕流竄、潛藏的回民軍時發現的。

那已是冰天雪地的隆冬，喀什噶爾作為南疆最大的首府，旅居有不少中亞各國的僑民，這些人服裝奇特，口吐嗷嘈鴃舌之音，他們沒有追隨殘餘的叛軍及安集延人逃走，而是留在驚慌恐怖、硝煙未散的喀什噶爾城，何紹南竟也夾雜其中，穿一身關內回民常著的白土布罩面皮袍，戴一頂白帽子，牽一個小回子到處跑，官軍當然要上前盤問，他先是不屑置辯地向人瞪眼，待開口又出言不遜——一個軍官馬肚子上吊了一個擄獲來的包袱，他一見便指著人家罵土匪。

本來，徐占彪的川軍紀律最差，加之新破堅城，且是偽王城，人人殺紅了眼，在這種情況下，完全有可能順手給他一刀，所幸川軍中，有個叫李茂才的營官，聽出他的口音頗似左爵相，可知有些來歷，於是，算他命大——李茂才喝令兵士刀下留人，只將他扭送到劉錦棠的總統大營。

一到總統大營，果然真相大白。

他從甘肅安定行轅走失，卻在戰後的南疆、敵人的都城喀什噶爾找到，不用訊問就知道，他是失身從賊了，當時身邊還帶有一個小孩，約三四歲，據說相貌與他酷似，這麼看來，他不但從賊，且停妻再娶，入贅賊中了。只此兩條，左宗棠為整肅軍紀，完全可以下令，將他軍前正法。

但左宗棠沒有這樣做。

據家中兒子們幾次來信提及，關於何紹南，長沙及湘陰老家生出許多不利於自已的謠言，說什麼他左某人得志之後，忠言逆耳，不能容人納物，說他對舊日楚軍袍澤全無半點關顧之心，桑梓之情，還說何紹南這個手無寸鐵、身無縛雞之力的書生是被生生逼走死地的，更有一些用心惡毒的人，說左某人總綰西北兵符數年，屢次虛報勝仗，殺良誣盜，欺蒙聖主，因何紹南掌管文案奏疏，熟知其中底蘊，左某人才借回民之刀滅口。

此時，正碰上左部平江籍總兵朱德樹因違犯軍令被統領吳士邁所殺，其家屬不服上京控告一事發生，於是，由此及彼，一省官紳，沸沸揚揚。

何紹南的家中人也被煽動起來了，他父親為兒子設祭招魂，左家人為息事，著人送去三百兩白銀的賻儀，與紹南同樣頡頏的何父竟拒收，並當眾擲祭幛、銀票於大門外草地上，且口出惡言道：「我家絕不受這份賣兒錢，你左家巴掌雖大遮不住天，我總有一天要弄個水落石出。」

直至去年，關於何紹南的風波仍未平息，據最近一封家書說，湖南一班困守鄉間、不甘寂寞的士紳仍藉這事興風作浪，前兵部侍郎、署理廣東巡撫、出使英法欽差大臣郭嵩燾，在海外歸來後主修《湘陰縣圖志》時，竟把何紹南作為殉國的功臣立傳，並在傳中借題發揮，大肆往他左某人頭上潑污水。

所以，當他得知這個禍頭子尚活在人世時，一時竟喜不自禁。

當時，南疆收復，伊犁尚未回歸，左宗棠急於籌備對俄國的交涉，做軍事上的部署，無暇處理此事，只好在密札中囑劉錦棠，告誡他人，盡量不要宣揚，只將他發解東來，暫時幽禁。

他想，總有那麼一天，他回到故鄉，將這個活死人當眾展出，看看家中那一班饒舌之輩更有何說？現在，這一天快到了，他蒙恩旨頒召，載譽返京，完全可以實現自己這麼一個小小的計畫，到時，讓桑梓父老徹底明白事情真相，知道誰是小人，誰是君子，那是多麼稱心快意的事！

有此一想，決心就在今天，見一見這個久違了的故人。

瘋子

何紹南傴僂著身子，低著頭，腳步遲疑而緩慢地隨差官朱信進來，一直走至左宗棠的炕前。昔日身材修長的何紹南眼下似乎又矮又瘦，一頂破舊的拉虎棉布帽罩在頭上，腦後拖一條麻栗色的小辮子，穿一件半新的長棉布袍，又肥又長，很不合身，大概是剛從暖和的房子裡出來，在外面經過，瑟縮著的身子不自主地微微發抖。

「愷仲。」一見他這樣子，左宗棠先開口叫了一聲，愷仲是他的字。

「嗯，」他聲音暗啞地應了一聲，隨即抬起頭，呆呆地望了左宗棠一眼，「難得你還記得我。」

就這麼一問一答，左宗棠發現，往日文采風流的何紹南已不復存在了，那熠熠生輝、富於喜怒褒貶的一對眸子也全不見了，剩下的只是目光渾濁、呆滯，淚囊腫大的眼睛和骷髏一般的頭，窗外陽光灑在他面前青石磚地上，面皮被襯映得更加暗黃浮腫，沒一絲紅潤，牙齒也又黑又稀，雙頰塌陷，使下顎更顯得尖尖的，像半顆空核桃殼，所幸的是還保持著一口純正的鄉音，不然，左宗棠會要懷疑，面前這反應遲鈍、精神頹喪的人，是否在輾轉解送途中弄錯了。

想到過去和他的一段交往，左宗棠不覺惻然。心想：「傅粉何郎」確實已死了，那個儻風流的氣質永遠地消失了，留下的只是一個幽靈，一個幻影，一具屍居餘氣的軀殼。

天作孽，猶可為；自作孽，不可逭。當年拂袖一走何等輕鬆，可安定行轅之外，那該是一座怎樣陰森恐怖、讓凡人脫胎換骨的人間地獄啊！這些年的遭遇、苦難盡寫在臉上了，何須再去盤問、猜測？

左宗棠準備見面時，好好地挖苦他幾句的話全嚥下去了，甚至在片刻之間，對打算處置他的想法也都做了修改——面對這麼一個可憐蟲，勝之不武。

「愷仲，你愣著幹什麼？坐啊。」左宗棠用極平和、極客氣、毫無半點敵意的語調向他說道，「你看，你原來在我面前是最隨便的人嘛。」

他呆呆地立著，似乎沒有聽見。

屋子裡的人，開始很緊張，當何紹南一腳跨進來時，便都退到了室外，只留朱信一人隨侍，此刻見左宗棠態度溫和，絲毫沒生嗔怒，朱信也就輕鬆起來，忙上來把邊上的椅子挪一挪，示意何紹南坐下。

何紹南踟躕了半天，默默地坐下，又望左宗棠一眼，耷下眼皮不作聲。

「你經常操琴嗎？」左宗棠殷勤地問。

「嗯啦。」

「曲子怎麼這麼低沉呢？」左宗棠關切地說，「這太令人傷感了，也與眼下三軍奏捷，載謇東歸的氣氛不合啊。」

「唉，心哀而歌不樂，你應該明白這話，又何必明知故問呢？」何紹南吐字非常清楚。

「哦。」左宗棠眉梢往上一挑，眼中閃露出一絲含意雋永的微笑，何紹南隨口引證《淮南子》裡的句子，只此六字足以證明他確實神志清楚，思維清晰。

「我們恰好相反。」左宗棠毫不掩飾自己的得意，笑面滿面地說，「仰賴兩宮太后及皇上如天之福，眼下總算大功告成了。如此勳業，不說絕後，恐怕也是空前吧，前年南疆光復，紅旗報捷之際，我一個摺子上去就保了三十多個紅頂子，劉毅齋還得了個分茅之賞，欽賜雙眼花翎；真是從前線將士到後路糧台，遍沾雨露之澤，大家歡喜之餘，我也曾想起了你，愷仲，你難道不後悔嗎？」

「哦，謝謝。」此番何紹南反應極快，他向左宗棠投過淺淺的一笑，說，「難為你得意時還想到我，不過，我算是散漫久了的人，所謂無炎炎之樂者，亦無戚戚之憂也。」

「這就未免言不由衷了。」左宗棠嘴角一撇，不無嘲諷地一笑道，「你固然不是那種『千里做官只為財』的凡夫俗子，不過，大丈夫生於斯世，總不能到黃土埋身時仍沒沒無聞吧？」

「有聞？」何紹南也露出嘲諷的微笑，「留芳千古是有聞，遺臭萬年也是有聞。」

左宗棠一聞此言，那眼中馬上掠過一絲如地獄之火的陰光，但稍縱即逝。見面才幾句話，何紹南那始終不屈的態度，對於左宗棠來說，既在情理之中，又屬意料之外，不過，正處於萬事順心遂意之中的左宗棠，能寬容一個落魄不堪、已處絕境的故人。他勉強笑了一下，仍用友好的口氣說：「愷仲，你怎麼還是這脾氣呢？今天將你找來，可是真心實意為你下半輩子作商量呢。」

何紹南像一尊雕像，木強不靈，只嘴角抖了抖。

這時，袁升小心翼翼地用托盤端了兩盞茶上來，抬頭望了左宗棠一眼，取一盞放在炕上小几上，再走到何紹南跟前，輕輕地咳嗽一聲，細言細語地說：「何先生，請喝茶吧，這是家裡寄來的君山毛尖。」

何紹南抬頭，只向袁升點了點頭，並沒有動手接茶。

左宗棠取過那精緻的五彩茶盞，一邊慢慢地用蓋撥那茶葉，一邊搖頭晃腦地吟起了宋徽宗的名言：「茶之為物，擅甌閩之秀氣，鐘山川之靈稟，祛襟滌滯，致清導和——何愷仲呀何愷仲，此時此刻，該多多地『祛襟滌滯，致清導和』。」

一見左相在掉書袋，何紹南像沒有聽見。袁升見狀，順手將茶放在他手邊的小几上，說：「外出久了的人，誰不思念家鄉呀，雖喝不到洞庭水，總算吃到了君山茶，也算是一種慰藉呢。」

左宗棠一聽，連連點頭微笑。

何紹南只在鼻子裡輕輕地哼了一聲，沒有回答。

袁升見何紹南這個模樣，只好輕輕歎了口氣，悄悄退了下去。

左宗棠此刻極想和解。他走下座，緩步踱至何紹南身邊，輕鬆地吁了口氣，用頗帶傷感的語氣說：「愷仲，離家數千里，風雲二十年，當年在金盆嶺從軍跟我的人還剩下了幾個？我又哪有心再窮究往事？已是鐘殘漏盡的我，怕的只是名高速謗，盛氣招尤，又哪有心事重提舊事呢？」

何紹南剔著長長的指甲，默默地坐著，像沒有聽見。

「郭筠仙你還記不記得？」筠仙是郭嵩燾的號。

「怎麼啦？」何紹南此番很敏感地抬起頭，翻著死魚一樣的眼珠子問。

「沒什麼。哦，你可能不清楚，早幾年他出使啦，大概是滿腹經綸無人賞識，於是『道不行，乘桴浮於海』。只可惜洋人那裡也沒有他袒腹曬書的地方，只好夾起尾巴又回來啦。啊，是的，他與你也是親戚，你應該關心他呀。」左宗棠儘管話語刻薄，但語氣相當平和，像敘家常。

「哦。」何紹南輕鬆地歎了一口氣，說：「人心以市道交，有勢則從，無勢則去，何所謂親戚，又何所謂朋友？」

「是的，是的，這世情你太通達了。」左宗棠連連點頭說，「論親誼，我與他比你與他要親得多——他的親生女兒是我的嫡親侄媳，我與他是嫡親的叔伯親家，可他總放不過我，就連你走失一事，也要借題發揮，往我頭上扣屎盆子。」

接著，便講起了最近由郭嵩燾主修的、即將付梓的《湘陰縣圖志》。話題一扯開，他便滔滔不絕，從左、郭總角之交談起，海防、塞防，直至郭嵩燾反對出兵新疆，在英國倫敦和李鴻章桴鼓相應。說著，說著，不由激動起來，於是，連批帶罵，新事舊事，罵過郭嵩燾、李鴻章後又罵曾國藩，連任過湖廣總督的旗人官文和湖南藩台文格也捎帶上了，罵個一佛出世，二佛涅槃……

左宗棠正在興頭上，一邊罵人一邊仍留神別人的神色，不想何紹南開始只在嘴角上掛一絲冷笑，後來，形同槁木死灰的人忽然開懷大笑起來。

「你笑什麼？」彷彿受了明顯的嘲諷似的，左宗棠突然剎住話頭，奇怪地問。

「還是出自《淮南子》上的典故。」何紹南像是在逗趣。

「什麼典故？」

「『掩耳盜鐘，自云無覺，詎知後生可畏，來者難誣邪』——你這一本經只可向生人念去，豈不聞真人面前，莫說假話。」

左宗棠一聽，深感受侮，不由手顫心跳，乃厲聲喝道：「你，你認為這不是真話？」

何紹南用同樣高昂的語調說：「還是奸雄曹孟德敢作敢為，乾脆說，寧可我負天下人，毋令天下人負我！」

「砰！」左宗棠一時氣極，猛地揮手將面前的茶盞拂到了地上。

門外鵠立的袁升正為何紹南舒了一口氣。他不知紹南說了些什麼，隔著花格門，只聽見左宗棠的聲音，滔滔不絕，在自詡武功，在大貶曾國藩、李鴻章，罵旗人，罵樊燮。那情形，他想像得出，一定是青筋鼓暴，唾沫四起。袁升聽到這裡，以為沒事了——按常規，左宗棠在興奮時，愛對故交、舊屬擺談往事，然後罵曾國藩、李鴻章、郭嵩燾諸人，罵過這些人後，心氣漸平和，眼前人求事必諧，有過必免。想到妻離子散、不能見天日的何紹南終有自由之日，他暗暗祈禱，感謝上蒼，也為自己鬆了一口氣，不料就在這節骨眼上，何紹南不知怎麼的，竟沉不住氣，忽然高聲大笑，當面譏諷起威不可測的爵相來。

聽到屋內那一聲摜茶杯聲，袁升情知不妙，不等傳呼，便推門撞了進來。

按左宗棠的本意，何紹南只要在他面前心悅誠服地認個錯，此事便可化為雲煙。「從賊」也好，「停妻再娶，入贅賊中」也好，此一時也，彼一時也，事情已過去，又沒個對頭苦主，以自己的地位，一句話便可遮蓋過去。再說，他恨的已不是何紹南，而是藉何紹南失蹤事攻擊他的那一班湘籍士紳，是將何紹南寫進《縣誌．人物傳》的郭嵩燾。現在，何紹南可現身說法，說明失蹤經過，再由他左宗棠為他出脫失身從賊的罪名，此事本身就可使謠言不攻自破，加之何紹南必然對他感激涕零，這又更使生事者無地自容，做到這一層，他也就滿足了，不料眼下何紹南竟如此地冥頑不化。

「啪！」袁升進來後，看到這形勢，先不去處理破碎的瓷杯，卻在何紹南臉上刮了一巴掌，罵道：「瘋子，瘋子，瘋病又犯了，我要打掉你這股瘋氣。」

左宗棠氣已貫頂，看見何紹南幾乎被袁升一巴掌打倒在地，一下又冷靜下來，說：「你下去，他一貫是這麼裝瘋賣傻的。」

待袁升退下，漸心氣平和的他，又想起二人當初翻臉時的情景。

諸葛所以名亮也

同治十年冬，楚軍在金積堡掃蕩了以馬化龍為首的新教回民軍後，便大舉圍攻以馬占鼇為首的河州門宦集團。當時，劉錦棠已扶叔父劉松山的靈柩返湘，左宗棠派楚軍名將傅先宗、徐文秀為前軍主將。

何紹南對此任命大不以為然，曾數次勸左宗棠收回成命，他說，回民軍中，陝西回民猾不過白彥虎，甘肅回民狡不過馬占鼇，而傅先宗、徐文秀有勇無謀，不足當此大任。左宗棠對這意見聽不進，以為這是過份抬高馬占鼇，他認為，自金積堡一破，甘肅回民喪膽，馬占鼇難擋馬蹄。

不料傅先宗、徐文秀到前線後，果然貪功冒進，河口一仗，馬占鼇佯敗誘敵，傅、徐輕敵窮追，在太子寺新路坡中了馬占鼇的「黑虎掏心」之計，二人相繼陣亡，所部殘兵潰退三十里。

後軍主將陳湜將敗報報到安定行轅，有人頗驚慌失措，為安定人心，左宗棠面色鎮定自若，說已設下八面埋伏之計，馬占鼇已中計進入他預設的口袋陣中，眼下小挫，不足以動搖大局，不日將有捷報傳來，暗地裡，卻下親筆劄子，調楊世俊、桂錫楨馬隊火速增援前方……

當時，營務處一班人不明底細，見左相如此胸有成竹也就深信不疑，獨何紹南一人冷笑不語。

不料兩天之後，果然傳來佳音——馬占鼇因畏於楚軍凶悍，害怕落下與馬化龍同樣的下場，竟說服河州另外九大門宦於大勝之後，向官軍投降，先送降表，接著盡繳馬械，又主動將壯丁造出名冊，並親自率河州十大門宦的子弟，帶戶籍冊及武器清單，赴安定行轅向左宗棠請罪。

當陳湜著人送來馬占鼇的降書時，左宗棠正在用晚飯，陪食的有何紹南等一班幕僚。左宗棠拆閱來函後，喜出望外，一時不能自持，乃微笑著對眾人說：「如何，如何？跳樑小丑，已陷入天羅地網，不投降又待如何？」

左右那一班人不放過拍馬屁的機會，紛紛恭維左宗棠。

左宗棠於下層士兵，愛顯示一個「神」字，似乎自己是天上星宿，應運而生，甚至是人神的仲介，但於同僚幕友，則常標榜一個「明」字，常自稱諸葛，題詞、通信，落款愛署一個「今亮」，幕友們皆熟悉他這脾性，一旁的陳迪南馬上說：「明公明見千里，諸事全在洞鑒燭照之中。」

左宗棠於是撫掌大笑，道：「此諸葛所以名亮也。」

眾人一齊點頭，表示服膺，只何紹南連聲冷笑，且用箸敲著菜盤子說：「自比孔明的人實在太多，此葛亮所以為諸（豬）也。」

這話一出口，不但大煞風景，且是「語驚四座」——左宗棠一下變了臉色，乃板下面孔，狠狠地訓了何紹南一頓。

不想當晚掌燈時分，陳迪南匆匆跑來報告，說何紹南已獨跨蹇驢，不辭而別，僅留下一字條，託陳迪南將他那候補知府的文憑官誥代繳到左宗棠手中……

如今，何紹南落到了這麼個結局，他的事，也成了一個遙遠的、幾乎為人淡忘的故事，只有「諸葛所以名亮」、「葛亮所以為諸」的笑話傳遍楚軍將帥及湘籍士紳之間，成為他們茶餘酒後，譏笑名望日隆、驕淫日盛的左爵相的資料。當然，也有人說何紹南的不是，認為他太無尊卑上下之分，結果當然是自取其辱，是輕薄文人口孽遭罪的結果。

不料今天，磨難未能使他痛改前非，反使他變本加厲、倒行逆施——不但以輕蔑與冷漠回答自己的熱心，反以加倍的瘋狂，觸犯自己的大忌。

「你說了郭筠仙這麼多壞話，怎麼不說他瞎了眼睛？也像呂伯奢一樣，救你這不該救的奸雄呢?!」大廳上，何紹南趁左宗棠喘氣的當口，竟放聲罵起來。

「好，好，我是奸雄，我是曹操，那麼，你是誰？你是陳琳好了。陳琳之檄，能醫孟德之頭風。你總算使我清醒了，我原來還打算原諒了你呢，來人呀，把這個執迷不悟的狂夫帶下去！」

左宗棠在座位上連連頓足，大喊大叫。

望著朱信等人聞訊衝進來，把瘋瘋癲癲的何紹南推搡著出來，袁升知道，紹南此番一條小命是真的救不住了……

第八章 亂世奇緣

酸楚的《花兒》

上走個碾伯的風渡溝，
下走個蘭州的柳兒溝，
睡夢裡夢見頭對頭，
醒來時懷抱一個枕頭。

一個沙啞的嗓子在唱《花兒》，調子是那麼酸楚，這是外號叫「師爺」的沙五爺唱的，他不知何事牽動愁腸，對著一座亮燈的小窗訴衷腸：

孱弱的劉邦坐咸陽，
虧死了英雄楚霸王。
萬樣的念頭別再想，
尕妹的心事費猜詳。

何紹南開始聽沙五爺唱「花兒」只覺粗俗，但這異鄉情歌卻能引發遷客騷人無窮的鄉愁，使他加倍懷念遠隔千山萬水的親人。可是，越到後來他越不安了，原來他發現這歌聲與他有些瓜葛，特別是沙五爺撞見秀姑對他表示親暱時，沙五爺的眼神就充滿了仇恨，歌聲就洋溢著失望與惆悵。

秀姑是回民軍首領白彥虎的堂妹。一個頗有幾分姿色的小寡婦——她一家在與官軍作戰時被打死了，剩下她和年過花甲的寡嬸隨著隊伍流浪，從關中輾轉作戰到了這河西走廊。

那一天，何紹南和所有的回民軍頭目在一起割麥子。

當時，白彥虎的數萬陝西回民軍正處於命運的十字路口——左部楚軍已收撫了河州的馬占鼇，剿滅了西寧的馬桂源、馬本源兄弟，又調動了七八萬人馬在與西北回民軍最後一個據點、肅州的馬文祿苦戰，馬文祿派出的求援的使者，一批又一批地趕到白彥虎的大營，擺在白彥虎面前的只兩條路，要麼與肅州馬文祿合力擊敗官軍，解肅州之圍，為回民軍留存一席休養生息之地；要麼被官軍各個擊破，遠走新疆，這條路當然是白彥虎所不願的，但是，他們幾次想從周邊踹破川軍徐占彪的大營，都被密集的排子槍和火炮所擊退，眼看著劉錦棠督率的大批楚軍已迅速從西寧趕來，他們有被反包圍的危險，眼看著甘肅已沒有陝西穆斯林寄足之地了，剩下的只有下策——遠走新疆。

但是，白彥虎下不了這個決心，只一心想打回陝西，可惜殘酷的命運不容他選擇，愈來愈嚴峻的軍事形勢迫使他只有離此遠征。

去新疆數千里，茫茫戈壁，飛鳥難渡，怎比得在關內流浪，就地籌糧或因糧於敵？

早先流浪在河西一帶的回民已安家屯墾，開出了大片土地，眼下秋收在望，為備糧，白彥虎下令官兵無論男女，一律去搶收糧食，趁官軍尚在肅州城下酣戰，把出關的準備做好。

這一天，勞動之餘在壟頭休息。麥秸捆上，坐了白彥虎及手下親兵、眷屬，都在聽何紹南講故事。

為取悅這些手捏刀把子的穆斯林，何紹南淨講一些穆斯林中出類拔萃的英雄人物故事，用意自然是間接地恭維這一夥人。

以前，這一份榮譽是屬於沙五爺的，沙五爺不識字，不知書，書中故事說不來，但他記性好，那沙啞的嗓子，不但能唱很好聽的《花兒》，還能唱上整本的《河州事變歌》，從「乾隆天子坐北京，風調雨順樂太平」唱起——乾隆年間，有個叫馬明心的人創新教，引發新老教之爭，官府禁新教，新教教徒蘇四十三率眾在河州暴動，這件事在這以前反響忒大，像順治年間回民米剌印起兵反清一樣，陝甘穆斯林無人不知，到現在回民中仍有新、老教之分，金積堡的「老人家」馬化龍即為新教傳人，這些歷史掌故，由沙五爺用說唱形式唱出來，眾穆斯林聽了既新奇又親切，眾人無以比擬這位軍中的文化人，便用「師爺」這頭銜贈他。

只可惜沙五爺的故事後來聽膩了，新編的既少得可憐，又顯得粗糙，熟讀經史的何紹南卻是另一種類型的人，肚子裡像「十回保朱」——明朝定鼎時，以常遇春、胡大海等十個回族將領保朱元璋奪取江山的故事多的是，講起來幾天幾夜也講不完，加上臨場發揮時，根底比沙五爺不知要強多少倍，一下就把眾人吸引過來，使沙五爺幾乎找不到聽眾了。

那天，他講起了穆斯林的神童詩人薩都剌小時的口才——因時間短促，龘頭小憩，不允許講大部頭。薩都剌隨眾學童郊遊，隨口詠泉水，「泉、泉、迸出珍珠個個圓」，從薩都剌又講到出身穆斯林的另一大文豪李贄，李贄小時也有臨場應對的好詩，可這詩一出口才知犯了白彥虎的諱——昔時虎伏草，今日虎坐衙。大則吞人畜，小不遺魚蝦。

「師爺」在一邊正嫉妒得要死，現在一聽這詩，馬上抓住了把柄，衝上來一把揪住何紹南質問說：「我們大頭領二頭領稱為『大、小虎』，以前伏身草莽，如今出人頭地。你這不是指著和尚罵禿驢麼！」

這一牽扯比附，很是嚴絲合縫。何紹南望了白彥虎和坐在較遠處的余小虎一眼，不由捏了一把汗，忙辯解說：「這是李卓吾的詩，他也是個穆斯林，作詩興打比方，他這『虎』是指咱們的對頭官府呢。」

秀姑先是一愣，及聽了這解釋，忙上前一把拉開沙五爺說：「哎呀，我說沙五，瞎咋乎啥呀，人家在講古呢，瞎比方。」

秀姑出來為何紹南解圍，沙五爺更不高興，正要繼續窮追，不料一旁的白彥虎也微笑著點頭道：「對的，對的，讀書人做文章，哪有這麼多禁忌？我才不信呢，唐先生是個大讀書人，我正想這幾天您淨講穆斯林中的能人，武的講了不少，還以為穆斯林中沒出幾個漢學先生呢，原來還不少。」

沙五爺聽白彥虎這麼一說，這才悻悻地鬆了手。

何紹南緩了一口氣，感激地朝白彥虎鞠了一躬，又親切地望了秀姑一眼，不料秀姑也正睜著一雙亮晶晶的大眼睛癡望著他，不由臉一熱，忙避到了一邊。

這時，白彥虎興致頗高，他又問起了其他穆斯林文人，要何紹南多給大家講講。於是，何紹南除了把李贄的離經叛道大大地誇獎了一番後，又介紹起米芾等人，什麼詩詞呀，書畫呀，如數家珍，搖頭晃腦，說得白彥虎眉飛色舞，同時對他也肅然起敬，五體投地。

毛目在黑河東岸，寒冷異常。睡在土窯洞裡的何紹南晚上受了涼，講著講著，忽然打了個噴嚏，吃晚飯時，秀姑摟一床繡花的軟緞面的被子當眾扔給紹南道：「喂，唐先生，你晚上很冷吧，扛去。」

旁人把羨慕的眼光投向何紹南，這使紹南很尷尬，摟著這一床質地雖很好，但白包單已成醬色的棉被進退兩難。

沙五爺望一眼秀姑，又望一眼紹南，陰陽怪氣地說：「秀姑可真會體貼人哩。怎麼不想想，我沙五晚上也冷得摟著枕頭打激愣呢？」

秀姑瞪他一眼，搶白說：「哼，美著你呢。小白鞋的熱炕頭會冷得你打激愣？我不信。」

「小白鞋」是本地一個小寡婦，「師爺」打駐這裡後，只幾天功夫便與她泡上了，半夜常去鑽她的熱炕頭，在這件事上，眾人皆說「師爺」沒德性。

沙五爺見秀姑當眾揭底也不氣惱，自我解嘲說：「哈哈，老子早沒上小白鞋那裡去了，老子要正正經經地跟大頭領打回老家去。咱老子家裡的相好可是百裡挑一的美女。」

說完不甘心，又向何紹南笑了笑說：「唐先生，你要當心喲，當兵三年，見了母驢賽貂蟬，久了才會發覺上當哩。」

何紹南很窘，真不知怎麼回答他。

秀姑一旁冷笑著說：「你小子尖嘴猴腮，還想貂蟬呢，草驢子見了你也要夾起尾巴跑三十里！」

沙五爺聽了秀姑的挖苦，無可奈何地歎了一口氣，衝秀姑扮了個怪相說：「我的好妹子，人過三十無後生，想當年的沙五可不是這麼張猴兒臉。」

秀姑見他把頭伸過來，一把麻利地揪住了他耳朵，狠勁往旁邊一拉，沙五爺身子往前一衝，秀姑往旁一閃，順勢又在臀上踢一腳道：「你小子少花馬兒掉嘴的，當心你娘一刀子送你回老家去！」

說完，「哧啦」一聲，拔出腰間三尺青鋒，頓時寒光閃閃，陰森逼人。

沙五爺見秀姑真動了氣，忙乖乖地溜了，走不多遠，曠野裡又傳來他那酸楚的、令人浮想聯翩的「花兒」。

聽著「花兒」，何紹南懷抱著被子發呆。

秀姑匆匆趕上來，見四下無人，推他一把，柔聲地說：「達吾德，你還愣著幹嘛，天上掉下來的便宜你不想撿了，嗯？」

何紹南沒法回答她，摟著被子呆在那裡。

「達吾德」是什麼意思？何紹南當時以為這是造反的回回罵人的話，後來，他否定了，因為秀姑每次衝他喊時，總在沒有第三人在場的時候，而且面帶笑容，無半點惡相，紹南也聽眾回民在一起吵過嘴，什麼髒話都有，唯獨沒有這個詞兒，直到這天晚上，他要與秀姑同居了，當了她的倒插門的夫婿，在阿訇為他們祈禱時，才知這「達吾德」是秀姑前夫的乳名，這是穆斯林小夥子出生時常愛取的名字。

思鄉曲

何紹南坐在馬棚旁的草窩裡，撫摸著這一床繡花被子發愣。想起離開安定行轅前不久，還接到家中的信，妻子在信中告訴他，現時蓋的這床被子太舊，軍中發的又太薄，不保暖，她已請人在家中為他彈了一床加厚的棉被，此回已併衣物託人送到了漢口西征軍需採辦局，它將在冬至前連同解往西北的糧秣被服一起送到蘭州。

「白骨已枯沙上草，家中猶自寄寒衣。」他情不自禁，脫口吟出了這兩句詩。心想，現在家中人大概已確認了他的死訊，想起離家那天，妻子佳秀眼淚汪汪地為他收拾行裝時，告訴他，她已懷上了孩子，他真是心如刀割。

和佳秀結婚整整三年，但二人待在一起的時間不足半年，合巹才三天，便應左宗棠之約，隨楚軍轉戰贛水閩山，這一去便是三年。

那回好容易藉母親重病為由回家省視，不料才五個多月光景又要去更遠的西北，當時若不是老父堅持，並口口聲聲責備他「為兒女情而消磨了英雄氣」，他是決計不願離開懷孕的佳秀和大病初癒的母親的。

左宗棠在漢口權湖廣總督印，為籌備西征，派人齎書，一再敦促他來投到，因為何紹南在八閩及粵海圍殲長毛汪海洋、李侍賢時出色的謀略及潑辣的文筆，左宗棠對這個湘陰同鄉特具青眼，加之他正準備分兵三路入秦，對陝甘來一個徹底的整頓，因此，非大肆網羅人才不可。

「陝西據天下之上游，制天下之命者也。是故以陝西發難，雖微必大，雖弱必強，雖不能為天下雄，亦必浸淫橫決，釀成天下之大禍。陝西之為陝西，固天下安危所繫也，可不畏哉？」——顧祖禹《讀史方輿紀要》中一段於陝西地理政治之論，實為當局者的治世警言，左宗棠早年專攻農桑輿地之學，研究霸術，能不滾瓜爛熟地背誦這一段警句？此時的回民軍自同治初年初舉義旗，眼下已成燎原之勢，秦隴數十州縣一齊回應，西安告急，蘭州一度陷於孤立無援的絕境中，陝甘總督楊岳斌原是曾國藩手下水師大將，在長江中指揮舟師是何等得心應手，可任甘督一年多，卻弄得焦頭爛額，稱病求歸，回民軍雖是打的「護教」旗號，但多為貧苦無告的農民，如不用快刀斬亂麻的手段迅速鎮壓，誰能保證他們中不出幾個李闖王和張獻忠呢？

左宗棠金殿誇下海口，期以五年平定陝甘，為了不辱君命，他搜羅不少人才，一同赴軍中出謀劃策。

剛從廣東巡撫任上被劾罷歸來的郭嵩燾，與何紹南是親戚，一聽何紹南要去甘肅，臉上露出了輕蔑的冷笑，且仰面捋鬚，說：「何愷仲未必忘了吳忠階的教訓麼？吳忠階遺屍甘肅，其長子吳翊元欲去西北尋覓先人遺骨還出門無路呢。」

吳忠階名炳昆，同邑中塅人，同治二年郭嵩燾任廣東巡撫，約忠階去廣東，他卻應老上司兼好友楊岳斌之約去西北，不料才去了幾個月，適逢蘭州督標兵變——督標兵本是制兵，為總督親兵，但因餉俸反薄於楊岳斌帶去的湘軍，於是，在楊岳斌巡視慶陽府時，約回民在蘭州譁變，逢南邊口音的即殺，致使以翰林鍾啟珣、候補道吳忠階為首的一班幕僚盡殉於難。

「西北地瘠民貧，民風強悍，捻回不比長毛，行蹤飄忽，很不好對付，論軍事，左季高不見得比楊厚庵強，他所以興沖沖地去頂這爛斗篷，是忍不下一口氣——平洪楊之亂，他只得了個三等之封，與糾糾武夫的曾九爺並列，以他的性格，蛇欲吞象，非高出曾氏兄弟不可，你又不是不明白，何苦替他去火中取栗？他的為人，我算是徹底地看透了，外寬內忌，刻薄寡恩，我與他那麼深的交情也被賣了，你這模樣去，哼！」

郭嵩燾那一聲「哼」，言未盡而意有餘，何紹南何嘗不有同感？他追隨左宗棠三年，是站在邊上看著他把郭嵩燾拉下位的人，對紹南，左宗棠是既要利用又不使他有嶄露頭角的機會。他極相信那一班逢迎他的人，如周開錫、劉典、楊昌濬輩，酬庸保舉，已近乎濫，獨予何紹南一候補知府的虛銜，且一直未補過一任實缺。

何紹南把郭嵩燾的話回去向父親一學說，父親卻不以為然，認為郭嵩燾是故意中傷，有心敗興，且何紹南正年輕，來日方長，有的是一展雄才的機會，左宗棠這以前未予何紹南機會，僅是讓他多歷練而已，可不能辜負人家培養人才的苦心。

迫於父命，紹南只得揮淚上路，去漢口西征局報到。

到西北不久，接到了家書，得知佳秀已為他生下了一個胖男孩，欣喜之餘，他在回信中為兒子取名「友直」。何紹南生性狷介，望兒子將來也不阿不曲。而今屈指算來，友直應四歲了，他只能憑空想像兒子是甚模樣，有多高？心想，若自己就這麼死了，友直長大了更無法尋覓先父遺骨且連憑弔之處也不好找呢。

說婚

他抱著被子，摸黑到了自己的窯洞裡，又摸黑點亮了油燈，這時，擋風的柳條門一響，一個六十開外，腿骨健壯的細足老太太走了進來。

因為關中漢族士紳、團練亮出了「秦不留回」的口號，幾乎見回民就殺。「一寨清一寨，把回子趕出西口外」，逼得許多回民男女老幼都離鄉背井，捲入了反叛的隊伍中。白彥虎部數萬回民中，老弱婦孺將近一半，他們隨軍行動，吃大鍋飯，住行軍營帳。

跟這些眷屬一樣，這位老太太生成的體賤命大，花甲之年了仍跟著軍隊奔波，苦討苦吃。她，就是跟秀姑相依為伴的寡孀。

何紹南對這位身分較特殊的老太太素來很敬重，跟眾回民弟兄一樣，稱她為「姥姥」。有次，他聽這位「姥姥」擺談過秀姑的情況，原來秀姑過去有一個美滿的家庭，正值豆蔻年華，碰上了漢回間的衝突，那晚，村裡人傳說漢民團練要來血洗回民的村莊，她父親又驚又怕，只好連夜將她送到未過門的夫婿家，草草成了親。

她丈夫是個讀書人，那一年剛好進學，中了秀才，不料到過古爾邦節時，醞釀已久的大屠殺終於開始了，為了逃生，他們全家一道捲入了她堂兄白彥虎拉起的隊伍，一年之後，丈夫及家人陸續戰死沙場，她那出生才一個月的孩子也死於傷寒，她就隻身一人跟著孀娘隨隊伍跑，十餘年來走州串府，馳驅征戰，從一個宰一隻雞也手軟的弱女子變成了一個巾幗豪傑。

戰爭使他們穆斯林隊伍男少女多，像秀姑這樣的單身女子多的是。

「唐先生，你的樣子與她那當家的還挺像呢，都是斯文人，只不過你們南方蠻子皮肉白淨些罷了。」那回「姥姥」用這麼一句話作結，說得紹南的心怦怦直跳。

「姥姥，黑燈瞎火的，你怎麼一個人出來呢？」

秀姑的窯洞在村子北端，要翻兩道溝，走一段窪地才到得這裡，像姥姥這樣年紀的人是不宜在夜間獨自行動的，更何況她於何紹南下處還從未到過呢。

「嘿嘿，從今兒起，你別再叫我『姥姥』了，該和她一樣稱我『孀孀』，知道嗎？此番她不便來，我只好一人來，我是來道喜的呢。」

何紹南不意這老婦人開口這麼突兀，儘管她一來他就猜到了她的目的，但仍無言以對。

「秀姑送的這床被子可暖和些？」姥姥又問。

「真不知如何感謝她。」何紹南猶猶豫豫地說。

「嘻嘻，你怎麼不問問，她將被子送人，自己又蓋什麼呢？」姥姥眨著眼問紹南。

「真的，她自己——？」

「她把被子送給你，今晚卻要鑽到我的被子裡，我說我老骨頭可經不住你掄拳踢腿的，妝奩已走了，人還待著幹嘛？真是的，那被子本就是她的隨嫁之物，是她早年當姑娘時，起五更睡半夜，一針一線繡起來的，要不是趕上這時勢，她哪會自己摟著被子找人呢？」

「這——」

「嘻嘻，唐先生，你先別忙，我知道，像你這樣跑大地方的人，見的世面多，大門大戶的人會過，可能看不上我們莊戶人家的女兒，不過，眼下講究不得了——喲，我說著又忘了，人家馬大阿訇還等著哪，等你們雙雙去做祈禱呢！秀姑那模樣，那德性，配上你還有多是不是？」

「不，不。」何紹南一急，衝口說，「這是萬萬不能的。」

「不，不能？你認為她低你一等，配不上你？快別說了，讓她聽了要生氣的，這事連大頭領也是贊成的呢，大頭領做事從來是說一不二的，還沒見過誰敢違拗！」

一聽這事連白彥虎也插了手，何紹南心中暗暗叫苦，他連連搖手說：「不是這個意思，我是說，我是有妻室兒女的人，兒子都已四歲了。」

「哎喲喲。」姥姥睜著眼睛，驚奇地高聲叫了起來，「古人薛平貴招親西涼國，十八年後回寒窯重認王寶釧，你先生還在想重唱一齣《打差算糧》呢。」老婦人閃著一雙小而圓的眼睛，狡黠地一笑，調侃中頗帶幾分威脅地說：「戲文故事是信不得的，你已跟了我們就是入了教門，皈依了真主，你難道還想有背叛教門的日子嗎？」

一聽這話，何紹南渾身一麻。其實，這已是明擺著的事實，人家只是用一句話挑明罷了。

「做了順從真主的穆斯林，皈依阿拉，死後可去天堂，享受無窮的快樂，這就是我們穆民的宗旨，穆民得真主庇護，優於漢民，你們漢民入教後，入贅到穆民家的人多著呢，以前常常有……」

姥姥於是扯開了，居然還能引經據典，滔滔不絕，容不得何紹南插話。

「唐先生，你知道很多前唐和後漢的故事，可知穆斯林幫唐王討平反賊的事？那時，胡人亂國，穆斯林起兵幫唐王討平反賊，唐王為報恩，下旨讓穆民遷居中原，與漢民雜處，唐王曾下令，漢民犯一條罪便殺頭，穆民犯十條罪才殺頭！」

她說的大約是指唐肅宗借回紇兵平安史之亂的故事，雖已走了樣，總算是說清了回民遷居中原的歷史，紹南只好連連點頭，可他思念老家，惦念老父老母、佳秀、友直，更怕「從賊」的罪名使一家人不得安生，故不願按老婦人給她指明的路子走下去。但是，他知道老婦人的背景，萬萬開罪不得，只好閉著嘴，只一個勁地搖頭。

老婦人說了半天，盡量向何紹南擺談他們的煊赫身世，但既不見何紹南動身，也不見何紹南回話，不由火上心頭，她白了何紹南一眼，起身拉開門就走。

老婦人乘興而來，敗興而去，氣不打一處來，當何紹南上來扶她時，她胳臂肘往後一推，決絕地擋開了紹南的手，氣咻咻地道：「唐先生，你的門檻兒真高哩。」

何紹南怕她跌倒，仍堅持在後面送了一程。

拒絕了這個特殊身分的人的提親，他多少也有幾分駭怕，正在黑暗中踟躕，只聽見一陣腳步聲，馬棚邊鑽出了笑容滿面的「師爺」，距老遠便向他噴出一口濃烈的燒酒氣。

喝酒是犯了伊斯蘭教規的，沙五爺本不是一個虔誠的穆斯林，容不得何紹南細想，另一個念頭在他腦際一閃：「師爺」從窩棚邊轉出，一定是在聽壁腳。想到他平日對自己那一份醋勁，何紹南有些驚慌，支吾著問：「師爺，你還沒睡？」

「睡，睡個屌？我在聽你們說親事呢。」沙五爺圓睜著眼，率直回答他。

「啊，你這下該明白了吧？我不會，不會的——」

不會什麼？不會奪人之愛？不會答應這門親事嗎？事實明擺著，沙五爺害的是單相思，沒有何紹南在，秀姑也不會嫁他的。那麼，是不會答應這門親事嗎？這與沙五爺何干？正斟詞酌句之際，冷不防沙五爺又揪住他，指著他的鼻尖道：「白臉皮，別裝酸咬文了。我看你真是一匹被騙了的蠢驢，二架架、二杆子、鬆包、孬種！你真不識時務！難道你還嫌人家是二路貨？她送上門來，你又不是沒有，抽出來不就成？兩床被子一床蓋，可惜她瞎了眼，送錯了人！」

「這——」何紹南被這一頓臭罵罵昏了頭，無言以答。

「這什麼？閹雞公，騙馬，二杆子。我知道你嫌咱們是反賊，你小子不要以為一身清白，告訴你，你已入了我們賊夥了，一輩子也別想洗刷乾淨，梁山泊不是有人要獻投名狀嗎？你已獻過投名狀表過心跡了，要說我們是反賊，你早已上了賊船，有朝一日，大家落網，官府拷起供來，老子別人不咬，單一口咬住你。」

這一說，直叫何紹南毛骨悚然，就好像天際邊一線希望也消失了，於是，絕望地搖著沙五爺的手說：「怎麼能這麼說，怎麼能這麼說？」

他結結巴巴地分辯著，忽然靈機一動，望沙五爺說：「師爺，你不是對她動了心嗎？她興許怨你用情不專，心地不誠靠不住，你改一改，由我和她嬸子說去。」

「哈哈，你小子別想把老子往火炕上推，老子走南闖北浪慣了，是一匹野馬，戴不了籠頭，受不了那一份罪，老子丟了小白鞋又有小紅鞋，東一餐野食西一頓零食湊合過，她那話兒上也沒繡花哩。」

「師爺」一口痞腔，氣色好看得很。他爽朗地笑著，拉著何紹南跌跌撞撞地衝進了寒窯，兩人一進門，不覺一齊呆住了——白秀姑正盤腿坐在何紹南的土炕上，兩眼圓睜，怒氣沖沖地盯著他二人哩！

還是「師爺」人機靈，他只怔了怔，馬上賠笑道：「喲，看爺這記性，撞錯窩啦，得罪。」說著，他歪歪斜斜地打了個拱手，趔趔趄趄地撞了出去……

何紹南卻仍未回過神來。

小油燈映著秀姑那眈眈虎視的臉，盯著他，就像廟裡一尊凶神。何紹南一見，渾身立時起了雞皮疙瘩。

「天啦，這女強人又要拿我開刀呢！」

女強人

何紹南本是她擄過來的。

那回，他一氣離營出走，心中只為左宗棠的剛愎自用、刻薄寡恩而憤慨，沒有考慮隻身離營的危險。

安定至西安路上幾經兵燹，糜爛不堪。除了往來辦公差及運糧餉的兵丁、腳夫，很少行人和商販。他在西征軍中四年，主持營務，楚軍中不乏親朋好友，因為和左宗棠嘔氣之故，他不想走大路，歇兵站，以免和熟悉的官吏打招呼，問起孑然一身回南之原由。

「君子絕交，不出惡聲」。他不喜歡在背後道人長短。

那一天，在安定以東的華家嶺下，天已黑了，他住進一家小客店。這裡是個大村鎮，往東北是靜寧，往南便是通天水的大道，官軍在這裡設重兵守卡，並建有一個規模較大的兵站，為頭的，是一個遊擊銜的軍官，何紹南認識他，因為這個緣故，也沒有去驚動他，而在村尾這小店子住下。

店子很簡陋，也很髒，他不敢要吃的東西，因為自己囊中尚有乾糧，只要了一壺開水，就著開水吃些乾糧，又嫌土炕不乾淨，只和衣睡，心想，只要過了天水就好了，天水至西安是繁榮、寬敞的官道，路上行旅較多，旅次也方便，從西安取道紫荊關，沿漢水順流而下，家鄉就指日可望了。

因為累，他早早地睡了，也不知過了多久，忽被窗外一種非同尋常的腳步聲驚醒了——身處這種野店中，孤身一人，哪怕是再睏，他也不會睡死的。

他一驚，這才記起這一帶大股回民軍雖已肅清，但河州及西寧一帶各股回民軍仍活動猖獗，為阻遏官軍的進攻，他們常派出小股馬隊穿插過來，騷擾官軍後方，搶劫、殺戮單身官軍和信使。這些人的活動，大都與事先安插在官道上的眼線有關，在營務處時，他還看過文報，說在華家嶺這一線發生了幾起搶案。

這店家是什麼人呢？投店時沒留神它門口的幌子，是否清真店？若是黑道上的人物……

尚未容他想完，只聽房門「軋」地一聲，被挑開了。他本能地翻身坐起，想翻一件護身的武器，黑暗中，摸不到自己的劍，僅只扳下了一口炕磚，剛取在手中，只見一條黑影衝他奔來，胸前馬上挨了一腳，一下被踢得仰八叉地倒下，那人上來，一腳踏在他胸脯上，一把冰涼的刀挨著臉，一聲斷喝道：「再動，宰了你！」

這聲音雖很威嚴，他卻聽出來是女子的聲音。這時，店家擎來一盞小油燈，照了照他的臉，又扳下他手中始終未砸出去的磚塊，露出狡猾的微笑。

何紹南藉助這燈光，發現挺身踩在他身上的確實是個女子，她手持大刀，刀尖挨著何紹南的喉頭，用略帶嘲諷的神色瞪著他。

他很驚奇，又很覺晦氣，自己好容易下決心擺脫了一個獨夫，卻又落入一個更凶狠、野蠻的土匪婆手裡。

這「土匪婆」就是白秀姑。當時，陸續進來好幾個人，還有兩三個女兵，皆提著刀槍，他被他們渾身搜檢了一番，又拎走了包袱，隨後，即被一身材矮小、戴白帽子、穿禿皮襖子的回民看押著。

他以為待一會兒即會被押去殺頭，就在店子裡或是押到曠野，想到自己頃刻之間就要陳屍荒郊，做異鄉不明不白的孤魂冤鬼，真是懊喪極了。

不料過了一袋煙工夫，這女子又隨幾個男人進來，不由分說，先是一腳將他踢倒，七手八腳地把他捆起，用一塊破布蒙住他的雙眼，再往他口裡塞了幾塊臭裹腳布，然後將他拖出店門，放在馬背上，一行人踩著碎步，出了這小鎮子，連夜趕路。

一見他們沒馬上殺他，他推測是被擄去做人質或罰做苦役。人到了這個地步，仍抱一線求生的希望，為應付這一幫不明身分的匪徒，雖在馬上受顛簸痛苦不堪，仍準備了一套口供，萬一受審問時好搪塞。

他知道，回民軍最仇恨的還是本地漢民團練，這些人是直接對頭，其次才是官軍，回民中，甚至有這樣的歌謠，道是：馬生彥，真好漢，不打官軍打團練。官軍中，又分幾等，原屬署理陝甘總督穆圖善節制的雷正綰部因幾度主張撫回，所過回民村莊殺戮最少，因此，回民對雷正綰較有好感，而最恨的是劉錦棠的老湘營及徐占彪的川軍。

至於一般漢民百姓或商賈，只要平日沒有殘害過穆斯林，或尊重回民的信仰和習俗，通常情況下大都不殺。

穆斯林和官軍或團練交戰時，又有一句口號，叫作：呆迷們快跑，不丟杆子不饒。杆子——刀槍也，即交出武器就可保命。

何紹南自然早就掌握了這些情況，心想，自己切不可暴露出南方口音，因為這等於承認自己屬左部楚軍。他雖說不好甘肅方言，但能說一口流利的官話，於是，決定冒充一個常來西北的天津皮貨商人。

他穿著也極普通，一頂半舊的拉虎帽，一身舊湖青綢罩面的棉袍，雖乾淨利索，卻都不是做官的行頭。連小廝也沒跟一個，外表看完全沒有候補知府、五品文官的架勢，另外，隨身攜帶的銀子也不多，幾年幕府生涯，也積下了不少黃白之物，但幾乎全存在西安西征軍需轉運局沈吉田道台處，包袱內幾樣西北土特產，如髮菜、枸杞子之類，則更好作交代，但是，唯有一件東西叫他無法辯解，這就是不久前，陝西巡撫譚鍾麟給他的一封私人信件，信中託他為譚老太君寫一篇八秩壽序，此番回南必經西安，他又還未來得及撰就，故揣了這信，預備在西安停留時寫好完卷，不料這下落入了土匪手中。

看來，這封小小的八行書，很有可能成為他一道催命符——此信的封皮及用箋紅格熟宣紙皆不是民間之物，且開頭有他的官銜，落款又是陝西省第一號大人物的名字。

「看來，縱說是路上撿的他們也斷不會相信的。」想到這一層，他有些絕望。

天將破曉時，他被人推下了馬。此刻，他腰酸腿軟，幾乎要昏迷過去了，待他們拉掉他嘴中帶血痰的髒布，解開蒙面的黑布，在寒風吹拂下，他漸漸清醒，四處張望，只見莽莽荒原，不見一所房屋，又走了約半里地，才在山溝邊找到了幾孔破土窯，他被押了進去。

迎面土炕上坐了幾個人，一個個黑不溜秋，精瘦精瘦，懷中放著土銃或大刀，抓他的那個女子和另兩個女兵分立兩邊，何紹南側眼打量她，年紀在三十上下，長得五官周正，想到昨晚挨了她那麼狠的窩心腳，他不覺微微歎了一口氣——這樣秀氣的女子，怎麼也做了賊呢？

這女子也在打量何紹南。好半天，面上漸露出嘲諷的神色，又上前踢了他一腳，把他推到土炕前。

秀才撞了兵，有理說不清。此時此地，「傅粉何郎」也罷，「湖湘第一狂人」也罷，任你平日笑傲王侯，格調高雅，到了這地步也清高傲慢不起來，更何況這女子一把柳葉尖刀，時不時在眼前晃動呢。

他走近土炕，不待那女子第二腳踢來，早雙膝一軟，「撲通」一聲跪了下來，「篷，篷，篷」連叩三個響頭道：「阿訇饒命。」

他知道回民軍隊伍中的大小頭目多為阿訇充任，眼前這幾個人似乎是小頭目，稱阿訇如稱老師，顯得尊敬。

誰知他三個響頭下去，炕上的人都呵呵大笑起來，一個年輕漢子笑道：「阿訇？可惜爺們還未『穿衣』呢。我們中只有一個『師爺』。」

阿訇為伊斯蘭的教師，必經過伊斯蘭學校學習，畢業後才可擔任，在校學生稱「滿拉」，「穿衣」即是滿拉畢業。

紹南不熟悉這一套，當然不知他們為什麼發笑，但一聽「師爺」二字，不由大吃一驚，以為這一夥人已識破了自己的身分，可接下來就明白了，這「師爺」是稱坐在當中的那人。

他望了望這個同行，其實也一樣的齷齪和粗鄙，那一雙松樹皮一般粗糙的手，實在難以想像可與操弧染翰的雅事聯在一起。

這時，「師爺」裝模作樣地問起了他的姓名、身分及何處來，何處去？他臨時編了個「唐」姓，其餘一概照原先想好的供，原以為還會有更細的盤問，誰知這夥人只心不在焉地問了幾句，且沒多大興趣去聽，開頭那個笑話他的小夥子從炕上跳下來，用腳蹴他道：「去，去，去！先去提水飲馬，服侍爺們。」

他爬起來，低頭退出，心中已很清楚，這是陷身賊中為賤役了。

第四天晚上，他們來到一條水流湍急的河邊，根據自己被捕時的地理位置，以及這幾日的行程與方向推算，估計他們這一行人已繞過官軍集結、警戒森嚴的安定城，從右路魏光燾部與中路陳湜部中間穿插過來，此時已遠離安定而到達了蘭州西南面的洮河邊了。

「北斗七星高，哥舒夜帶刀。至今思牧馬，不敢過臨洮。」仰望北斗星，他想起了這首古詩。自河州的回民大門宦馬占鼇接洽投降受撫，剩下的回民據點只有西寧的馬本源、馬桂源兄弟及肅州的馬文祿了，眼前這一股回民軍是屬於哪一個山頭呢？

他想，他們若是去河州投馬占鼇或投西寧的馬本源兄弟，則自己或許有生還的希望，因為馬占鼇已投降，而西寧的二馬一直在徘徊觀望，到了他們手中，是不敢輕易殺戮的。

不料這一股人過了洮河不是往西南投河州，而是馬不停蹄地往西北。「莫非他們要去投奔流竄在西寧大通大、小南川一帶的陝西客回白彥虎？」

一想到白彥虎，紹南不覺毛骨俱悚。白彥虎部的陝西回民對漢民最仇恨，對官軍的手段也最殘忍，其他回民軍都曾先後派人與官軍聯絡，有過投誠、受撫的表示，唯他們從沒有露出半點服輸的意思。

越想越害怕，也就留神他們的談話。不出所料，他果然從他們對話中分辨出了西安口音——白彥虎部下多為渭華一帶回民。

他心中暗暗叫苦，確認自己無生還希望了。

過了洮河，這些人膽子壯了，開始白天趕路，晚上睡覺。

痛。

那天，他又去提水飲馬。這回不知怎麼由那女子押著，來到一條小河邊，河水正結著一層薄冰，紹南用石頭砸開冰層，打了半桶水，吃力地提著往回走。

天天被捆著雙手趕路，手腕被繩子勒壞了，寒風一吹，冰水濺到傷口上，有如剜心刺骨般地疼痛。

何紹南出身世代書香之家，從小和琴棋書畫打交道，兒時起便是由丫頭僕婦服侍，又幾時吃過這種苦頭？這以前，聲名遠播的恪靖伯、陝甘總督他也得罪得起，怎能遭受這起小人的侮弄、役使？一望見手腕上傷口滲出了鮮血，怨氣一下迸發出來，乃不顧身後有人持刀押送，毅然地摜下桶，撩起袍襟，擦乾手腕上的血水，雙手相互輕輕地撫摸起來。

果然，那女子先用嘲諷的目光看他，後來便不耐煩地頓足催他快走，口中罵罵咧咧，極是凶狠無情。何紹南聽出一句是：「看你這麼個鬆樣子，準是個豪紳。」

何紹南鐵了心，狠狠地白了她一眼，不理睬她，繼續痛心地撫自己手腕。這女子見何紹南拿白眼橫她，便又使出慣有的招數，用腳尖狠狠地踢他的小腿。

想到當初擒拿自己時那窩心兒一腳，想到自己已落到最凶狠最頑強的敵人手上，早晚必死無疑，他絕望了，心中思忖，與其讓他們折磨而死，不如現時求個痛快。

於是，橫下一條心，趁那女子一腳踢來，他閃身躲過，卻又乘她立足未穩之際，往她挺著的刀尖上撲來……

這女子先是一愣，隨即手一退，身子一閃，讓過何紹南，卻不待他站穩，一腳把他踢倒在地。何紹南在地上也不起來，口中嚷道：「你要殺就殺罷，我受不了這個罪。」

說完這一句，心又一緊，想：這下可要挨刀了，從此，父母妻兒一齊永別……

正閉目等死，哪知半天也不見動靜。他微微睜眼一看，這女子正狠狠地瞪著他，刀把子捏得緊緊的，手似乎在發抖，可就是沒有舉起來。

雙方僵持了一會，那女子不知如何想的，竟把刀推入鞘中，自己上前輕輕地提著那桶水走了。

何紹南滾在地上要死不成，也不是滋味，只好跟在後面走。進屋後，他乾脆躺到窯洞土炕上，心中仍在尋思，這女人興許是作不了主，待請示過頭目們後，一定要來處決自己。

又過了一會，依然沒動靜。那邊幾個男人和女子聚在窯洞內做祈禱，只由這女子在張羅。何紹南正胡思亂想暗暗淌淚之際，忽然，只聽一陣腳步聲，接著，傳來一聲較為柔和的咳嗽聲。睜開眼睛一看，只見這女人端來一碗熱湯，兩個玉米餅子，他遲疑地伸手接過湯和餅，喝了一口，竟有幾分辣味——自被俘以來，這是一次最豐厚的享受，原來都是餵馬，提水，待這些兵們吃過，扔給他一塊冷饅頭或硬餅子之類。

她見他開口喝湯，又向他投過嘲諷的目光，並用輕蔑的口吻說：「哼，你們這種人鬆得很，稍折騰便垮下來，病懨懨的啦。」

乖乖，她以為他是發病了。

繼續趕路時，這夥人竟沒有再綁他。到了大通，他被迫和眾多的、被俘虜來的漢人一道做苦役，如養馬、搬運及加工糧食，從別人口中才知，這女對頭大名白秀姑，乃是名震陝甘的白彥虎的堂妹，是個煞氣忒重的女強人。

芻狗

直到後來，他從她自己的敘述中才進一步清楚，那次是以她為主，帶了一隊人繞道去官軍後背的慶陽府一帶活動——因為那裡安插了大批受撫的陝西客回，白彥虎想讓她去說服他們重新打出振興伊教的旗幟，可惜左宗棠為防止就撫回民復叛，在回民屯墾區布下重兵，防範嚴密，且五戶、十戶連環作保，稍有活動，消息便為官府偵悉，因此，他們無從下手，只好怏怏歸隊，他，只是他們歸途中的戰利品，也算是「發個利市」。

不久，官軍開始攻擊反覆無常的西寧甘肅回民馬本源、馬桂源兄弟。二馬本回族中的士紳，本源一度出任西寧知府，在任時，修葺孔廟，取悅漢紳，可背地又與陝西回民聯絡，希望利用陝西回民阻擋官軍，好由他來經營西北的小朝廷。

白彥虎看透了馬氏兄弟的用意，提出讓陝西回民開進西寧城。馬氏兄弟猶猶豫豫，虛與委蛇，西寧城裡的漢紳卻識破了他們兄弟的行徑，乃趁他們出城與白彥虎聯絡之際，緊閉城門再不放他們進城了。

於是，馬氏兄弟只好一心結交白彥虎。白彥虎一邊支援二馬攻打西寧，一邊卻把近十萬人馬的陝西客回部署在大通及大、小南川一線，伺機而動。

劉錦棠、陳湜、魏光燾等部官軍齊頭並進，以西寧為目標，發起對馬本源、馬桂源及陝西客回的掃蕩，劉錦棠親率一支從湖南招募的新軍，配備上新從德國購進的新式快槍，一路斬關奪隘，如火燎原，進展最為迅猛。

消息傳來，白彥虎知道隴西終究不是陝西客回棲身之所了，準備沿河西走廊朝西退，大、小南川土地肥沃，先流落在此地的部分陝西回民開墾了大片土地，夏收在望，白彥虎想挨到收了一茬糧食再撤。

左宗棠似乎看透了他的主意，對西寧二馬採取圍而不攻的戰略，卻用主力專門對付陝西回民，為切斷陝西回民西撤之路，乃令劉錦棠派出一支馬隊，突然奔襲大通和西寧出河西走廊的要隘扁都溝。

這一著夠厲害的，如果扁都溝不保，白彥虎部便成了甕中之鼈，西撤無路了，就在這時，一個意外的情況出現了——白彥虎的左翼，一直與白彥虎並肩作戰的關中另一股回民武裝崔偉、畢大才、禹得彥部在沒有通知白彥虎的情況下，暗地接受了官軍的招撫，讓出了陣地。

這一來，白彥虎的左翼暴露無遺，白彥虎一下慌了手腳，一邊急調主力，由余小虎率領拼死扼守扁都溝，一邊令白秀姑帶一千名女兵，將滯留在大通一帶的老幼病殘護衛著往西北撤。

何紹南也被裹在這一萬多名回民眷屬中，他和少數被擄掠的漢民一起，被繩索串成一串，背著、挑著一些物件，吃力地跟著隊伍跑。

後面響起了零亂的槍炮聲，時而緊時而疏，他們走得很急，很慌，何紹南留神觀察，發現這支隊伍雖很龐雜，卻組織得很好，有人倒下，馬上有人來攙扶，女兵人數不多，都走在隊伍兩邊，有了情況，馬上相互傳遞消息，每走不遠，後面就有快馬追來，向領隊的秀姑用暗語傳達信息及指令。

看到這個形勢，何紹南心中估摸，官軍確實是殺過來了，且距此不會太遠。

他忽然產生了逃跑的念頭。這一夥女兵要照顧好一萬多老幼撤退已是手忙腳亂了，何況強敵從後壓來，他們面臨全體被殲的危險，自顧且不暇呢。「只要有人領頭，馬上會全部各奔東西，無法收拾。」

他想。不料這念頭才露頭，就已經有人在行動了，此人是一個壯漢，他蹲下來裝作繫鞋帶，掙脫了羈絆離開了隊伍，待幾個女兵走過，他站起身趁她們不留神時便跑，不提防背後一女兵早發現了，這女兵冷笑一聲，既不大聲喝止也不請示報告，只迅速抬起手中的土銃就是一下，隨著「砰」地一響，逃走的漢子被擊中倒地，她又撲上去，從背後砍了一刀，一個五大三粗的漢子就這麼被砍死了，這動作極快極準，手法也極狠。

何紹南見了心頭一顫，旋即打消了逃跑的念頭。他想，官軍馬上會趕到的，不必做無謂的犧牲了。

中午，他們來到一片光禿禿的山坡邊，前面忽然傳下令來：「就地休息。」

疲憊不堪的隊伍馬上散開，各自尋一片乾淨地方躺倒。又累又餓的何紹南和眾俘虜背靠著背在打盹，忽然聽到一聲柔和的咳嗽聲，一個熟悉的聲音在喊：「喂，喂。」

他睜眼一看，原來是白秀姑在喊他。

何紹南對這個威風凜凜的女強人有一種本能的畏懼，平日見她總是低頭疾走，他不明白，這個凶狠的女煞星今日為何跟自己打起招呼來，且又如那天送辣湯一樣，很是和善。

秀姑示意女兵解開繫在他右手臂上的繩套，並扯他站起。何紹南不待女兵來扯，自己掙扎著站起來，漠然地望著秀姑。

秀姑衝他笑了笑，露出一排整齊潔白的牙齒，說：「唔，餓了吧，給。」

說著，送上一捧青稞炒麵。

饑腸轆轆的何紹南幾乎是狼吞虎嚥地吃下了這把麵，連手板上沾的末屑也舔光了。秀姑待他收拾完，忙說：「唐先生，請你看一樣東西。」

這是女強人第一次稱他為「先生」，並在前頭加了一個「請」字。何紹南當然聽清了，但他還以為這是在做夢。

秀姑伸出右手，鬆開拳頭，亮出一個小小的蠟丸，拇指與食指一用力，蠟丸成了兩瓣，露出了中間的紙團。何紹南不由心頭一熱——這是軍中傳遞密件的一種方法，這紙團便是軍郵快書。

這是哪支隊伍製作的呢？

秀姑展開紙團，遞與他道：「我拾了個紙團，上面有些字，像是個謎條，又像是符咒，很有趣的，你猜猜看。」

何紹南一聽，心中暗暗發笑，「說得多輕巧啊，這是什麼時候了，還有心思弄這玩意兒，這不是截獲了官軍的情報，自己不懂，要請我幫忙認讀嗎？哼！」

這回是輪到他眼中露出輕蔑的神色了。

笑了笑，接過紙條掃了一眼，剎那間，他驚呆了——這熟悉的筆跡，分明出自劉錦棠之手——何紹南離開安定行轅時，劉錦棠已護送叔父劉松山的靈櫬回湘了。現在看來，劉錦棠已銷假返營，且帶了新募的勁旅與何紹南所在的這支回民軍對陣。

此時，秀姑虎視眈眈地立在他面前，容不得做其他細想，他從頭至尾將字條看了一遍，心不覺一沉，完全被劉錦棠這一紙手令驚呆了——這紙條的變形字像畫花押一樣，組成團龍形，又如一群聚著的蝌蚪，必須按一定的規律才能讀通。何紹南主辦文案，最善弄這種文書，回民軍神出鬼沒，飄忽不定，小股武裝，常穿插在官軍各部之間活動，官軍信使往往落入他們手中，為防止敵方得悉信函內容，軍書往往採用這種書寫方法，使他們在短期內辨認不出來，秀姑本來識字不多，自然看不明白，可何紹南一看，立刻明白了。

原來官軍從三面攆上來了，緊跟在後面的是劉錦棠的老湘營主力，距他們約半天路程；北面是記名提督楊世俊的馬隊，已稍超越了他們，可惜人數不多，只在右前方監視；西南面由一個叫冶福興的陝西降回做嚮導，帶著蜀軍徐占彪部在前方大通河上游攔了個水壩等候著，劉錦棠的手令就是讓楊世俊的馬隊從北面迅速壓過來，逼著這股回民軍過大通河，只等他們徒涉大通河時，便突然掘壩放水。

看完這一紙手令，何紹南真是喜、怒、哀、樂齊奔心頭。書生事業，詩酒傲王侯，那是何等地驕傲，不料一步失算，陷身賊中，繫囚階下，受辱於婦人，原以為此生休矣，不料上天有眼，賜以報仇雪恥的良機，縱然同歸於盡，也餘願足矣，值此一字千金的緊急關頭，我豈是貪生怕死之人？想到此，他突然用極快的速度把這紙條撕得粉碎，隨手一揚讓大風把它吹得無影無蹤，然後，故作輕鬆地一笑，說：「沒什麼，這是一首回文詩，無非罵你們逆回如同禽獸！」

這行動以及那富於挑釁性的語言一下把白秀姑給惹火了。

「你這可惡的傢伙，這不信真主的撒旦！」

她猛地跳起來，把最刻毒最骯髒的字眼一齊潑向紹南，又一連幾腳把紹南踢得連翻幾個跟斗。那形狀，在紹南眼中，如同行將分娩的母狼，焦躁、凶狂、陰狠、惡毒。

「來人啦，把他捆起來，一刀一刀地剮！」

幾個女兵馬上如狼似虎地撲上來，狠狠地按倒紹南，先把雨點般的拳頭和足尖加在他身上，後來又一根繩索撒下，將他捆得緊緊的，雙手反剪上來，幾乎能抓住自己耳朵，連呼吸也困難了……眾人漸漸圍攏上來。眾女兵個個亮出柳葉剔骨尖刀，準備碎割了他。

秀姑走上來，把雙目緊閉只待一死的何紹南的頭搖了搖，又啐了一口，舉手要下行刑令。

就在這時，人群中走出一個穆斯林老人，搖搖晃晃地走至秀姑面前，手向人群一劃，說：「這個時候，容不得這麼從容，看，隊伍已亂了，撒了鴨子怎麼辦？乾脆一刀了結。」

秀姑一聽忙說：「這傢伙願死不願活，一刀了結豈不便宜了他。」

這時，又一個老頭上來說：「那乾脆留著，待和官府對陣時，在他頭上剜個洞，倒上油膏點天燈。」

秀姑一聽，依了老人，手一揮，女兵們收回了刀子，他又被推回了隊伍。

這一回，女兵們可就不寬待他了，特地揀了兩個又大又重的馬褡子吊在他脖子上，迫使他低著頭，吃力地跟著隊伍跑。

望著這滾滾黃塵直指西北方，紹南不覺暗暗發笑，知道秀姑並沒有識破官軍的計謀，正在一步步鑽入圈套，準備往西北方過大通河，逃往河西走廊。

手雖被反剪，身上背負兩個牛皮馬褡子，求生不得求死不能，可他心中卻無比快慰，心想，不等他們這夥人拿我去「點天燈」，官軍便會用水來淹死他們，自從安定行轅拂袖一走，士林中可能有一批人，把我看作貪生怕死之人，盡把那污水往我頭上潑，今天，我要用事實證明，何紹南不愧孔門學子，「臨難不苟免」，「捨生取義」，總算對得起世人。

白秀姑大概也預感到事態的嚴重。她鐵青著臉，走在隊伍前面，身邊的人都不說話，只一個勁地往前趕，龐雜的隊伍，只聽見馬蹄聲、喘息聲，還有雜什的碰擊聲。

忽然，隊伍中一個精瘦的、面目浮腫的老頭口吐白沫倒下去了，當別人圍上來扶起他時，發現已嚥了氣——這是疲勞和饑餓雙重折磨所致。

望著死者那骨瘦如柴的軀幹，聽著旁邊他老伴那撕心裂肺般地痛哭聲，何紹南腦子裡突然浮現出一幅圖畫，那是道光末年的湘北農村，連續的乾旱、蝗災，把富有生機的鄉村變得赤地千里、十室九空，草根、樹皮啃光了，為求生，大道上饑民如蟻，也像今天這樣，一隊隊扶老攜幼，背一捲行李出外逃生。

何紹南當時年輕，賴家中殷實，自然得免饑饉。他父親心慈，在地方上發起募捐，設粥廠施粥及雇人掩埋無主屍體，何紹南就在距家中不遠的大路邊，見過類似眼前的慘象——一個中年漢子，走著走著，突然倒了下去，口中翻吐白沫，再也爬不起來，那黏滿泥漿的手上，還抓著一把水草呢。

他想，眼前這所謂隊伍，不正是二十年前的逃荒者嗎？不同的是，他們不是逃天災，而是躲人禍。你看，這哪像能與兵精糧足的官軍對陣的隊伍啊，他們中有睜著一雙饑餓的大眼睛的小孩；有撐著拐杖、氣虛乏力、說不定眨眼之間就倒地不起的老人；有面皮浮腫、走路老搖搖晃晃、哼哼唧唧的婦女。這些人不要說不能與官軍對陣廝拼，恐怕刀槍在手也無力使用呢，可他們一旦落到官軍手上，一定是必死無疑，因為他們屬於死不投降，十惡不赦的渠魁巨逆白彥虎一幫，是他們的直系親屬，左宗棠多次在訓示部屬時，都提到他們，按大清律例，這些人不分首從，應一律處死。眼下，四面正張網以待，他們哪是逃生，簡直是奔死哩！聖人認定：人人都有不忍之心，所謂「乍見孺子將入於井，皆有怵惕惻隱之心。」這可是孟夫子的名言。他想，我究竟是要矜於個人名節，還是決然毅然地拯溺於淵呢？

「天地不仁，以萬物為芻狗；聖人不仁，以百姓為芻狗。」這是什麼世道啊，人命竟這麼賤！

他有些猶豫起來……

「踢噠，踢噠」的馬蹄聲，打斷了他的沉思，吃力地抬起頭，看見秀姑騎在馬上正從身邊經過，那樣子是這麼冷峻而可怕。

何紹南在一剎那間對這女強人的凶狠產生了一種同情與理解——求生是天性，誰也不應傷害誰，誰，都有權對危害自己的人實施報復，以凶殘對凶殘。

他一下掙脫別人的牽掣，跑到秀姑的馬前喊道：「嗨，女頭領，停下，你快停下，我告訴你實情。」

秀姑還未回過神來，馬已被何紹南攔住了。

何紹南靠攏來，頭幾乎碰著她的大腿，用異乎尋常的、虔誠的口吻說：「我實話告訴你吧，你們已入了官軍的圈套啦！」

秀姑立刻跳下馬來。何紹南那焦急而嘶啞的話語她沒有聽清，但那一雙誠實無欺的眼神已告訴了她，這傢伙態度轉變了。於是，她親自為何紹南釋縛，並取下那兩個懲罰性的馬褡子。

這時，隊伍也不約而同地停下來。

何紹南鬆了一口氣，低著聲，口齒清晰地把劉錦棠的手令原原本本地背誦了一遍，還怕秀姑不懂，又補充說：「你們往西北方疾走，不是要過大通河嗎？治福興帶人在上游攔了壩，只等你們一到便掘壩放水，他還是你們陝西回回呢。」

「真的？」旁邊幾個女兵驚呼。

「信不信由你們，你們中間，可有個叫冶福興的頭領？」

怎麼沒有呢，他不就是白彥虎的表兄弟嗎？人們漸漸圍上來，幾個頭目聽了這情況，聚在一起聽白秀姑拿主意，秀姑丟了韁繩，一腳踏在一塊石頭上，右手漫不經心地甩著馬鞭。

這蠟丸是路過一個村莊時，從一個形跡可疑的人身上搜獲的。此人大約與回民隊伍並行，從另一條路上先一步進村，被在前面開路的女兵發現，就在他不顧女兵的口令，企圖跨馬衝出村口時，被開槍擊斃。

何紹南的報告與自己的部分推測相吻合，只是細節更翔實，這是一個被俘快一年的人編造不出來的。令人驚訝的是冶福興，既是白彥虎的親戚，又在崔偉帳下任職，隨崔偉、畢大才、禹得彥投降官軍才幾天，就居然對同教的穆斯林兄弟下這樣的毒手。可是，既然事情已到了這一步，如何才能擺脫眼前厄運，將這一萬餘名父老姊妹帶到安全的地方呢？

何紹南停立一邊，冷冷地注視著她，她抬頭望見了他，見他似乎也在為眼下這一萬餘人的前途擔憂，便踅過來，低聲地問道：「唐先生，依你說，我們該如何應付？」

這語調沒一絲殺氣，且很柔和，如小蒙童在塾師面前，何紹南立時被感化了。人走了第一步，第二步就不難了。他猶豫了一下，從容地把自己的籌算說了出來：「前面是河，左右及背後皆是官軍，看來，只有——」

一語未了，白秀姑好像突然悟到了什麼，立即臉色一變，揮手制止道：「如果是讓我們投降，就趕快閉上你的臭嘴！」

何紹南一愣，從容地說：「我知道，你們是絕不願走這條路的，那麼要逃此厄，必須趕在楊世俊的馬隊迂迴過來前衝過大河，好在天快黑了，天黑了，官軍道路不熟，是不能如期達到的，所以，你們還有一點時間和機會。依我看，南面靠近攻擊大通的官軍主力，守水壩的那部分人數目不會很多，且料定你們不敢貿然往南邊靠，如果你們能破釜沉舟，派一支精幹的隊伍乘黃昏突襲大壩，官軍一定措手不及，只要大壩掌握在你們手中，你說這制敵之權是在此還是在彼呢？」

聽他這麼雖是文謅謅地卻是有理有據的一擺，秀姑又低頭甩了一陣馬鞭子，忽然抬起頭，朝何紹南投過一絲讚許的、熱情的目光。

當隊伍再度出發時，何紹南沒有再被捆縛了，他一身輕鬆，自由地跟著隊伍跑。另一方面，秀姑選了三百名精壯的女兵，親自帶著抄小路向西南方向穿插。

望著她們的背影漸漸地消失在沉沉的暮靄中，何紹南第一次從心底為她們祈禱，祝她們成功……

倒插門

天拂曉時，這一萬多名老弱穆斯林順利地從官軍的包圍縫隙中鑽出來，涉過快乾涸的大通河，暫時擺脫了官軍。

從此，何紹南以客卿身分出現在回民軍中。

回民軍中，念過阿拉伯文的阿訇不少，懂漢學且能比得上何紹南的絕無。故此，何紹南常有代白彥虎起草漢文告示或翻譯文件、書信的工作。白彥虎對他很放心，常客氣地稱他為「唐先生」。

何紹南雖不像過去一樣受奴役，但也別想脫離這支反叛的隊伍。他心裡清楚，自己受到比以往更嚴密的監視，身陷此境，無可奈何，他只能聽天由命，儘管不信真主，不是一個穆斯林，但也跟著他們祈禱，盡力去完成一個伊斯蘭信徒能完成的五功。

秀姑經常背地喊他「達吾德」，雖然類似戲謔，亦說明她早已有心了，今晚，她終於自己來了。

「你，你來了，請坐。」慌亂中，何紹南說了一句大大的廢話。

「坐？哼，我不是早坐了嗎，這裡不是你的府第，你是我俘虜的，是我的奴隸，你該去和那些不信真主的邪教徒一道，關進馬棚去悔罪！」

「呃，這——」

「這什麼？你這與穆斯林不共戴天的漢官，你這死了要下火獄的魔鬼，你癩皮狗坐花轎，不識抬舉，你以為我不知道你的底細嗎？」

秀姑一口氣用惡毒的語言咒罵了他許久，何紹南始終不搭理她。忽然，她把手一揚，大喝道：

「姓何的，你是左宗棠手下的大官，別再蒙混了！」

何紹南一驚，如晴天霹靂，還沒等他回過神來，只見一束文書劈面擲來，砸在他頭上，又掉在他腳下，低頭一看，心不由一沉——這便是陝西巡撫譚鍾麟邀他寫太夫人八秩壽序的信，記得是在安定以東的華家嶺黑店被俘時搜去的，一年多了，居然仍被她收藏著，看來，她另外找人把這封信仔細研究過了，從而已推斷出他的真實身分。

他緊張了好一會，心一橫，坦然地說：「既然你已識破了，我也無須再隱瞞——我確是左爵相大人手下知府銜的師爺，與你們的大對頭左爵相季高先生既是同省同府同縣的小同鄉，且是多年的文字之交，只因一時意見不合，才憤然離營出走。雖然如此，我是讀書人，身登仕版，舉家清白……」

餘下的話，不言自明，他確已把生死置之度外了。

「既然如此，你就應該一硬到底，為什麼半途又鬆下來了呢？」

「我是不忍心，不忍心看著一群可憐的老幼和我們一道化作波濤。」

「哼！」秀姑咬牙切齒地說，「多麼仁慈啊，你們這些魔鬼！你們也有不忍心的時候嗎？」

何紹南低頭讓她罵，以為她罵完了就會拔刀殺他，或重新讓他去做賤役。不料罵了半天仍無動靜，他抬頭瞭了一眼秀姑，竟發現她眼眶濕潤了——她哭了。

這一來，何紹南反有些走火入魔起來。面前這女強人，淚眼婆娑，剛強中竟不乏柔媚處。

「她名字也有一個『秀』字，家裡髮妻不是叫佳秀麼？她叫什麼秀呢？秀字在《說文》中釋為『禾之實也』，女人取這樣的名字，表示將來子息繁衍，佳秀就為我生了個友直呢……」

秀姑後來果然為他生了個胖小子，何紹南為其取名「友諒」，那是在第二年夏天的烏魯木齊城。按穆斯林風俗習慣，他們為孩子找阿訇行洗禮，接受阿訇為孩子取的教名，但仍按何紹南家中兒子的名序取了學名，儘管這時他已是個穆斯林，宣誓皈依阿拉，卻仍沒有忘記孔聖人之教，所謂「益者三友，友直、友諒、友多聞。」幾代獨苗單傳的何紹南，甚至盼望還出現一個「多聞」。

友諒生得活潑可愛，黑答答的皮膚和眼珠，彎曲可愛的眉毛，圓嘟嘟的臉——既像何紹南也像秀姑。

那時，白彥虎通過與阿古柏的妥協，被允許駐紮在古牧地及吐魯番一帶，烏魯木齊的民軍首領、元帥馬人得為籠絡他們，撥給了大批糧食和被服，他們的生活有了短暫的安定，只可惜伴隨秀姑多年、作伴仗膽相依相靠的嬸嬸死了——老人家終於沒能躲過饑荒，熬過戈壁灘的行軍苦旅。

何紹南每日在牛毛帳中照看孩子，秀姑仍帶兵，每日騎馬挎刀，和男子們一路奔波，只有回到家中，才又是個能幹的、善解人意的妻子。何紹南後來也曾問過秀姑，那晚他堅決不答應怎麼辦？秀姑杏眼圓睜，指著帳中掛著的那把柳葉長刀說：「我與你一道死。」

何紹南想想，這可不是威脅。一個規矩的女人，居然自薦，這已是夠大膽的舉動了，以秀姑的個性，能容忍被男人拒絕嗎？

從此，何紹南面前出現了一種全新的生活。他的記憶大部分已麻木了，忘記了過去幾十年的經歷，當然也忘記了洞庭湖畔湘山秀水，忘記了父母、佳秀和友直，只掛念秀姑和友諒，覺得不能撇下他們，另作他想。

過去的、家鄉的一切，已成為一個遙遠的、溫馨而又惆悵的夢。

第九章 大虎・小虎

戰士

當生命之燈行將熄滅之際，白彥虎似乎聽見了天堂悠然的鐘聲，聽到了真主的召喚。

「不要脫下他的血衣，那是他為主而戰的光榮印記，是他進入天堂的憑證。」一個蒼涼而悲壯的聲音在喊。是誰？是馬阿訇嗎？是他在為死去的戰士做祈禱，還是在為身背「開凡」的戰士做禮拜？

朦朧中，他恍惚看見了什麼，啊，那是西安府化覺巷內的清真寺，寺門前匾額依然，省心樓金碧輝煌的尖頂仍然是那麼晶瑩奪目……

他似乎又回到了故鄉，在故鄉的渭南田野上耕作，在故鄉的清真寺做禮拜。

有人在唱：

圓不過月亮方不過斗，
十三省好不過蘭州；
麻不過花椒辣不過酒，
甜不過尕妹的舌頭。

這不是「花兒」嗎？這是他們甘肅回民唱的「花兒」。陝西人不作興唱這個，我們陝西人唱的是「信天遊」，唱的是《走西口》，當然，玉英最會唱《走西口》了，因為俺常趕大車，趕著大車走西口，她是緣事而發，見景生情，每當俺吹起短笛時，她便有情有致地唱：

哥哥你走西口，
小妹妹也難留。
手拉著哥哥的手，
細把心事兒訴。
走路你要走大路，
大路上人馬多，
哥哥你解憂愁。

玉英那清亮的歌喉，唱得真好，唱得大道上的腳夫哥全屏聲靜氣地聽，有的竟忘了吆喝牲口，聽任它跑到路旁莊稼地裡去啃青苗，唱得地頭上的憨娃撐著钁頭忘了耕作……

此時此刻，才是腳夫哥最得意的時刻，他伏在車中，如醉如癡地望著她，放任那白馬拉著車，不辨東南西北地亂闖。

鄉里的「土坷拉」多見石頭少見人，一點見識也沒有，只知米脂出了個貂蟬姑娘，就說「米脂的婆姨綏德的漢」，可玉英一定賽過了那貂蟬。玉英被看得不好意思了，含羞帶嗔地推他一把，「虧你還是個走州過府的腳夫哥哩，看，好一匹駿馬被你擺弄得多寒磣。」

說著，玉英跳下車，動手為大白馬洗刷了，還用大梳子整理它的鬃毛，又細心為它裝扮——轠繩和鞍子編織一新，馬頭上裝飾了紅綠牛毛編成的牡丹，眉心上還嵌上一塊明亮的小鏡子，鏡子四邊編織著各色閃爍的珠子，脖子上還掛上一串擦得鋥亮的黃銅大響鈴兒。

佛要金裝馬要鞍，大白馬這下可神氣了，它抖著一身潔白的皮毛，像披著一匹閃光發亮的緞子，走起路來，頭上那朵牡丹向前一下一下地擺著，鈴鐺「叮啷噹啷」直響。

「嗚呀嗚哩嗚哇」，一隊迎親的隊伍走過，走在前面的兩支嗩吶吹得震天價響。娶親的男家是個官兒，女家也是個財主。迎親的人衣飾光鮮，陪嫁的箱籠抬槓長長的，幾乎有一里路長，看得兩旁的人眼花撩亂。

一旁的腳夫哥歎了一口氣：「英，俺窮得只有頭頂上這一片天，可不敢誤了你的青春。」

「切不可跟真主計較恩賜哩，大虎哥，俺不想你擁有萬貫家財。」又是那含羞帶嗔的一笑，又是那甜甜的、令人心醉的歌：

騎馬不要騎個倒對山，
倒對山山高路又遠。
交人不要交有錢漢，
有錢漢心高義又短。

這麼個多情而又善良的姑娘，想不到後來竟慘死在俺白彥虎的刀下，成為俺殺的第一個人。提起這一切，都是狗日的團練大臣張芾給逼的。

「殺回殺回，殺一個回子少一個賊！」

賊娃子張芾在狂喊，「漢人好比籮裡的麥子，多多哩；回子是老子手裡的麥子，少少哩。」張芾見眾人猶豫，手抓一捧麥子，向漢民團練打比方。

眾漢紳、團練一齊起鬨。

「秦不留回，見回便殺！」

「起土三尺，斬草除根！」

「一寨連一寨，把回子趕出西口外！」

回民與漢民歷來不是相親相愛，如同一家嗎？為什麼一下就翻臉了呢？

腳夫哥白彥虎後來才明白。

原來長毛造反了，在江南鬧得天翻地覆。長毛的天王派了扶王陳得才、遵王賴文光會合中原的捻子入秦，想在關中佔一塊地盤，與江南互為呼應，朝廷於是啟用狗日的張芾為全省團練大臣，辦起團練防長毛。

張芾本是江西巡撫，在江西被長毛打得丟盔卸甲稱病返鄉，可回到渭南卻凶得很——他調回民五百壯丁去守渭河，卻一無糧二無餉，回民不幹回家了，為自衛，路過華州小張村時，砍了幾根竹子當武器，這下可闖大禍了，當場被打死了兩個人，回民抬屍去向狗官曹士鶴告狀，反被當堂辱罵、責打，回民反駁，質問，竟被當眾拔掉髭鬚——這下回民可再也不能忍受了，揪鬚即毀教，欺祖滅宗哩！

回民聚集王閣村，商議復仇。阿訇任武是個走南闖北、見多識廣的好漢，曾在雲南參加回民杜文秀的起義，眼下又起頭在陝西豎杆子護教。

「你們不讓回民活了，回民也不讓你們活。」

「一命抵一命，一報還一報。」

「滿韃子自己是外來客，可坐了江山不認人，竟以牲畜待我。」

任武阿訇站在磨石上，向回民說起了以前種種受欺壓的事。腳夫哥白彥虎這才知道，自順治年間回民米剌印造反，在官府的文告中，回民的「回」字旁被無端加了個小犬。

說得回民一個個摩拳擦掌，怨氣沖天。

張芾得知消息，還以為回民可被他勸轉，被他彈壓、驅散，興沖沖坐八抬轎來到王閣村，可他一下轎，一開口便誣衊回民，誣衊眾穆斯林，逼眾人交出任武，不然，就調大隊官軍來血洗王閣村。

已發動起來的回民可不信這一套，當時任武阿訇正站在眾穆斯林中間，任武一下衝出來，抓住了張芾。

「穆斯林兄弟姐妹們，怎麼辦呀？扯破龍袍是個死，打死太子也是個死！」任武振臂高呼。

「要反便反到底！」白彥虎可不是個二杆子孬種。

「反了，反了！為了護教，為了阿拉！」眾人一齊附和。

「弟兄們，造反可不是捏糖人兒玩，自家腦袋可先掖在褲腰帶上，家裡妻兒老小可怎麼辦哩？」任武在鼓勁。

「與其讓團練來血洗，與其讓漢民凌辱，不如自己動手先安置好。」

「對，安置了妻兒老小，永無後顧之憂。」腳夫哥明白這「安置」意味著什麼，但也舉手擁護。

「通道的人為主而戰，不通道的人為魔鬼而戰。」

男人們開始背上開凡，那是一種白色裹屍布，背上開凡，表示必死的決心，而阿訇則開始為戰士誦經祈禱了：「為主道而陣亡的人，你絕不要認為他們是死的，其實，他們是活的，他們在真主那裡享受給養。」

人們的聲音也顫抖了，眼睛布滿了血絲；他們像發了瘋一般，見漢人就殺……

禹得彥偌大的家園也一把火燒光了，窮腳夫哥還有什麼值得留戀的呢？不，窮腳夫哥有比家園、金銀更寶貴、更值得終生留戀的——他至今仍有些恍惚，不清楚玉英竟是撲向自己刀刃的，還是自己動手刺向她胸膛的。

為首的頭兒發了誓，眾人仍在猶豫，仍在觀望，而團練、官軍已四處傳帖，要殺盡回民，且已有數路人馬撲向王閣村了。為了表示決心，為頭的要做個樣子，表示永無退路，故各自「安置」自己的親人。

當時，腳夫哥為了自制，不得已犯戒猛地喝了一大口酒，酒的力量使他看不清眼前景物，只有一片紅光，那是火，是血！火與血的刺激，使多情的腳夫哥變成了一個殺人的魔鬼……

團練大臣張芾，什麼狗日的朝廷命官，一下被人拖出來，亂刀剁成了肉泥。

渭、華二地漢人殺了不少，誰讓他們先動手殺回民呢？

四月二十三，
長毛到渭南。
先破城，後殺官，
鄉勇死了一大灘。

這是起義的穆斯林和長毛較為成功的一次聯合作戰。什麼「勝保」，這個十足的笨伯，成了回民軍手下的「敗保」；還有那個多隆阿，在周至被義軍一炮轟瞎了雙眼，成了周至有名的「瞎城隍」。

回喚

不久，左宗棠督率凶悍的南蠻子三路入秦，這些兵本是太平軍的剋星，能征慣戰，穆斯林抵擋不住，被迫往甘肅撤，這就是官府吹噓的「驅回入隴」，楚軍追到甘肅，高高地舉起屠刀，絲毫不讓回民有喘息的機會。

「轟！」開炮了，楚軍的後膛羅絲開花炮青煙一縷飄起，隨即平地響起了一聲悶雷，多寬多堅固的城牆，一炸一個大口子，身背開凡的穆斯林，擋不住楚軍排子槍的射擊，一排洋槍響過，穆斯林如齊根砍斷的蒿蘆，齊刷刷倒下一片……

世界末日之說，似乎全都應驗了。

「八百里秦川，比不上董志原的邊。」劉松山的鐵騎一夜之間，席捲了董志原所有的村寨。

新教教主馬化龍在金積堡兵精糧足，自稱「兩河大總戎」，是甘肅穆斯林最頑強的堡壘，可他拒絕各路回民首領提出的、繞道攻北京的計畫，接受朝廷授予他的副將頭銜，改名「馬朝清」，表示要效忠官府。結果，劉松山來收撫時，口出讕言，欺宗滅教，陝西回民馬八條忍不住了，開槍擊斃劉松山，馬化龍受撫為官府出力的美夢做不成了，劉錦棠掘開秦渠，水困金積堡。

那一年冬天，馬化龍終於向劉錦棠投降了，結果，父子數人吃了官軍三萬六千刀魚鱗剮，直到這時，「副將馬朝清」似乎是省悟了，他臨死留下遺言：

牛頭山，臥牛山，
殺的回兒萬萬千。
海棠花開賽紅果，
陝西回民來投我。
將軍收服得地利，
此事前定不由己。

左宗棠出了安撫回民的告示，無論漢回，一律平等。左宗棠的安民是先殺後撫，殺得人頭滾滾、血流成渠，殺得回民十室九空再談「撫」，誰信他這一套鬼話呢？可偏偏有穆斯林信。

河州的馬占鼇受了招安，連「四彥」之一的禹得彥也隨崔三、畢大才投了降，禹得彥是個財主，財主的骨頭就是比不上俺窮腳夫哥。

「如果生來就是黑的，麥加的孜不孜木水不能把它洗白。」這是先知的預言。

「走吧，出嘉峪關到新疆去，那裡是穆斯林的天下，那裡的穆斯林大大開拓了聖教。」

「穆斯林天下共一家，穆斯林千里出門不持糧。」

「河州摩尼溝的妥得麟出息了，他出關在烏魯木齊鬧得正紅火，酒泉的馬四也接受了他的封號，他們歡迎陝西的大、小虎。」

「清真王」妥得麟派來了使者，那個舌頭能磨斷鋼槍的傢伙，苦苦地勸他們去新疆，勸他們去一道開創關外的聖教。

沒有別的路可走了，他們與官府、與團練結下了血海深仇，他們的田園、房屋、家畜統統被仇人佔據了，他們有家難歸。

走呀走，向著西北方，越是荒涼的地方越安全。餓死、拖死、累死比死在仇人手上好。

終於，他們走過了漫長的河西走廊，穿過了荒無人煙的大戈壁，過猩猩峽來到了天山腳下。

這時才知，「清真王」妥得麟早完蛋了，浩罕的阿古柏成了南北疆的主人，阿古柏是隻惡狼，他們只能與狼為伴。

官軍苦苦跟蹤，窮追不捨。這些南蠻子由北疆而吐魯番，直追至喀什噶爾城下。

「渡過納林河去外國，這一去何時能回返？」

「打回陝西老家吧，死在故鄉心也甘！」

伯克胡里這賊娃子，這個弒父殺弟的狠毒傢伙鼓動舌頭做說客了，他死到臨頭也要拉一個墊背的。

「羅斯人好，去了那邊，一樣可得到土地，帶去的人多，還可被封為頭人，若留下來，不被『和台』擄做苦工，就被當作靶子擊殺。」

伯克胡里是阿古柏的長子，他們本是浩罕國的人，納林河那邊本是他們的家。兩萬多從關內逃來的陝西穆斯林帶著絕望的心情渡過了納林河，家鄉的夢留在了河的這一邊，這以後，冤沉黑海，心死黃河。他們終於成了俄羅斯帝新歸化的臣民。

俄國人、當地土著稱他們這一部分人為「東干」。

白彥虎低著頭，用淒涼的調子向年輕人擺談往事，像一支音調低沉的七弦琴，彈撥出一串沉悶、粗獷的音符，訴說內心的痛苦——這一班年輕人生於戰亂，長在馬上，不知家在何處，不知祖宗是何人，白彥虎向他們諄諄交代，絮絮叨叨……

月亮雖圓，不幹穀哩，
外鄉雖好，不紮根哩！

就在俄國的七河巡撫派人前來曉諭——新歸化的東干人要集體起誓，永遠效忠沙皇時，白彥虎終於病倒了。

「以後世生活出賣今世生活的人，教他們為主道而戰吧！誰為主道而戰，以致殺身或殺敵致果，我將賞賜誰重大的報酬。」

阿訇在為他做最後的祈禱了。這是《可蘭經》第四章第七四節上的話，是鼓勵為主而戰的鬥士的。

「阿訇，等等。」

一個聲音在喊，在搖著他的肩膀。

「大頭領要升天了，我們還沒有得到他安排後事的『口喚』呀！」

他自覺意識在飄散，可他想竭盡全力控制住它。他掙扎著，像一匹老馬，一匹瘦骨嶙峋、老掉了臼齒的老馬跋涉在沙漠裡，掙扎著向前挪動；像一架朽敗不堪的風車，極力在轉動萎縮、斷裂的葉片；掙扎呀掙扎，不讓那最後的時刻到來，不讓自己沉下去，沉入那無底的黑洞中去……

「口喚？眾人在等我的口喚。我要告訴他們什麼？怎麼交代後事，留下臨終遺言？」

自從任武戰死，赫明堂投誠，他們各路陝西回民在董志原重組十八營，他白彥虎就成了各路人馬的頭兒。後來，崔三、禹得彥、畢大才又投降了左宗棠，余彥祿、馬生彥戰死了，「四彥」獨剩白彥虎，只靠他拖著幾萬人馬一路到了這裡，陝西的穆斯林只知有大、小虎，不知有他人。苦啊，我的父老兄弟！

我應該給他們指明前程，指條出路。他們在等我一句話！

「憨娃們，有本領去把西安府城門環叩響吧，叩響了就是我的口喚，叩不響甭想口喚！」這不是我平日的口頭禪嗎？在練武場上，在賽馬坪裡，我不是常這樣給後生們鼓勁的嗎？你們怎麼全忘了呢？！

他想憋足勁大喊，可話語在咽喉中打轉，就是吐不出來。

臨死的掙扎，那一種死不能瞑目的痛苦，使得身邊幾個身經百戰、鐵石心腸的頭領也一齊號啕大哭起來……

「阿訇，為他洗身子吧。」

阿訇搖了搖頭，他認為大頭領並未離去，仍在等什麼。

「等一會兒，再等一會兒。」

終於，一個人影出現了——他就是死裡逃生的小虎。

「爹，我回來了。」

余小虎那高大的身影一出現，正處於彌留之際的白彥虎馬上重新睜開了眼睛。那渾濁的瞳仁也放出了希望的異彩。

小虎最清楚義父的心願不過了，可是，面對左宗棠這個凶狠的對手，義父這心願能實現嗎？

「爹，託主的福，我們殺回老家有希望了。左宗棠與俄國人打起來了，甘肅數十萬穆斯林重舉伊斯蘭的綠色旗幟，慈禧那老太婆一怒，斬下了左宗棠的頭！」

小虎撒謊了，為了義父臨終前的滿足，他只好這樣說，他相信，義父在天堂，一定會幫助他實現這一宏誓大願。

和闐伯克

寬敞華麗的和闐伯克府裡，巨燭高燒，大廳上，紅裙翠袖，正翩翩起舞，伴奏的琴聲、手鼓聲，隨著一陣陣烤羊肉的香味飄到了府外。

客座上，已晉升為記名提督的統領董福祥被血紅的葡萄酒灌得有八分醉了，他扔掉水晶頂子孔雀花翎，露出一個如肉瘤的禿頭。這時，強烈的燭光映在掛毯上，又反襯在禿頭上，顯得分外的光鮮奪目，兩名豐滿白淨的纏回姑娘左右勸酒，兩張粉臉常常挨上他那麻皮一樣的粗臉，使他左顧右盼，應接不暇。

「夠了夠了，伯克大人的慷慨好客果然名不虛傳。」

「哪裡哪裡，董軍門為和闐保障，下官應盡地主之誼。」

伯克翹著小髭鬚，說出最令人順心愜意的話。主客之間，不斷地相互恭維，使宴會的氣氛無比融洽。

「軍門大人馳騁疆場，一往無敵，飲酒也一定是海量，乾！」

「不，伯克大人大概不明白咱的出身，把咱也當成了楚軍南蠻子，其實，咱老子是固原人，也是個穆斯林，關內穆斯林戒酒，破戒還是在投入官軍後才沾染的惡習。」

「啊，原來咱們還同是真主的信徒。」尼牙孜伯克故作驚訝地說，「據我所知，固原一帶，在同治初年是鬧得最凶的地方，大人大概是那時從軍討賊的。」

「討賊？哈哈，伯克大人恰好說反了，鬧得固原周圍數縣不得安寧的那個賊娃頭兒就是咱老子！想當年，那些個燥毛的尕婊子養的玩命，咱老子也玩，幾起幾落，玩了好幾年，囉——」董福祥說著，望左右把頭晃一晃，摸一摸滿是疤痕的禿頭，笑著炫耀說：「看，連頭髮也玩光了，成了這麼個磬錘兒。」

說完，他洋洋自得地大笑，並乘著酒興，挽住右邊一個勸酒的紅衣少女，在她粉嫩的臉頰上狠狠地「咬」了一口，少女尖細的叫聲，引得眾人哈哈大笑。

左右陪坐的營官李雙梁、張俊等於得到了信號，也乘機調戲起旁邊的舞姬來，客廳裡頓時響起了一片尖叫聲和淫蕩的調笑聲。

過了好一陣，大家才安靜下來。

賓主照杯後，董福祥又毫不知恥地說：「伯克這麼夠朋友，咱老子也該藉這個機會，擺一擺過去，為伯克也為各位助興何如？」

一見軍門大人有如此高的興致，周圍馬上響起一片捧場的歡呼聲。

董福祥的發跡，不但主人尼牙孜早已打聽得明明白白，連藏在廳外花園葡萄架下的余小虎也清清楚楚。

其實他是一個漢民，出身固原縣一財主之家，父親董世友在當地小有名氣，同治初年，陝甘到處發生回民暴動，與漢民團練相互仇殺，董家自然也受到衝擊，董福祥以家園受害為由向官府控告，官府不予受理，董福祥一氣之下便也造反了。

開始，他運氣不佳，才豎杆子不久即被團練捕獲，送涇州守備究治，守備姓李，是榆次西鄉李莊人，那一帶是亂得最厲害的地方，守備家亦受損害不小，但確不是董福祥所為，守備知他家底厚，想栽到他頭上，乘機敲一筆，審問時，董幾次據實招承，守備不滿意，到後來動大刑逼供，把董福祥的倔氣也惹發了。

「咱老子當土匪不假，你說幹了啥就是啥，榆次大李莊的案子我沒做，你硬說我做了就做了，豈止洗劫了家中衣物呢？我們弟兄還很快活了一番呢！你守備府中，凡女人從八十老婦到襁褓嬰兒統統被強姦了呢！」

不堪入耳的是最後這句話，當時堂上文案、差役不算，連堂外聽審的百姓也不在少數，皆聽得明明白白，一個個驚得目瞪口呆。

李守備氣得七竅生煙，正好廚役上來沖茶，他一把奪過廚役手中的大銅開水壺，往上了刑具的董福祥頭上劈頭蓋腦地淋去，董福祥當場大叫一聲，昏死過去。

獄卒張俊是他固原小同鄉，見此情景，著實不忍，乃向守備進言說：「這小子眼看養不大了，死在堂上總是不好，不如棄往山中餵狗。」

守備手一揮，讓他拖走。張俊把董福祥馱回家中，發現他還有一縷游絲一般的鼻息，乃到處討藥，盡心調治，董福祥終於得以死裡逃生，只頭上毛髮盡落，成了個禿子。

傷癒後，他又造反，到左宗棠率楚軍分三路入秦時，他已擁眾數萬，官軍鐵騎掃蕩了董志原，湘軍統領劉松山採用他人之計，率精兵端了他的老巢鎮靜堡，捕獲了他的父親董世友。

董福祥當土匪，但一點孝心未泯，一見父親被繫於獄，馬上率眾向劉松山投誠，欲以自身贖父。因他犯案太多，百姓前來告狀的不少，左宗棠為平息民憤，下令將他斬首。

董福祥本無賴子，兩世為人，生死早置之度外，這邊刀斧手上前綁他，他一邊由他們捆綁，一邊唱起了秦腔《斬青龍》，居然以瓦崗寨英雄單雄信自居，當唱到「雄信本是奇男子」一句時，聲音宏亮，字正腔圓，帳下文武一齊忘情地喝采，左宗棠也被感動了，手一揮，免了他的死罪。

董福祥終於心悅誠服地降了左宗棠，其部眾被汰去老弱，編為董字三營，董福祥自統中營，左營營官為其部將李雙梁，右營營官即為涇州守備衙門獄卒張俊。

頭上戴起了紅纓帽的董字三營，與禹得彥、畢大才、崔偉的旌善五營算是官軍中的土著，他們熟悉穆斯林的作戰方法，是小虎他們更難對付的敵手，但這種人見利忘義、頭腦簡單，只可作為前驅，不可任獨當一面的大員，劉錦棠派他來做和闐的駐軍長官，實在是沒有知人之明。

此刻，董福祥一邊大啖羊羔美酒，一邊大吹自己的過去，冒充穆斯林，與尼牙孜套近乎，八分酒裝出十分醉，一雙色眼老滴溜溜地往舞姬項下雪白的酥胸上轉圈兒，後來，乾脆歪倒在一個勸酒的美女身上。

尼牙孜伯克看在眼中，忙吩咐左右，安排軍門大人去客房安歇。

董福祥涎著臉，乜斜著一雙眼，口中雖叨念著要回軍營，腳其實未挪半步。在兩名舞姬攙扶下，半推半就，走進了伯克府東邊一幢漂亮、整潔的客房中，張俊和李雙梁也各抱一名舞姬，騎馬回到了軍營。

尼牙孜送走了客人後，回到客廳，望著杯盤狼藉的席面，摸了摸塗了蠟的山羊鬚，露出了意想不到的笑……

可是，當尼牙孜剔著牙齒，撅著屁股，樂顛顛地掀開自己臥室的氈門簾時，竟一下呆住了——他的寵姬和三歲的小兒子被人反綁著手，嘴裡塞滿了布片，正垂頭喪氣地坐在地毯上，而立在他們旁邊的，是一個身材魁偉的、凶惡無比的男人。

尼牙孜一驚，正欲馬上退出，但對方比他更快，一下堵住了門。

盟友

「啊，你——」尼牙孜一眼認出了昔日的盟友佘小虎。

「如果你還想保住你的妻小，就別大聲嚷嚷。」佘小虎望著驚慌失措的和闐伯克，慢慢地說著，一字一句都很沉重，「我和我的馬都餓壞了，你先去安頓我的馬，記住，須用最好的飼料餵它，它就在葡萄園裡的井臺邊，然後，把你剛才為宴會準備的食物拿出來招待我，這一切最好由你自己動手，因為我不願讓那一班已安歇的婢僕們知道我來了，更不想驚動那一位軍門大人，想必你也一樣吧。」

「嗯，是的，是的。」尼牙孜恭順地點頭，惶恐不已。

自從出主意，幫阿古柏除掉了和闐的民軍首領、由民眾推戴的哈吉，尼牙孜一直坐在哈吉的寶座上，名義上雖只是一名「伯克」，可他做著比哈吉更奢侈的夢。

那時，阿古柏突然死了，伯克胡里與海古拉兄弟相殘，他看到了安集延人的末日，就在官軍向南疆發起猛攻時，起兵反對伯克胡里，不料官軍距南疆還遠，伯克胡里派兵反撲和闐，他抵敵不住原阿古柏衛隊長阿布杜拉的拼命砍殺，隻身捨棄和闐遠走婼羌，不久，官軍席捲了南疆各城，各地的部落首領紛紛起兵反正，尼牙孜有最先起兵反伯克胡里這一份功勞，左宗棠又恢復了他阿奇木伯克的職務。

重返和闐伯克府，望著伯克胡里未能及時劫走的財富，重歸他名下，尼牙孜喜不自勝，他認為，這一切全是阿拉的安排，乃打定主意按真主的意願，用過去對阿古柏的方法來對付劉錦棠、董福祥，可是，今晚余小虎突然出現，幾乎使他一下亂了方寸。

「啊，我的主，你，你不是已被官軍抓住，大卸八塊了嗎？」驚慌失措的和闐伯克說了一句多餘的話。

余小虎手一揮，不願多加解釋，只命令似的向他擺一擺頭。

他意識到自己的失態，也不再多想，便木然地點點頭，退出了自己的臥室，等他一切按小虎的吩咐辦好，再一次回到臥室時，老婆和孩子已被鬆開了繩子，但仍局促不安地蜷縮在牆角裡。

余小虎像一頭餓虎，一下啃光了整隻羊腿，又喝光了半桶葡萄酒，然後，打了一個響亮的飽嗝，用那隻髒得看不出布料的衣袖揩了揩嘴，往身後的壁毯上一靠，望著主人慢吞吞地說：「怎麼樣，想不到吧？尼牙孜伯克，我不像你，有一條能說得魔鬼甘願為你效勞的利舌，但我有一根鋼刀砍不斷的硬脖子，在喀什噶爾官府的布告上，我確已被處凌遲之刑——我真可憐那倒楣的孬娃，劉錦棠為了貪功冒賞，硬把我的名字套到他頭上，殺良冒功，這本是他的慣技啊。」

「那你也應該跟大虎去了俄國呀？」

「老人家在吉爾吉斯升天了。」余小虎歎了一口氣，低低地說，「老人家臨死不閉眼，叨念的只一句話——去叩響西安府的城門。為此，我才又翻過冰大阪來了。」

「叩響西安府的城門，這不是說夢話吧？」尼牙孜眯著一雙細眼，絲毫不掩飾那一份嘲諷。

「嗯，怎麼說呢？」余小虎不理睬尼牙孜的譏笑，緩緩地說，「論實力，我們的確打不過人家。人家有洋炮、洋槍，我們弟兄只好背上開凡去塞炮眼。但現在形勢變了，官府惹惱了俄國人，俄國人洋槍洋炮可比老湘營多得多，你居住和闐這鬼地方，大概不明白俄國人已跟朝廷翻了臉……」

「哈哈，你在吉爾吉斯，大概只看見俄國方面的備戰情形，能知道什麼？」尼牙孜大笑著，隨手從案上翻出幾張伊犁將軍府和督辦軍務欽差行轅的咨札在小虎面前揚了揚，說：「這麼看來，你是來做說客的？」

尼牙孜說對了一半。小虎確想重豎義旗，特別是想起義父的臨終遺言，但他並未想到要來說動尼牙孜——眼前這個傢伙是個居心叵測、包藏禍心的陰謀家，根本不能指望與他共大事，他，出現在和闐伯克府，純是一種偶然。

「我剛翻過冰大阪，不巧被余虎恩的人發現了，幾個手下都落馬了，他們四處堵截，我只好改道走和闐，在莎車又被董字三營留守處的人攔住了，因身上的文憑路引過了日期，被羈押了兩天，想起和闐的尼牙孜伯克也是我要拜訪的人，我便來了，這大概是主的安排吧。」

「啊，這麼說，你還是從董字三營逃出來的？」

「何必說逃？出入他們的軍營，我又不是第一次。」

「哎呀，大話切不可以說得。這裡駐紮了一千五百名官軍，大部分是董福祥從老家新招的兵，年紀輕，銳氣足，簡直是一群亡命之徒，加上裝備也精良得很，全是德國克虜伯軍火廠出的、新嶄的毛瑟槍呢。」

「喲，這是野心勃勃的和闐阿奇木伯克說的話嗎？想當初，哲德沙爾罕國凶狠如狼的畢條勒特汗也被你逗弄得團團轉，最後，你還假手他人，要走了他一條老命。如此陰狠的尼牙孜，應付一個渾蟲董福祥還不綽綽有餘？」

見面才半天，尼牙孜一味裝佯、繞彎子，全無半點誠意，余小虎不由暗暗地刺他一下。

尼牙孜一聽小虎把阿古柏之死歸咎於他，像被毒蜂蜇了一下，猛地從地毯上蹦起來，氣咻咻地質問道：「胡說，你這是從哪個嚼舌根子的人那裡聽來的？」

「算了，過去的事，只有到真主那裡去分辯了。」小虎按住被他逗弄得發火的伯克，說：「既然到了和闐，見到了伯克，證明至少也是主的安排，你，未必沒其他想法？」

「我？」尼牙孜瞪著一雙小眼，眼珠子轉幾轉，決斷地說，「我以前雖參加叛亂，後又供職偽朝，但都是以前的事。眼下已誠心歸漢，歸順了大清皇帝陛下的寵臣左宗棠，左大人保我全家生命財產外，又保我為統管和闐四城的阿奇木伯克，作為一個安於職守的朝廷命官，我只知有皇上、太后、總督、欽差，只能唯他們之命是聽，再不會有其他非分之想，更不要說那些大逆不道的勾當。」

「哈哈。」小虎不待尼牙孜作古正經的說完，就像聽了個大笑話一樣笑彎了腰。要在往日，另一個人在這種場合下說這種話，小虎會毫不猶豫地抽出刀，一刀將他捅個對穿眼兒，可今日從尼牙孜口中說出，他只能當作笑話聽，哪怕他樣子再正經，余小虎也不把它當人話。笑畢，他說：「好吧，人各有志，不能強求，但既然到了這裡，我也不能白來一趟呀？」

「你要怎樣？」

「我要怎樣？我們數十萬弟兄的血不能白流，我在老人家的靈前發下了宏誓大願，一定要叩響西安府的城門，一定要討到左宗棠這老狗的命，這個不信主的惡魔，他手上沾染了太多的穆斯林的鮮血，應讓他死得比阿古柏更慘。能重豎義旗、生擒活捉他固然為上策，萬一不成，也不妨採取陰謀手段，這當然用得著你。」

尼牙孜又是一驚。自聽到余小虎提到阿古柏之死，他就隱隱約約猜著了小虎此行的目的，看形勢，余小虎並非專程奔他而來，提要求也是順便捎帶，可於他和闐伯克，可是性命攸關的大事，他怕中計謀入圈套，眼下，阿古柏的餘黨還散布俄國及中亞各地，萬一把柄落入他人手中，勢必招致他人無比凶殘的報復，甚至以其人之道還治其人之身。落魄途窮的余小虎算什麼呢？但看這來勢，不答應他似乎不會善罷甘休，自己得採取斷然措施。

想到此，他突然地猛撲過去，伸手去取枕頭下藏著的小手槍。

不料余小虎卻端坐不動。當尼牙孜的手空蕩蕩地從枕下收回時，余小虎不覺痛快地笑了，笑畢，他從懷中掏出一支小巧的英制手槍，扔在尼牙孜的腳下，尼牙孜睜眼一看，原來正是自己的防身之物，看樣子，只是一支空槍了，不覺像洩了氣的皮球，一下癱軟在地毯上。

「何必要來這一手呢？萬一動起手來，你不怕難為了你的老婆、兒子？」余小虎向蹲在一邊抖抖嗦嗦的女人、孩子一指，嘲諷地說。

「你——」

「算了吧，伯克大人，和闐盛產的美玉雖暫時迷住了那位愛財如命的將軍劉錦棠的眼睛，使他謊報軍情，讓左宗棠相信了你，可萬一明白，就在產玉的和闐墨玉河某處隱藏了大批英制快槍和子彈時，金積堡的老人家馬化龍的故事，怕不在和闐城重演麼？」

「啊，原來你過去一直在搜集有關和闐和我的情報？你怎麼知道得這麼多？」

余小虎才三言兩語，便一下剝光了尼牙孜的皮，他就像一頭土豹子掉進了陷阱似的，暴跳著，向余小虎揮拳道：「余小虎，你這尖嘴利舌的黑烏鴉！你這可惡的陝西佬！你別忘了，此刻正在我的伯克府中，只要我一聲令下，我手下的人會使你永遠閉上你的烏嘴！」

如果尼牙孜真的豁出去，余小虎便什麼都完了。可他始終不摸底，不知這個虛實難測的陝西佬，剛才說了一大堆，有幾句是真，幾句是假，所以，也只好這麼詐他，嚇唬他。

余小虎一下就從他閃爍不定的眼神裡察覺出來了，知道對方畢竟心虛，乃愈加鎮定起來，並爽朗地笑道：「哈哈，如果這樣，算我對你的歹毒知道得太少了——你的事情我為什麼知道得這麼多？你的身邊，我的人還少嗎？只要你敢對我動手，倒下的還不知是誰呢！穆氏聖人說得好：存心不善的人吹燈，結果是燒光了自己的髭鬚。」

和闐伯克被余小虎閃爍其詞的話語唬住了，就像一頭中了槍子兒的黃羊，猛地朝前一躥，就趔趄著倒了下來。他喘著氣說：「算了吧，小虎，看在胡達的份上，你要什麼就講吧，我保證盡我的力量保護你，你在這可不受任何人的侵害，只要等時局慢慢太平，我會重用你，你可出任和闐四城任何一個城的伯克；或者，我分我的財富的一半給你，讓你成為和闐首屈一指的富翁；要不，我給你一馬褡子金幣，讓你去麥加朝聖；還有，我還可給你十名美女，一個個美似天仙……」

任他的話甜似蜜，許出的願心一個比一個更具誘惑力，小虎只一個勁地搖頭，最後他說：「尼牙孜伯克，你看錯了對象，以為余小虎是一個初見世面、鼠目寸光的乞兒。」

尼牙孜不解地問：「你究竟要什麼？」

「剛才我已說了，到了這個地步，金山銀海於我如狗屎，富貴王侯也不如一個乞丐強，我要的是仇人的血，是左宗棠的頭！」

「這不是白日做夢嗎？他是穆斯林的剋星，是魔鬼。千千萬萬叱吒風雲的英雄撞著他也只有失敗，我有什麼法子能制死他？小虎，別讓我難堪了。」

「我早說了，要他比阿古柏死得更慘，這就是由我親手砍下他的頭，再碎屍萬段。但萬一不成呢？就是用陰謀也得達到目的，而這正是你的拿手好戲呢。」

「我始終不明白你的意思。」尼牙孜據守最後一道防線，不肯認輸，「你的意思，好像我是個慣耍陰謀的人？」

「何必要說穿呢？」余小虎吃飽喝足，精力充沛，他不因尼牙孜裝糊塗而發火，只拍著他的肩膀，坐下來娓娓地說，「當年名震全疆的畢條勒特汗一日之內突然暴亡。關於他的死，官府說是仰藥自斃，英國人說是害了熱病，可俄國人中卻流傳一個故事——阿古柏之死，是被部下謀害。先知先覺的主才告知我真相，殺害七城之主阿古柏的黑手來自宮中，來自他最親近的人——就在這一群人中，有一個人真正是魔鬼的化身，他能念一種黑經，能立時置人於死地。後來，先知進一步明示，這個念黑經的人，其實就是你，這個阿古柏時代最忠順、最走紅的奴才，曾發誓效忠阿古柏、一輩子也不變心的奴才。」

「這是瞎說，說這話、傳這謠言的人死了要下火獄、割舌頭！」尼牙孜像置身於宗教法庭的罪犯，頭冒冷汗，身子不斷地發抖，他無法分辯，只能用惡毒的咒語來掩蓋自己的失態。

「哈哈，瞎說。」余小虎冷笑著，從案上隨手操起一部《可蘭經》放在尼牙孜頭上說，「你敢不敢頂經起誓？」

尼牙孜轉著小而亮的眼睛，遲疑著，不敢起這個誓，這熊樣，自然引起余小虎一陣揶揄與狂笑。

尼牙孜終於徹底地垮了，「唉，無所不在無所不知的主也沒有你知道的多，不過，小虎，應該說明的是阿古柏之死，可不是我最先動心並直接幹的，這中間也可說他確是遭了報應，他作惡多端，四處樹敵，終於使他的兒子伯克胡里也對他動了殺機──阿古柏晚年起了廢長立幼之心，為長子伯克胡里所察覺，為不讓弟弟海古拉奪得汗位，就先下手了，真主可以作證，我尼牙孜事先可並不知道伯克胡里要害死誰的呀。」

「就依你說的吧。」余小虎見尼牙孜的口終於鬆動了，不覺輕鬆地舒了一口氣，「既然你可以將那東西交與伯克胡里，讓他制死了自己的父親，害死了『照耀南疆七城的光輝的太陽』，何妨也交與我一份，去殺死東方最凶惡的、荼毒穆斯林的撒旦！」

「好吧。」尼牙孜終於答應了，一邊起身，一邊開導余小虎，「小虎啊，我答應助你一把，把我的靈藥送你。不過，不到萬不得已時不要使用它，穆氏聖人說過，不要用不正當的手段去對付你的敵人，不要過份，真主是不喜歡過份的人和行為的。」

「別虛情假意了，尼牙孜伯克。」余小虎不耐煩地、厭惡地催促他，到了這個地步了，尼牙孜還要說假話幾乎要使余小虎憤怒了，「當著女人和孩子的面，難道讓我說出你以往的種種不正當手段和過份的行為嗎？你是怎樣從莎車一個小小的民軍頭目而爬上和闐伯克寶座的？」

「穆罕默德先知啊！」尼牙孜憎恨地掃余小虎一眼，又無可奈何地歎息了一聲。「我不自稱清白，人性的確慫恿人作惡，除非我的主所憐憫的人，這不是《可蘭經》上說的嗎？」

靈藥

就在劉錦棠部署軍隊，在托克遜發動新的夏季攻勢後不久，所謂「哲德沙爾汗國」的「畢條勒特汗」阿古柏突然暴卒於南疆庫爾勒行宮。

尼牙孜當時正隨侍於庫爾勒。剛用過早點，聞凶訊急忙趕到阿古柏的寢宮，觀看了「光照七城」的偉大的「畢條勒特汗」的遺容——其實，他哪裡是去和他的君王告別，他只是去驗證一下自己的「靈藥」的效應。

阿古柏之死真是慘不忍睹——他那壯實的軀幹竟乾縮得像一個嬰孩，才兩尺來長，四肢也收縮得厲害，人作俯臥狀，中間腰背隆起，像一隻老鼠，更可怖的是人們將他翻轉仰臥後，那因痛苦而痙攣扭曲的面孔，以及那鼓暴出來的、像懸在架上的兩顆黑葡萄乾似的眼睛。

當時，阿古柏的部分親信人物要求追查，可「哲德沙爾汗國」好些個資深望重的大臣制止了這場可能株連甚廣的搜捕。老臣們認為，只有被人念了「黑經」的人，才是這麼個死法，而這以前早有傳聞，說阿古柏自己會念這種「黑經」，這以前，他的政敵紛紛暴死，就因為他暗中使用了這種手段。所以，也可以說，「畢條勒特汗」落到這個下場，是遭到了報應。

尼牙孜開始緊張極了，此刻卻開懷地笑了。他自然明白，什麼「黑經」，這死是服了他的「靈藥」所致。看來，那個巫師沒有騙他。

尼牙孜曾數度去天房朝覲，有次，在紅海之濱某地，遇到了一個從南美洲西班牙殖民地來的巫師，此人會講阿拉伯語。通過交談得知，巫師手上有一種能致人暴死的「靈藥」，這東西無色無味無臭，卻厲害異常，只要用一朵花粉那麼多的粉末，就可使一頭大象倒地，且驗不出一絲痕跡。死的人異常痛苦，全身水分蒸發，乾癟收縮像一個小孩。

尼牙孜一聽很感興趣，毒藥和匕首是陰謀家手中兩件主要武器，尼牙孜正想把自己武裝到牙齒，乃花了一對貓眼戒指和一隻大鑽石胸針才從巫師手上獲得「靈藥」的配方，並以阿拉的名義起誓，絕不告訴任何人。

王子伯克胡里以前與尼牙孜過從甚密，他不知如何探聽到了尼牙孜手中有這「靈藥」，用比貓眼和鑽石更昂貴的代價從他手中換了一羽管「靈藥」。

尼牙孜心中清楚，伯克胡里要弄死誰。伯克胡里是長子，依順序，應是「哲德沙爾汗國」的當然王儲，可他作惡多端，臭名在外，不得阿古柏的歡心，前不久，阿古柏去前線閱兵，只讓他的次子海古拉陪同，而把伯克胡里派往阿克蘇，這其實是一種暗示——海古拉已是他的副手，一旦有何不測，副手必繼承汗位。

尼牙孜想，在強敵壓境之際，阿古柏廢長立幼，挑起內亂，無異於自取滅亡。

雖然做了和闐四城的阿奇木伯克，登上了原和闐哈吉的寶座，尼牙孜其實一刻也沒有滿足過，他的胸中裝下了天山南北的版圖，眼下，官軍已完全控制了北疆，正乘勝向南八城挺進，阿古柏這顆「太陽」已金輪西墜，他必須另尋出路，而阿古柏、伯克胡里、海古拉父子兄弟相殘，只有於他尼牙孜伯克有利。

當時，他是痛快地、裝作毫不知情地滿足了伯克胡里的要求——其實，伯克胡里不出任何代價，他也會送他一管「靈藥」的。

面對「畢條勒特汗」醜陋不堪的屍身，他曲解穆罕默德聖人的語錄，為自己不安的魂靈祈禱，並一再默默地向沉睡的阿古柏叨念說：「死去的人啊，這實在是你咎由自取。」

「你使你曾經效忠的主子慘死，又使他的兒子們兄弟相殘，你實際上加快了『哲德沙爾汗國』的滅亡，這一切難道不過份？」余小虎厲聲責問尼牙孜。

「算了，小虎，我既然答應滿足你的要求，你又何必喋喋不休，逼人太甚呢？」尼牙孜氣咻咻地打斷了小虎的話，起身去拿「靈藥」了。臨出門，又討好地說，「不過，靈藥固然神奇，只因是魔鬼傳下的祕方，使用時必須有魔鬼的配合，你明白嗎？」

「這魔鬼不就是你嗎？」

「不，你錯了。」尼牙孜不以為忤，反殷勤地說，「當初，阿古柏身邊生活著一個魔鬼投胎的人。伯克胡里之所以成功，就全賴這個魔鬼相助，你清楚嗎？」

「誰？」

「艾孜拉伊里。」

「這不是伊斯蘭傳說中的勾魂使者嗎？」

「對，阿古柏的後宮也有一個被眾人稱為『艾孜拉伊里』的女人。」

「啊，伊帕爾罕。」

「不，她不配稱伊帕爾罕，應稱艾孜拉伊里，如果沒有她，伯克胡里成不了事。」尼牙孜說著，悄悄地離去。

余小虎卻陷入一種莫名的惆悵中……

尼牙孜終於從密室中取出一個土瓶子，揭開封皮，從中倒出幾節天鵝羽管，扯開其中一節羽管上的棉團，倒出一些白色粉末在小虎吃剩的烤羊肉上，又打了個呼哨，門外進來一條小巧玲瓏的哈巴狗，尼牙孜將羊肉扔給它，它一口吞下，只過了一會兒，那可憐的哈巴狗竟全身抽搐，痛苦地死去。

余小虎見狀，不由一把奪過尼牙孜手中的瓶子……

第十章 荒漠胡楊

死亡之旅

胡桐，又名胡楊，本地人稱之為「托克拉克」，是一種生長在沙漠中的喬木。據說，胡楊的生命力極強，在世上能歷盡各種劫難而存在三千年，即長著不死一千年，死後不倒一千年，倒地不爛一千年……

——余小虎啃完最後一片駱駝肉，不見一滴水一捧炒麵已整整五天了，五天來，眼前只有走不完的沙丘，沒有生物，不見一棵小草，無垠的荒漠，寂靜得如同當年穆罕默德先知得道的「希拉山洞」。

沒有鏡子，沒有水窪，他無法瞧見自己的面容，偶然觸著自己的臉頰，顴骨嶙嶙扎手。他想，自己的頭一定像是一具骷髏。

骷髏，沿途常常遇到，望著那一具具白皚皚的、完整的人畜骨架，他增強了信心，卻又引起內心一陣陣哀鳴——儘管饑渴與疲勞使人頭昏眼花，神志依然清醒，他清楚，自己沒有走錯方向，是沿著前人走過的路在走，不過也有可能像前人一樣，突然倒斃路旁，變成另一堆白骨。

從和闐伯克府出來，他來到崑崙山下的白玉河邊。

聞名遐邇的和闐白玉即出自此處，夏秋之際，崑崙山積雪消融，滾滾的雪洪從崑崙山那人跡罕至的崇山峻嶺中，把不知何處的玉石礦塌裂下來的大量美玉沖往下游，採玉的窮人靠碰運氣來河中撈撿，這是真主的恩賜，看誰對主的禮拜最勤，誰便得到豐厚的酬勞，撈來的玉石任憑河水沖擊洗刷，早已失去了稜角，這種玉叫做「子玉」，而從深山挖掘出來，有稜有角的玉石叫做「楂子玉」，玉石商人用低價收購玉石，又運到內地加工，轉眼之間一本萬利。而這些採玉工長年累月地在水中浸泡、勞作，到頭來卻往往鶉衣百結，負債累累。

余小虎需要碰運氣，可不是來採玉的——他和他的坐騎都需要休息，尼牙孜的伯克府是安樂窩，吃、喝、住無不盡善盡美，但此時此刻，於尼牙孜、於他余小虎都不方便，反覆考慮了很久，他終於選中了採玉工的帳篷，他明白，採玉工人主要跟商人交往，不大與官府接觸，他們來自和闐各地，人員混雜，誰也不管誰，官軍董福祥的人馬雖在此駐防，可還無法深入到這些採玉的窮漢中來，弄清每一個玉工的身分。

他拿出一小袋伊提達特和銀天罡，交與一個叫肉孜·吐爾迪的老玉工，要求老玉工為他提供住房和食物。

伊提達特和銀天罡原是阿古柏時代仿照土耳其蘇丹貨幣而鑄造的金幣和銀幣。這兩種貨幣之所以沒有隨阿古柏時代的結束而廢止，全在於它的金銀含量較高的緣故。

老玉工辛苦半生也沒拿過這麼多錢，儘管他望著小虎時，滿眼都是懷疑和不解，但仍很高興地滿足了他的要求。

他只住了半個月光景便聽到了左宗棠將奉調回京的消息，心中焦急不安，決心要離開白玉河。

「什麼，你想沿塔克拉瑪干沙漠去敦煌？」肉孜·吐爾迪老人坐在土炕上，一邊張開那滿嘴焦黑牙齒的口，往舌頭底下填麻煙，一邊鼓著小眼問。

麻煙是當地一種煙草，吸時填在舌頭底下，在虔誠的穆斯林看來，這是一種不良的行為。余小虎厭惡地望了一眼，嘴裡輕輕地嗯了一聲。

住下來不久，他便把自己的身世全坦誠地告訴了老人，消除了老人的疑慮，老人很欽佩這不屈不撓的精神，也很同情他現在的處境，他發誓要保護小虎，絕不向任何人吐露真情。

他勸小虎安心住下來，先調養好身子，萬不料余小虎才住了兩個星期便喊走，且是走一條險道。開始，他以為自己聽錯了，待得到余小虎肯定的回答後，不由驚恐地念了一聲「胡大」（波斯語Khudai的音譯，意為「自在者」。通用波斯語的穆斯林對阿拉的稱呼。中國西北地區的穆斯林亦有沿用此稱者。），那眼神似乎是發現了白玉河中一塊碩大無朋的「子玉」，他說：「就憑你這一副身子骨，這一匹羸馬？」

「是啊，我想，有真主在，我會達到目的的。」余小虎回答他。

是的，他不能長期在白玉河邊潛伏，他腰間的短劍在錚錚作響，胸前那「靈藥」好像在蹦跳，它們在催促他，大仇未報，大事未了，不能耽擱，不然，真主將譴責他，那已在天堂、正睜眼看著下界的義父白彥虎會不斷地詛咒他，他必須走，抓緊時間，趁官軍與俄國人開仗時，在陝甘重舉義旗。

他早聽人說，此去沿塔克拉瑪干大沙漠邊緣到關內是一條險路，但如果從和闐經南疆喀什噶爾去關內，等於繞塔克拉瑪干大半個圈，那需要好幾個月時間，且沿途官軍重重設卡，難保不被人認出來，那時，不但自己性命不保，且會誤了大事。沿沙漠走，可有不少設想不到的凶險，但他顧不得這許多了，就是穿過火獄也擋不住他。

「孩子，你不知道，萬一迷路進入沙漠腹地，那將比火獄更可怕。這些年來，因為打仗，殺人，這條路上沿途台站和水井全毀壞了，你這麼單人獨馬地闖絕路，不渴死、餓死，也會被狼群活活撕扯、吞掉。」

老人見他說走就走，仍苦苦地勸阻他，「以前的駝駱客要走這條路時，都是結成駝幫，出發前還要沐浴、祈禱，求胡大保佑，可你就這個樣？」

「老爹，我不走，主才會懲罰我的，走，或許能在路上得到主的庇護。」

老人留他不住，為他準備了一袋夠吃一個月的「套咯奇」。這是一種能經久而不黴變的炒麵，另加半袋鹽巴，還為他準備了一隻裝滿甜水的皮袋，這才放他上路。

臨分手，老人一再叮囑他，在沙漠裡，你或許會碰到一座殿閣巍巍的城堡，裡面街道整齊，兩旁有許多店鋪，可每間都空無人跡。屋子裡有各種金銀珠寶裝飾的物件，還有鮮紅的珊瑚、晶瑩的寶石、圓潤的珠子等等，應有盡有，使你眼花撩亂，目不暇接。

「對這一切，你切不可動心。」肉孜．吐爾迪神態莊重，沒有一絲炫耀的意思，「連一小塊玉石也不要動，一動，這城堡的門就會自己關上，永遠也不會再打開，因為這是一座魔城，所以，塔克拉瑪干沙漠叫『曾是人住的地方』，又叫『走進去，出不來』。」

小虎微笑著，用肯定的口吻回答了老人：「請放心，我不會對任何寶物動心的。」

老人臨別頻頻回頭，像送別一個上刑場的兒子。

現在，老人的話應驗了——儘管他根本沒有看見什麼城堡，也沒有去貪圖什麼寶物，可他真的陷入了「走進去出不來」的絕地。

剛走了十多天，他的馬就累得走不動了。這一帶杳無人煙，原先設在這一路的台站全部廢棄，只剩下斷壁殘垣，水井也枯竭了，有時，兩天也碰不到一眼甜水井，他忍著渴，把水盡量讓馬喝，難挨的是乾燥的風沙，茫茫的沙海上，風裹著沙粒迎面撲來，他不得不把整個頭部遮得嚴嚴實實，只剩下一雙眼睛，可沙子仍鑽進他的頭髮、脖子乃至衣服內。

小虎從沒有遭受過如此的寂寞，沙漠、戈壁、冰大阪雖闖過多回，但那是和夥伴們一道，在與敵人相互追逐，各人都懷著一種不是你死便是我亡的狠勁，失敗了要逃，勝利了要追，只有驚險而無寂寞，可眼下既失去了夥伴也沒有敵人，有的，只是茫茫戈壁、流動沙丘。他感歎，在人與大自然的對峙中，敵人甚至也可成聊慰寂寞的朋友。

現在，他才真正地感覺到人的勢力的有限，而大自然威力的無窮——他幾乎要寂寞死了。看看馬實在不行了，他夢想弄到一匹駱駝或多少也強壯一些的馬，憑他腰間的短劍，他可搶劫駝幫或店站，可他絕望了。

在離開婼羌後不久，他不但沒有能搶劫別人卻反被別人劫持——大概是半晚，他在一處廢堡子裡睡覺，忽然被異樣的聲響驚醒，睜眼一看，發現自己被七八個氣勢洶洶的壯漢包圍。

他驚起摸劍時，早被他們按住雙臂，繳了他唯一的武器，又七手八腳地把他捆起，丟在馬背上，一聲呼哨，這些人上了馬或駝駝。

他猝不及防地被擒，卻並沒有絕望，先只猜測，自己落到了什麼人手上，他們要怎麼發落自己？可以肯定，他們不是官軍，但也不是穆斯林，他清楚，這一帶已沒有流散的安集延人或武裝回民，這些人從服裝上看不出什麼特色，跟他余小虎一樣，襤褸得無法遮身；面容也一樣地憔悴，走了好長一段路，他們開始哼唱和交談了——這下小虎可慌了，原來他們說的是蒙古語，這就是說，他落到了土爾扈特蒙古人手裡，在開都河一帶，居住著土爾扈特蒙古人，他們與穆斯林素來不睦，見了面弄不好便要動刀子。

這些人在黑暗中走不多遠便歇下了，對小虎這件獵物，看管得很緊，儘管小虎裝得很馴服，但他們不給他鬆綁，睡覺時，有一人持刀放哨，小虎只好放棄馬上逃跑的打算。

第二天天亮，這些人吃了一些炒麵又趕路，小虎發現他們朝向正北，這與小虎要去的方向相反——他要去關內，自和闐出發，一直向東，而他們是朝向南疆的焉耆或孔雀河，這一來，小虎的計畫全打亂了，不由暗暗叫苦。

蒙古人把他捆在馬上，看來暫時沒有殺他的意思，他們睡覺讓他跟著睡，吃東西時也給他一份，但吃完馬上捆起，絲毫也不鬆懈。

小虎想，自己落到這夥人手上，即使不被殺死也可能淪為奴隸，得馬上脫身，不然，只有越帶越遠離自己的目的地。

第五天晚上，他們的前面又出現了一片廢城堡。不知是古時某小國的都城，還是軍隊屯墾的營地，年深月久，只剩下一些土圍子。

連日的跋涉，大家都很疲勞，小虎一直裝成個可憐巴巴的樣子，蒙古人對他的戒備開始鬆懈下來，他們把馬匹、駱駝卸下鞍子，趕到一個土圍子裡，七八個人擠在一處廢堡內，把小虎推在裡面，稍稍鬆了點繩子，就擱在外面倒地睡著了，也沒再派人放哨。

小虎待他們一個個發出鼾聲，便輕輕地掙脫了纏在手腕上的皮繩，又小心地從七歪八倒的人縫中，躡手躡腳地溜了出來，在一個大髭鬚蒙古人的腰間，他很幸運地發現了自己的短劍，他用極小心、極麻利的動作取在手中。

有了短劍，他的膽子一下壯了，忙溜進拴駱駝和馬的那土屋子裡，偷出了一匹好駱駝，再配上鞍子，又擠到裡面，往一匹馬的屁股上猛戳一刀，牲口受傷，痛得一下衝得同伴們齊撒開蹄子狂奔，小虎趁機躍上挽在手中的駱駝，往東南方向狂奔起來……

黑夜中，呼呼的西北風送來了蒙古人的咒罵聲。

小虎很得意，知道蒙古人一時無法尋回那些無韁的、受驚的駝馬，自然無法攆上他，到天明時，自己已走出很遠了。

重新獲得自由的同時，他也有些遺憾，雖換了一匹壯駱駝，卻只弄到一小袋炒麵和一小袋水——蒙古人將大袋炒麵枕在頭下睡覺，他無法在不驚動他們的情況下，將它偷出來，而他們的水是裝在兩隻大木桶內，固定在馬架上的，他只能裝滿一袋子後再讓它流淌乾淨。

身陷荒漠，只有少量的炒麵和鹽巴，一小袋水，這是多麼可怕的事啊，他盡量節省著吃喝，但終有盡時。

在這塔克拉瑪干腹地，茫茫沙漠無際，駱駝也找不到水。後來，駱駝渴得走不動了，他只得殺了它，儘管他明白，在這兒失去坐騎將意味著什麼，但留著它也只是為主人效勞，到不能兩全時，只好棄而保命。

駱駝體內的水囊及駝肉使他暫時得以解決饑渴，苟延殘喘，但失去了腳力又增加了負重，他的行進速度一下慢了許多。

駱駝水囊裡的儲水又膻又腥，但此刻成了甘泉。不久，甘泉沒了，駱肉也變得生硬難以下嚥，乾渴，迫使他漫無目的地在沙中挖洞，短劍挖下去幾尺深，底下仍是冰冷、乾燥的流沙，不見半點水氣。

他感覺到了死亡的恐懼，把頭埋進沙窩，想浸潤一下乾燥、龜裂的嘴唇，可當他俯下頭，接觸到地面時，冰冷、堅硬的沙粒只刺痛了他開裂的嘴唇露出的嫩肉。

他終於昏過去了……

也不知過了多久，反正他一甦醒過來，就認準方向往前爬。背負的駱駝肉變得硬梆梆的，像一坨坨黑石頭，「黑石頭」於他不起任何作用，他乾脆扔掉了一大半，失去了水，也失去了白天和黑夜的觀念，只要清醒過來，就堅持不懈，認準方向爬……

啊！那是什麼？他奮力抬起頭，就在眼皮下，冰冷的沙粒上，有一顆跟芝麻差不多大小的、白色的絨毛顆粒——胡楊的種子，千真萬確，這是一顆胡楊種子！它隨風飄來，落在小虎眼皮底下。

「胡楊生在水邊。不遠處一定有綠洲，有胡楊林，有水！」他心頭火光一閃，燃起了希望之光，「不，它哪是胡楊種子，它是真主的信使！」

於是，他更加信心十足地向前爬，爬……

終於，他看到了天際邊一線黑影，與黃昏的沙丘、火紅的太陽形成了強烈的反差。開始，他以為是幻覺，可望了幾次，那一線黑影不但沒有消失，且漸漸地出現了枝條的輪廓，他激動不已，撐直身子，往前跑了兩步，但畢竟支持不住又倒下去了，但這回沒有昏暈過去，而是清醒地、堅定地拖著沉重的身子朝那生命的綠洲爬、爬……

啊，好一片高聳的胡楊林！這荒漠中孤寂而頑強的勇士，那挺拔的樹身，不屈不撓，像一柄刺向蒼穹的利劍，綠光閃閃，歷酷暑寒冬，任狂風烈日，它倔強地活下來，聳立在大漠上，給絕望的遠行人帶來希望和勇氣。

小虎終於爬近了林緣一棵高大的胡楊樹邊。這裡沿著一條狹窄而乾涸的河床，那從崑崙山上流下來的雪水已被乾燥的沙漠全吸收了，河水已消失在地底，但孕育了這一片胡楊林，終使它變成了小虎生命的源泉。

雖未直接看到水，小虎一點也不失望。他吃力地抽出短劍，竭盡全力在它的根部挖呀，挖，終於，在胡楊那堅硬的主根上，被他鑿出了一個小洞，霎時，一股黃黃的甘泉湧了出來，他丟開短刀，俯下頭去，貪婪地吸吮起來……

好甜的清泉呀，直沁心脾，一下擴散到全身。他，終於睡著了。

爾撒之劍

待到一覺醒來，眼前的情景竟使他驚呆了——他發現自己落到了一群頭戴紅纓帽、身穿號衣的人手中。

一望見這與之拼殺十餘年的仇敵的服裝，他全身筋骨一震，手馬上習慣性地去摸刀，可一刻也不離的那把短劍不見了，再仔細看時，眼下自己身上穿的、蓋的也全部換掉了，自己哪是在荒漠上的胡楊林邊，分明是睡到了溫暖的土炕上，他掙扎著要跳下來，可身子輕飄飄的，沒一絲一毫的力氣。

「小虎，你現在可好些了？」

這是誰？聲音好熟？他又一次抬起頭，圓睜雙眼，透過眼前那一片因暈眩而產生的霧翳，發現面前立著一個穿著官軍服飾的人，手中還端著一隻大空碗。

「啊，是他，馬三，大王村的馬三。」

小虎眼睛驀地一亮，做出了無言的、肯定的回答。

馬三見小虎終於認出了他，馬上高興地說：「我們巡邏路過那一片胡楊林，一下發現了你，要不是那把短劍，我還不敢相信自己的眼睛，看來，你一定是從很遠很遠的地方來，饑渴把你拖垮了，剛才，你還在迷迷糊糊中，便讓我們餵了一大碗羊肉湯呢。」

剛才？不錯，剛才在昏睡中，他似是在參加一次盛大的宴會，飽餐了一頓家鄉的羊肉泡饃。想到已經接受了仇人餵送的食物，余小虎真有些感到噁心，真想一下把吃進去的東西統統吐出來。

他憤怒地瞪了對方一眼。

馬三，兒時的朋友，與小虎一道鑽草堆、掏雀蛋、摸魚兒、捉迷藏，耳鬢廝磨，親密無間，後來，回漢相仇，他們隨各自的親友分別捲入了流動的回民軍，四處與團練、官軍作戰，馬三是禹得彥的親兵，掛把刀不離左右，後來他們投降了劉錦棠。那時，他們陝西客回各部擺在距西寧不遠的大通及大、小南川一帶，因為他們的突然反水，致使大、小虎的左翼陣地完全暴露在官軍面前，被劉錦棠輕而易舉地突破了防線，以致糧草、輜重丟失大半，數萬人馬倉促撤走河西。

丟下同教兄弟而投降了官府的他們，被劉錦棠收編在旌善五旗，披上了官軍號衣，戴上了官軍的紅纓帽，馬上與昨天的兄弟為仇，成了大、小虎他們凶頑的敵手。這些背叛真主、認賊作父的傢伙還有一絲一毫人性嗎？

小虎嘴上沒力氣說話，眼睛卻噴出了怒火，他想，官府四處懸重賞緝拿在逃的大、小回民軍頭目，自己落到他們手中，他們無異於一個窮叫化拾到一個大元寶，這稱心如意、喜不自禁的心情不用說了。

要在往日，「虎死也要跳三跳」，他豈能俯首貼耳地就擒？可今天，荒漠絕塞的艱難跋涉，耗盡了他的體力，他實在無力掙扎，心一橫，肚內尋思：一旦被押到劉錦棠的行轅或蘭州總督署，一定是要飽受淩辱、虐待，再殘酷地肢解、示眾，既然已到了這一步，可不能窩窩囊囊現熊相，要時刻記住，我名為「小虎」，死也要死出個「虎」相，「虎死七日不倒威」！

於是，他打定主意，先不做無益的掙扎。

他安然躺下，閉上了眼睛，不久，這些人又端來了好吃的、滾燙的羊肉泡饃，他不作一語，拿到就吃，狼吞虎嚥。他想，他們見我這個模樣，怕在解我請功的途中死去，故先要調養好我的身子；我呢，乾脆將就著來，養好身子，能逃就逃，逃不了時也死個痛快，死得叫並肩戰鬥、同甘共苦的穆斯林欽敬，叫官府、叫投降敵人、叛賣朋友的叛徒寒心。

馬三和他手下的兵士們散立在周圍，看著他一口氣吃下一大碗羊肉泡饃。

小虎眼角又掃了一下，周圍幾乎全是叫得上名字的熟人，小虎一個也懶得睬，只低頭吃喝，眾人相互對望一眼，那神氣似乎是在慶賀。

天漸漸地黑下來，有人送來了燈，又有人把炕火燒得更旺，屋子裡暖烘烘的。小虎難得遇上這麼安逸的環境，吃飽了又放下頭睡。眾人見小虎始終是昏沉沉、懶洋洋，對他們不理不睬，也不計較，見他躺下就陸續退了出來，只留下一個十六七歲的尕娃伴著他。

小虎心想，屋子倒布置得舒舒適適，不像個囚室，外面一定裡三層外三層圍得嚴嚴實實，要不，跑了欽命要犯怎麼辦呀？自己對於這些人，等於是一筆重賞，甚至還是換頂子的機會啊，說不定已報上去了，只等囚車做好，就檻送進關哩，旌善五旗這一班人，馬上征戰有幾十年，以前和官軍鬥，現在又變臉殺自已人，他們變成了除了殺人再也不會幹其他營生的「屠夫」，打仗以凶狠出名，是大、小虎戰場上強硬的對手。看來，憑眼下自己的體力及對周圍環境的陌生，要從這些人手上脫逃比登天還難。

無法逃脫只有死，死有什麼可怕？一切舊仇和功過，真主在天堂記錄得清清楚楚——我不愧是為了主道而力竭殉難的鬥士；為主道而犧牲的鬥士死後可直升天堂，那裡全是志同道合的戰友，每人都有一部輝煌壯烈的史詩，他們每天可傾聽人們對他們的頌歌，享受無邊的福祉。

儘管前面是無比美好的天堂，可他仍覺不能甘心，覺得最大的遺憾莫過於事業未成，陝甘一帶流落異鄉、懷著深仇大恨的弟兄們仍在翹首企盼，盼望他能去帶領大家重舉義旗，帶領穆斯林隊伍去叩響西安府的城門，去砍下穆斯林死敵左宗棠的頭顱。他一死，這一切便統統化為泡影，反要被左宗棠砍下自己的頭顱，從而再一次彈冠相慶，以往的種種艱難、塔克拉瑪干的苦統統白受了……

他就這麼昏昏然睡去。

一連七天，馬三他們天天用豐美的飯食招待他，生活上殷勤備至。他仍不理睬他們，從不答一句腔，但漸漸地，從他們戶外閒談中，小虎也搞清了一點情況。

原來馬三他們這裡僅是旌善五旗的一哨人馬，而崔偉、畢大才、禹得彥率領的旌善五旗主力已奉命開赴包頭、張家口一線，準備和俄國人打仗，他們這一哨人馬作為後方留守處，任務是照看一些家什、輜重，管理營房。

聽到連旌善五旗主力也奉調開拔的消息，好像一劑清醒的藥湯，使他的心又一下振奮起來，看來，只怕和俄國人已幹起來了，我怎麼能在這裡等死呢？應設法逃出去呀？外面發生了天翻地覆的大變化，是我們反攻的千載難逢的好機會，可不能這麼窩囊等死，要利用一切可利用的機會去抗爭啊！

他開始尋覓出逃的機會。一天晚上，跟往日不一樣，馬三留下伴他的小卒忽然不來了，夜深人靜，只他一人躺在暖和的土炕上，翻來覆去想心事。

忽然，他瞥了房中的案桌一眼，啊，那是什麼——在搖曳的燈光下，一道錚亮的光在他眼前一閃，那不是一把短劍嗎？是的，沒錯，是一把鑲有名貴珠玉的阿拉伯短劍，是自己時刻不離身、此番被他們收繳去的防身之器，那鞘上和手柄上嵌鑲的珠玉，全都是真的，因為它過於名貴，而佩帶它的小虎又像個乞丐，往往因此而被人看作贗品，是國外一個大子也不值的假貨。

自沙漠殺駱駝、胡楊林挖樹根用過，後來就落入馬三之手了，先前，它一度落入那個絡腮鬍鬚的蒙古人手中，蒙古人有眼不識金鑲玉，就那麼隨意別在腰間，可馬三他們就憑著它，證實了我余小虎的身分。按說，馬三是應該清楚這把劍的來歷及其價值的，怎麼隨意扔在這裡？小虎不覺有些迷惘……

「小虎，這一把短劍的價值，不在鞘和手柄上嵌鑲的珠玉上，而在它的神奇的來歷中——它是一個朝覲者從天房得來，上面刻有阿拉伯先知爾撒的名字。據說，當初爾撒的門徒中，有一個叛徒，他的名字叫猶大，猶大背叛了爾撒，把他的住地告訴了敵人，敵人包圍了爾撒的房子，可抓住的是猶大而不是爾撒。同教的門人恨透了這個叛徒，就用這把劍插進了猶大的心窩。所以，這以後先知預言，這把短劍只屬於為主道而戰的勇士；它能為戰士帶來幸運，使他在危難中逢凶化吉，遇難呈祥，但是，它絕不屬於叛徒，服務於崇拜偶像不信阿拉的異教徒。如果它的主人一旦背棄了主道，背叛了阿拉，它將代表主的意志，給他以懲罰。」這是小虎在獲得這把短劍時，義父白彥虎對他說的話。

記起了這些細節，他像是受到了某種啟發，奮然起身，迅速將它抓在手中。他於燈下撫摸這把經歷不凡的短劍，想到它這以前種種遭遇，一時感慨萬千……

相贈白雲追

同治十一年秋。

饑餓和寒冷籠罩著青海高原，萬千流離失所的陝西客回、甘肅土回對食物的渴求、對溫暖的欲望一時取代了對死的恐怖。

前方炮聲一陣接著一陣，時時伴著喊殺聲、哭叫聲，傷患不斷地抬下來，呻吟著、咒罵著，眾穆斯林扶老攜幼，集結轉移。這時，劉錦棠指揮著三四萬裝備精良的楚軍從東南北三個方向包圍了他們，他們在死亡的威脅下往西北方撤。

三天兩晚的長途跋涉，終於擺脫了窮凶極惡的楚軍，來到了河西走廊的邊緣，但還有一部分老弱婦孺因駐地不在一起，撤退中下落不明。大家為這近萬人的生死懸著一顆心。

真主保佑，天明時，他們終於得到消息——白彥虎的堂妹白秀姑帶領一部女兵，護送這些眷屬奇蹟般地渡過了大通河，與他們主力會合了。人群中頓時響起了一片歡呼聲。想到他們北有官軍楊世俊的馬隊壓迫，西南面有徐占彪的蜀軍緊緊跟蹤追擊，後面又是劉錦棠的老湘營主力，但他們從容地擺脫了追兵，徒步涉過了大通河，把一萬多老幼帶到了安全地，這真使人不由不想到他們一定是抓住了真主的繩索。

那天，小虎跟白彥虎去看望他們。秀姑在細訴經過時，咬牙切齒地說起了一個人，這是一個猶大式的人物，他就是白彥虎的表兄弟治福興。

「狗雜種治福興，竟給官府帶路，在大通河上游築壩，想在我們涉江時放水淹死我們。」秀姑向堂兄細訴。

「人呢？」

「被我們突襲上去時逮住了。」

「好，帶上來，讓我看看他的心究竟是紅還是黑。」

治福興被兩個強健的女兵五花大綁地押上來了。他先是崔偉手下一個頭領，此番隨崔偉、畢大才、禹得彥一起投降官軍後，他自告奮勇，帶人迂迴至回民軍前頭設伏，攔水壩張網以待，企圖淹死老弱病殘的回民家屬。不料秀姑已識破了他們的陰謀，衝上來將他生擒。

同是「阿拉的順從者」，同是陝西渭南的鄉親，為何一旦反水便如此狠心，下這樣的毒手？

「大虎，看在你死去的姨母面上饒我一死吧。」治福興一眼瞅見了白彥虎，就像看見了救星，他衝上來，跪地求饒道，「父老鄉親跟你跑了兩個省，跋山涉水四處逃命，現在，衣裳破了，不能遮身，糧食光了，無以為繼，再不回頭，會凍死、餓死在異鄉的。」

「哼！」白彥虎冷笑一聲說，「你做人就只為了這些？」

「大虎，左宮保可不是張芾，他不滅回，布告上說得明明白白，不問漢回，只問良莠……」

「住口！」秀姑馬上截住他的話頭，斥罵道，「背叛真主，向仇人屈膝，比狗都不如。」

眾人漸漸聚攏了，阿訇低聲地向人們念起了《可蘭經》第四章中部分經文：「……誰服從真主和使者，真主將使誰入那下臨諸河的樂園，而永居其中；誰違抗真主和使者，並超越他的法度，真主將使誰入火獄，而永居其中，他將受凌辱的刑罰……」

眾人也一齊默誦起來。

這是比利劍更可怕的武器，它能化為一種凝聚力，把眾人團結得緊緊的；把意志不堅定者、邪惡的異教徒從人群中剔除出來。

冶福興煞時好像看到了煉獄之火在身邊燃燒，精神一下就崩潰了。眾人見他面色慘白，頭冒冷汗，在眾目睽睽之下，立時垮作了一攤稀泥。

「把我的劍繳過來。」白彥虎冷冷地向小虎努嘴。

小虎大步上前，一下從冶福興腰間摘下了這把名貴的短劍。

這把劍，本是剛從天房朝覲歸來的一個大阿訇敬獻給赫赫威名的大虎的，這個朝覲者向白彥虎、也向大家介紹過這把劍的不平凡的經歷，大家因此非常看重它，後來，冶福興來看白彥虎這位表兄了，看到它後愛不釋手，為了籠絡冶福興，讓他影響崔偉等人，好讓大家齊心合力抗擊官府，白彥虎把它贈給了自己這位姨表兄弟，想不到冶福興佩著它，卻成了背叛爾撒的猶大。

「大虎，你就不念一點親情嗎？」癱在地上的冶福興，發出了一聲聲哀鳴。

「親情？」白彥虎冷笑道，「你居然也念及親情？你母親的靈魂在向我哭訴呢，她叫我不要放過你這不念殺父之仇、認賊作父的逆子。」

小虎一旁早忍不住了，在得到大虎這一暗示後，他猛地抽出手中這把短劍，一下扎進了治福興的心窩……

從此，這件名貴的武器由大虎轉贈了小虎。

小虎想起了當年的情景，記起了先知的預言，立時增加了無比的信心和勇氣。他悄悄披衣下炕，四周靜悄悄的，眾人皆已酣然進入黑甜之鄉，推開門，門外的崗哨也回去睡覺了，於是，他趕緊返身進屋，換上自己的衣，順利地出了中門，溜進了馬房。

馬房裡，又一個奇蹟出現了——那匹跟隨他多年，而在喀什噶爾突圍時丟失的「天山神駒」正待在那裡，好像是真主安排的，鞍韉俱備。

他高興得幾乎跳了起來……

直到余小虎騎上「天山神駒」飛馳而去，一直跟在他後面的一個黑影才直起腰來。望著小虎馬上的身影，黑影雙手合十在胸前，低低地念了一句道：「真主保佑，前程無量！」說完，又呆立在黑暗中，久久地不肯離去……

他就是馬三。

早在吐魯番之戰告竣之即，劉錦棠準備再接再厲、一鼓作氣對南疆八城發動新的攻勢之際，左宗棠來信告誡劉錦棠說：官軍乘勝一舉收復南疆是指日可待的事，阿古柏的安集延人可能遠走俄國或阿富汗，而殘餘的陝甘肅回民民軍則有回竄的可能——這些人可能不願遠投異國，於是，乃沿塔克拉瑪干南端奔敦煌、安西州，回竄河西，殺官軍一個回馬槍。

因此他令劉錦棠在發動進攻前，稍作調整，在安西、敦煌至南疆途中駐紮一支軍隊，一向以諸葛亮自命的左宗棠，在敘述自己這個意見時，又引述《三國》中的故事說，不要以為南疆和闐至婼羌一路為絕路，當年鄧艾滅蜀，便是從陰平小道越崇山峻嶺而直取成都，令姜維首尾不能相顧的。

吐魯番一戰，阿古柏數萬勁旅被擊潰，大總管愛伊德爾呼里被俘，南疆八城，已在掌握之中。新疆形勢，北疆苦寒南疆富，阿古柏經營近十年，不說金銀成山、美女如雲，少說也算得錦繡羅、繁華富庶。

劉錦棠帳下各路統領皆一心要打前鋒，余虎恩與徐占彪幾乎爭得面紅耳赤，人人都有小算盤，誰也不願就在這關鍵時刻回防安西，去守株待兔坐冷板，劉錦棠一個個詢問了之後，權衡利害，他想起了旌善五旗的營官馬三。

「小夥子，看過三國沒有？」劉錦棠找來馬三，開口就問一句令人費解的話。

「三國？」馬三一愣，見大帥在望著他，忙說，「回大帥話，標下沒念過書，但聽人說過三國。」

「好！」劉錦棠笑了笑說，「可記得鄧士載偷渡陰平、諸葛瞻戰死綿竹一段？」

馬三聽人說《三國》，大多是草船借箭、七擒孟獲之類，哪知這鄧士載還是鄧艾的字？只好乾瞪眼。

劉錦棠知他是個草包，啥也不懂，自然也興味寡然，只好來硬的，「算了吧，你不懂，說也白說。告訴你，眼下官軍就要大舉攻南疆了，阿古柏、白彥虎滅亡在即，左爵相料定白彥虎有可能率殘部由和闐沿戈壁回竄安西，為防他這一手，你帶一哨人馬回防安西，安西一帶不是有你們屯墾的田土嗎，營房也現成的，你去那裡，有事時巡邏設卡，無事就屯田練兵。」

馬三一聽，心一驚，硬著頭皮說：「稟大帥，標下一哨人馬，才百十號人，白、白彥虎有幾萬……」

話未說完，劉錦棠哈哈大笑道：「蠢貨，真不諳事。本部堂是送你個升官的機會呢，白彥虎還有什麼幾萬人？待我們攻下南疆，更剩不了多少。和闐、婼羌一路台站廢棄，水井傾圮，數千里荒漠絕壁，人煙稀少，分明是一條絕路，所以，我算定，他們若從這條路上來，縱能如沙漠中的蜥蜴，忍饑耐渴，也一定要餓死、困死一大半，剩下的，疲癃殘疾，何堪一擊？你只準備兩隻籠子，到時與我裝兩隻瘦虎、餓虎來行輳獻禮，官升三級，那一顆印將只比本部堂的略小個圈兒。」

這樣，馬三的一哨人馬就到了這裡。他們一住三年，瓜代無期，除了每三個月給送來給養、彈藥，劉錦棠似乎已忘記了他們。但馬三忠於職守，堅持巡邏、守望、屯田、修路。皇天不負有心人，左宗棠、劉錦棠的估算沒有錯，守株待兔三年，陷阱裡終於掉進了一隻「小虎」。

難道說馬三果然要交大運了？

自同治十一年秋天，馬三隨莊主禹得彥投降了官軍，一晃就是八年。八年間，馬三由一隊長升到了遊擊銜的營官，頭上有頂子，胸前有補子，說起來也是個三品武官了，可他一刻也沒忘記過去的歲月，沒忘記父親被團練殺害的情景。他出身雇農，父親是莊主禹得彥的長工，禹得彥廣有田莊，又是本地清真寺執掌教務的「伊瑪目」，在當地回民中是個極有威望的人。

禹得彥原來也與官府有往來，但後來得罪了本地一個漢紳——禹得彥有個妹子頗有姿色，這個漢紳想娶為兒媳婦，遣媒說項。禹得彥聽說對方的兒子是個荷花大少，吃喝嫖賭帶抽大煙，心中不願意，就以回漢不通婚為由，提出對方除非改從回教，結果婚姻未成而結下了仇。

至後來各地回漢相仇，大起衝突，這個漢紳辦起了團練，對禹得彥漸有威逼之意。一天，禹得彥以村莊受害為由，準備赴華州府告狀，被這漢紳偵知，半途攔住，羞辱一番之後，又將他的鬍鬚根根拔淨。

揪鬚便是滅教，禹得彥怒不可遏，馬上聯絡赫明堂、任武，散去家財，又一把火燒了莊園，公開扯起了反旗。莊主一反，下面的長工、雇農、佃戶齊當了兵，歸入莊主的旗幟之下，馬三一家自然都捲進去了。

造反之初防備鬆懈，那一晚，漢人團練來進攻，數千人圍住了禹得彥的莊子，幾次猛衝都未衝出來。團練越來越多，還調來了幾門土炮，高叫禹得彥投降，不然便用火攻，左右無法，馬三的父親學起了漢高祖滎陽脫險的法子，自己冒充莊主，穿起了禹得彥的衣服，帶幾個人出來投降，趁眾人混亂往前門來看受降之機，禹得彥從後門衝出來脫險了。

團練們見上了當，瘋狂地把仇恨發洩在馬三父親的身上。他們用布把他層層裹住，用生漆膠住，再在頭頂上倒上油膏，插上三根燈芯，在與回民軍對陣時點天燈。

馬三當時才十五六歲，就跟在禹得彥身後，眼見得父親被燒得發出陣陣慘叫聲，心痛如絞。為不哭出聲來，他把拳頭堵住嘴，結果手背被牙齒咬了個洞，鮮血淋漓。

這以後，禹得彥認馬三為義子，讓他跟在身邊，稍大後便當親兵隊長。

渭南「四彥」，只禹得彥出身財主。他人馬雖多，但戰鬥力最弱，幾乎是不敢上陣見仗，見了官軍就逃。馬三跟著禹得彥淨打窩囊仗，待他們從陝西退到甘肅，楚軍越來越多，回民軍一股股被逐次消滅。眼看局勢越來越不利，禹得彥就有些後悔了，他和崔偉、畢大才數次與官府接洽乞撫。開始幾回，左宗棠懷疑他們無誠意而不許，待他們退到西寧，禹得彥更失望了。開始，甘肅本地土回怕他們長期住下，與他們爭口糧，漸見嫌隙之心，待楚軍步步進逼，他們更處於絕境了，眼看冬季將臨，糧秣、衣被統統在逃命時丟光了，饑寒交迫，何以應戰？

於是，禹得彥徹底軟下來，他哀詞乞撫，並願殺敵以自贖。通過冶福興接洽，他的五營人馬及兩萬餘老弱全部就撫。

劉錦棠將他們和同時受撫的崔偉、畢大才部合在一起，汰弱留強，編成旌善五旗，禹得彥得了個都司的頭銜。

當聽到部隊接受招撫的消息，馬三曾去質問過乾爹，他睜一雙大眼問道：「乾爹，咱們要投降了嗎？」

禹得彥一見他，面露羞愧之色，他撫著馬三的頭，既不否認，也不承認，只說：「娃，你別管這些，只跟著乾爹就是，只要乾爹有一口糧，就少不了你半口。」

馬三說：「團練殺了我父親，我與他們仇深似海，咱絕不投降。『渭南四彥』個個都是為主道而戰的勇士，也不應該走這條路！」

禹得彥說：「娃，還提什麼『四彥』，都各走各的路了，連赫明堂大阿訇也受撫了。眼下前無出路，後有追兵，不投降，這些人咋活？」

說著，手一指，只見露天之下，漫山遍野的難民正兒啼母哭、呻吟喊叫，令人目不忍睹。

此時此刻，說個人生死，甚至高官厚祿、金銀財寶都打動不了馬三的心，唯有這一群啼饑號寒的父老令馬三心痛，說聲為他們謀出路，馬三唯有痛哭，再無話說。

就這樣，馬三跟著禹得彥投到了官軍這一邊。但是，馬三人歸順了，心沒歸順，心裡常惦記兒時的朋友。過去，他與小虎雖不在一起，卻常會面，兩人的父親都死在團練手上，所以，同仇敵愾，後來，他聽說大、小虎那一撥子人馬突圍出扁都溝遠走河西，馬三又有些後悔了，心想，不該留在禹得彥的隊伍中，禹得彥對他雖好，可不跟馬三一條心。這以後，馬三很懷念遠走新疆的小虎，又過了幾年，馬三也出關了。聽人說，關中那一撥跟白彥虎跑的人在那邊日子也不好過，阿古柏歧視他們，只想讓他們打頭陣，好借官軍的手消滅他們。

馬三為自己的同胞擔憂，只想一旦有機會一定助他們一把，不料劉錦棠把他派到了這裡，不久，南疆頻頻傳來消息，喀什噶爾被收復，阿古柏已死，白彥虎出逃，余小虎被生擒，吃了剮刑。馬三不相信余小虎那麼英雄了得，會在戰場上被人活捉，常暗暗祈禱這消息不是真的。

有一回，他去哈密領給養，偶然在軍馬場發現了一匹高大健壯的大白馬。馬三一見這白馬就呆住了，因為他認出了這原是余小虎的坐騎，名「白雲追」。

記得那回他去看小虎，小虎正遛馬，見了他不無得意地說，在阿拉善蒙古親王的大草場盜得這匹好馬，除四爪烏青，通身潔白，跑起路來，四蹄生風，如一朵白雲懸在空中，眾人稱它為「白雲追」。

今天，馬三又見到了「白雲追」。直到此時他才相信，余小虎可能真的被殺了，為了永久地記住這位兒時的朋友，馬三用錢賄賂了馬場的人，把這白馬要了回來。這以後，睹物思人，馬三常撫著白雲追而潸然淚下……

那天，養馬的人來告訴他，白雲追不吃不喝，拼命刨蹄子，並發出一聲聲長長的悲鳴。他覺得奇怪，乃將它牽了出來，剛跨上鞍子，白雲追便是一陣猛跑。跑著，跑著，他們來到戈壁邊緣的胡楊林邊，遠遠地看見樹下躺著一個人，白雲追跑到這人身邊，便駐足不前。馬三下馬仔細辨認，萬不料，昏過去的原是白雲追的故主。

初見小虎，待他揚起了頭，馬三真想和他抱頭痛哭一場，訴說自己的心事，可他一碰到小虎那冰冷的、充滿仇恨的眼神，心就冷了，馬三是個一棒槌敲不出一個響屁的人，尤其是碰上了這種說不清的事，他只好把滿腔的話語嚥下去，埋到深深的心底，但卻安排了一切，直至今天的這一幕。

小虎走了，白雲追健步如飛，帶走了一切，也帶去了馬三的良好祝願，直到馬蹄聲聽不見了，馬三才微微地歎了一口氣，慢慢地從腰間拔出刀，狠狠地在自己脖子上一抹，然後緩緩地倒了下去……

第十一章 名馬妖姬

伊帕爾罕

鎖陽如男子的性器官，無花無葉，一叢叢翹然挺立在圍牆外山坡上，那暗紅色的圓柱形長莖映著晚霞，發出一縷縷青光。

西北黃土高原到處可見到這類植物。據醫家說，它屬於肉蓯蓉一類的壯陽藥，可治男子的陽痿症。

相傳，唐初大將薛仁貴征西域，被哈密國元帥蘇寶同圍困鎖陽城——即今安西州，其地因盛產鎖陽，故名鎖陽城，唐軍斷糧，只好以鎖陽充饑，直到程咬金搬來「二路元帥」。

每望著這些叢生的、能引人遐想的植物，阿芙心中便激起一陣陣騷動，湧上一種莫名的焦躁和不安。——她是在第二次被捕、押赴哈密途經庫爾勒時，聽到全家人被處死的消息的，據說，全疆光復後，被解救出來的原出身八旗的官吏及死難者的親屬對她那位在阿古柏時代被稱為「伊米爾·胡大老爺」的父親被赦免很不滿，經過同屬八旗的金順交涉，劉錦棠下令將她父親何步雲捆送金順行轅，那一幫旗人為祭奠前喀什噶爾參贊大臣奎英，竟用她父親的心肝做犧牲。

她聽了這消息無動於衷。在這個世界裡，誰個勝利了都可為所欲為，像強迫她做小老婆一樣，虐待或殺害投誠者又算什麼？

她原以為接下來，父親的命運會輪到女兒身上，萬萬沒料到，她，這個已被眾人視為邪惡的女煞星——艾孜拉伊里的人卻被意外地赦免了。

從一開始她就頗受優待，她心中清楚——就這麼一副好皮囊，誰見了誰都喜歡。她第一次逃出喀什噶爾，那些安集延兵及回民軍都唾棄她，可官軍卻把她看成難得的尤物，當她隨著敗兵逃到邊界時，背後響起了官軍的槍聲，她的同伴們一個個倒下了，她的馬受驚，一下將她顛了下來，隨即就落入了緊緊追來的官軍之手。

眾官軍一眼望見她那沒有披面紗的、豐腴而白皙的臉龐以及苗條的、撼人心弦的腰肢，驚得目瞪口呆，只怔了一會，像突然醒悟，一齊衝了上來，都要將這西域美女佔為己有。為了她，蜀軍的一哨人幾乎又展開了一場白刃戰，且已倒下了幾名士兵，就在這時，記名提督、大胖子余虎恩手執劉錦棠的大令，帶一隊精悍的執法隊趕來，余虎恩見了她如遇神仙，大喜過望之餘，馬上將她帶到了自己的大營。

這算是不幸中的萬幸。因為這一班久歷沙場、很少沾過女人的士兵在最後爭執不下時，很可能要輪流在她身上取樂，她雖逃過了輪營之厄，卻也被余虎恩折騰了大半晚。

後來，她又趁空子逃走了。她不是不甘心做余虎恩的臨時小妾，使她決心逃走的原因，是來自上邊的消息——那天，她聽人議論，說從肅州行轅來了公文，要前方將士注意搜索阿古柏的家屬，特別還提到她的名字。

這一班赳赳武夫，看她是一個纏回，以為她不懂漢話，殊不知她不僅懂漢話，且能說一口流利的京腔，於是，她明白官府不會放過她。

第二次被俘是在靠近邊界的烏什，這一回同樣沒有受到虐待。俘獲她的官軍事先偵知她的身分，一抓住她馬上明白無誤地點出她的身分，且警告她不要再生幻想。

他們比蜀軍及余虎恩要守紀律得多，只將她看管起來，非常嚴密，待遇仍是非常優厚，服侍她的全是女人。不久，她被官軍輾轉遞解，隨著大批擄獲的文件、珠寶先送庫爾勒，再轉吐魯番、哈密。

在哈密回王邁哈默特的一所大莊園裡，她被軟禁了整整十個月，那是難熬的三百天。每天豐厚的食品，殷勤的服侍，但又是客氣的、有禮貌的監視——一個老軍明確地告訴她，不准走出小院半步。

每天，她在小花園中散步，望著那一輪紅日冉冉從東方升起，又從西邊徐徐落下，直至那餘暉一絲絲一縷縷收束乾淨，她才悶悶回臥室。距此不遠便是豫軍屯田所，軍人極多，每天從兵營方向傳來手鼓聲、熱瓦甫的彈撥聲以及男女調笑聲，她明白一定是軍人們在和當地姑娘們尋歡、作樂。

「難道他們把我遺忘了？」她就在這漫長的猜測中打發日子，一天又一天，一月又一月，看不盡的晨曦和落日，聽不完的鼓樂和嬉戲……

儘管是在百無聊賴之中，她仍非常注意自己的姿容——她愛這一副為她帶來無窮快樂和坎坷的皮囊，它，就像一件藝術品，長短、比例、色澤皆恰到好處，她居室靠窗處，有一個大櫥，這是在阿古柏時代，用翻越蔥嶺運來的紅木及紅毛國的鏡子鑲嵌製作的，尋常地方尚未看見過鏡子，稱之為「魔鬼的創造物」，她就常在這「魔鬼的創造物」前流連，鏡子裡映出一個風姿綽約的、韶華正盛的、豐腴而佻達的麗人，那一頭濃密而略帶鬈曲的黑髮，那白裡透紅的皮膚，那高顴骨、濃眉毛下一雙大而略帶碧色的眼睛，都無言地向人們展示，她，是一個中亞的混血大美人。

「伊帕爾罕！」當年，她身著戎裝，隨父親出外打獵時，喀什噶爾的居民都這麼稱呼她。回語「伊帕爾」原是麝香的意思，「罕」即為女性名字常用的詞尾。真正的伊帕爾罕即歷史上有名的「香妃」——清高宗乾隆皇帝的寵妃、後晉封為容妃的一個纏回姑娘。

她本是南疆葉爾羌的領袖大和卓木圖爾都的妹妹，當時葉爾羌的頭人稱大、小和卓木，既是伊斯蘭的大學者又為封建領主，圖爾都與乾隆二十三年在南疆與朝廷對立的霍集占為同族，他協助朝廷平息了霍集占的武裝割據，立了大功；又把妹子送進皇宮，受到了高宗的無比寵愛；從而又給大和卓木家族帶來了無比的殊榮和福澤。以至在南疆，至今無人不知大名鼎鼎的「伊帕爾罕」，關於她，人們編造了許多美麗動人的故事，她成了人們心中的美神。

所以，最初大家這麼稱呼她時，她感到無比的光榮和驕傲，後來，她一系列的行為被良知提醒是無恥時，她又自覺褻瀆了這個名字。

她出生於一個世代甲冑的武人家庭。祖籍甘州，那是歷代名將輩出的地方。她祖上幾代皆為戍邊將領，到了她父親何步雲這一輩，也只念了幾年書，便應試中武舉，慢慢爬到了喀什噶爾參將的位置上。

何步雲戍邊多年，後來和一個美麗的纏回姑娘結婚，生下了她，這個酷似母親，但比母親更美麗的女兒，那時，何步雲還在吐魯番供職，戍所邊全是罌粟，生她時，戶外罌粟花正燦燦然紅白相映，故此，何步雲為女兒取名阿芙。阿芙蓉本是鴉片的別名，父親愛女兒，也酷愛鴉片。

阿芙就在父親吞雲吐霧的煙榻邊認識了世界。她有著很好的天賦，卻缺少良好的教養，在母親的堅持下，她皈依了阿拉，成了一個穆斯林；在那人人能歌善舞的環境中，她那優美的舞姿、清亮的歌喉，幾乎傾倒了喀什噶爾所有軍民。

如果不是同治初年那一場席捲全疆的回民暴動，她或許早迫於父命，嫁與了參贊大臣衙門那白淨、孱弱的幕僚文翰，那是一個什麼樣的男子啊！年紀輕輕就嗜煙膏如命，人瘦得像一隻馬猴，臉色慘白，在他身上找不到半點阿芙喜歡的男子漢氣，可是，何步雲卻因為他是伊犁將軍的內弟，想憑這條門徑在重文輕武的官場上闖出自己暢達的仕途來。

可惜一切由不得他，全由那冥冥之中的造物主。就在阿芙快要嫁做文翰的妻子時，命運之神把安集延人的英雄阿古柏送到了南疆。

此時，新疆已是到處諜警頻傳，烽火四起了。繼庫車的黃和卓首先發難之後，烏魯木齊反了妥得麟、索煥章，妥得麟自稱「清真王」；伊犁反了塔藍奇，自稱「蘇丹」；和闐反了哈比布拉，自稱「皇帝」；而喀什噶爾城則以布魯特酋長思的克和牌素巴特屯田頭人金相印為首也反了，他們一下就攻佔了喀什噶爾的漢城，其餘阿克蘇、葉爾羌統統反了，官軍僅據守哈密、惠遠、英吉沙爾及喀什噶爾滿城等幾個孤立據點。

阿芙的父親是負責戍守喀什噶爾滿城的官員，為了保住這座居住著旗人的小城，他整日待在城上，連鴉片煙具也帶走了。家中僅阿芙母女及婢女葉兒，葉兒常把在外面集市上聽來的消息告訴阿芙。

今天說：「造反的回子不要命了，他們見漢人、旗人便殺，甚至連哈密世襲罔替的鐵帽子回王也殺了。」

明天又說：「伊犁的惠寧被攻破了，只一夜功夫，那裡七萬多軍民一個沒留，全殺盡了。」

阿芙已感到事態的嚴重，忙說：「咱們這喀什噶爾總該太平吧？」

葉兒搖一搖頭，「太平什麼？漢城已破了，小小的滿城能守多久？」

葉兒是個純粹的漢人。父親是一名老兵，貧病交加死了，哥哥頂父親的名字吃一份糧，養不活一家人；母親在參贊衙門當僕婦。葉兒大了，也替人做使女。雖窮得連一個小錢也沒有，可她整日憂心忡忡的。

「聽說，聽說造反的回子每打進一處地方，見漢人、旗人就殺，見漢人、旗人的女子就要、就要——」

餘下的話，葉兒說不出口。母親見她這麼怕，忙翻出阿芙的回裝讓葉兒穿，教她一些本地人的規矩、禮節。葉兒在南疆住了這麼久，早學會了說本地話，只要穿上回裝，學會了一些禮節，就沒有人會懷疑她是漢人。

阿芙雖一陣陣心中發怵，卻不屑一顧那些。她心中有幾分自信，相信父親能守住城池，等來援兵。父親手中的兵，是南疆駐軍中最精銳的一支，有新式洋槍、洋炮，滿城雖不大，但因是旗人聚居區，建築得十分高大堅固，叛軍手中只有刀矛，是攻不下這樣牢固、且有槍炮守衛的城池的。

不久，思的克的兵來攻滿城了。那些天，整天的槍炮聲、喊殺聲不絕於耳，到夜晚，城裡城外火光沖天，參贊衙門的兵都上城頭上，最後，連馬夫、伙夫、挑夫也上了城。

思的克的隊伍不很多，全是布魯特騎兵，非常強悍，加之南疆許多土人也捲了進去，顯得聲勢十分浩大，但他們沒有大炮，沒有炸藥，攻不破堅固高大的滿城，雙方就這麼僵持著。

不久，思的克終於停止了攻城，但更壞的消息接踵而至——金相印，這個一度吃朝廷俸祿的屯田官員竟去浩罕國搬來了安集延兵。

安集延兵一到喀什噶爾，原先聚集在喀什噶爾城裡，表面上表示中立的浩罕商人立即組成了一個七千人的軍團加入到他們一起，安集延人勢力大增。

這時，首先倒楣的還不是龜縮在滿城的旗人、官兵，而是迎他們入境的布魯特酋長思的克。雙方發生衝突，頗有游牧人散漫氣習的布魯特人鬥不過訓練有素的安集延人，思的克大敗，逃進了深山。

因為他們的相互火拼、殘殺，故也停止了攻城，何步雲終於回家休息。好久沒有見到父親，阿芙發現父親消瘦多了，據父親說，此番在安集延人保護下，打著復辟旗幟回南疆的張格爾之孫布素魯克其實是一個傀儡，安集延人只是利用他的名義號召部眾，真正掌權的，是浩罕國的元帥阿古柏。

當時，阿古柏正指揮安集延的兵攻打思的克，城外喊殺之聲響徹雲天，城裡人心驚膽戰，徹夜不眠。儘管安集延人攻殺的還是昨天城裡人的敵人，但城裡的人沒一個人敢幸災樂禍，他們明白，下一個目標將輪到自己，而且，更令城裡人心驚肉跳的是，他們從城外攻城的聲音中，分明聽到了大炮的轟鳴——阿古柏也有洋炮，有洋炮何愁城池堅，一炮一個洞。

城裡人望眼欲穿的救兵遲遲未至，而壞消息卻如長著翅膀的黑烏鴉不斷飛來：與他們同樣在堅守的英吉沙爾守軍終於頂不住而投降了，領隊大臣托克托布、都司常順被殺死了，城裡的糧食只夠三天吃的……

孤城已危在旦夕。

阿芙注意到，儘管壞消息不斷傳來，父親卻十分從容，她想：父親總會拿出辦法的。

不久，安集延人開始攻喀什噶爾滿城。這回情形可不比從前，一開始便是激烈的炮戰，安集延人炮多，且比城上官軍的精良，官軍的炮一下被打啞了，於是，數十門大炮對準城裡轟，參贊衙門成了首要目標，連阿芙家中也落下了炮彈，他們母女婢僕均躲到樓下床底下，阿芙這才開始絕望起來，好在這局面只出現一天，到第二天，炮擊停止，全城一片寂靜。

阿芙和家人們以為敵人沒炮彈了，或者是得到救兵將到的消息而撤軍了，於是，一個個忐忑不安，但淨往好處想。

不料才一會兒，外面喧囂四起，馬蹄聲、口哨聲、喊叫聲大起，葉兒戰戰兢兢地爬到陽臺上一望，連聲大叫道：「不好啦，不好啦，敵人進城啦！」

阿芙不信，也爬到陽臺上一看，果然，街道上已布滿了一隊隊外兵，他們穿著火紅的軍服，背著長長的英式步槍，在站隊布防，那槍刺映著陽光，在遠處一閃一閃。

「這下全完了，父親、母親還有我統統會被殺死的！」阿芙一下嚇呆了。

不容她多想，四周馬上響起了打鬥聲、叱罵聲、哭喊聲……

一隊騎兵舞刀向參贊衙門衝來。衙門口守衛的士兵一個也不見了，不一會，衙門裡傳來女人淒厲的尖叫聲，接著，似乎就在身邊，傳來了一聲巨大的爆炸聲——事後才知，是參贊大臣奎英不願意被俘受辱，決心以一死報答皇上，他扔下煙槍，引燃了事先準備的炸藥包。

安集延人在衙門裡又殺又搶又姦，身在緊鄰，阿芙清晰地聽到裡面傳來的一片哭喊聲。

阿芙的母親此時較冷靜。她招呼家中男僕搬來一根大木頭頂住大門，又自己動手，把二門及大小房門層層頂住，然後，她來至阿芙的閨房，拿出一把鋒利的刀子對阿芙說：「不要怕，怕也無用。他們若進來，就用這自殺，絕不能受他們的侮辱！」

奇怪的是，安集延兵一直未來打門，似乎忘記了喀城這座僅次於參贊大臣衙門的府第。

傍晚，原以為一定死難的父親回來了，身邊只剩下一個兵，卻沒有武器，父親的神情雖是那麼憔悴，但很平靜，一進府門，馬上倒在煙榻上，叫母親為他燒煙。母親的手仍在抖，她一邊笨拙地、忙不迭地為父親裝煙，一邊說：「怎麼回事，這是怎麼回事？」

父親猛吸幾口煙，回過神，先打了一個哈欠，說：「怎麼回事？還不是這麼回事。」

「這不是投降了嗎？」母親已是明知故問，聲音有些顫抖。

「不投降咋辦？不投降他們同樣可以攻進來，那時，連你們母女也保不住了。」

「可這怎麼對得起皇上呀？」

「天高皇帝遠，顧不了這麼多。」

母親哭著進屋去了，阿芙忙上來為父親打煙泡。

那個奎英平日只知吸煙、打牌、玩女人，可到頭來居然捨得以死相拼；母親平日也很愛擺闊氣，愛收人家的禮物，可今日又覺對不起皇上。阿芙對他們全不以為然，隔壁的情景夠她駭怕了，她想若不是父親果斷，家中現在可不是一塌糊塗？我可不願去死哩。

安集延人幾乎把居住在滿城的男人全殺死了，女人也全擄去了，殺了五天才封刀。很多平民混在其中搶劫，城裡一片混亂，到處是砸門聲、哭喊聲、牲口哀鳴聲，有幾處還燃起了大火……

只有何參將府上出奇地平靜。

母親變得茶飯不思、哀聲歎氣起來，父親則整日在煙榻上燒煙，好像要把自己藏進這煙霧濛濛的世界中，任何人看不見。

最苦的就是葉兒。就在隔壁，她不知母親和哥哥的消息，也不敢去探問一下，因為走出何參將府半步便是死地。她只好在閣樓上整日注視著參贊衙門，安集延人洗劫了參贊衙門之後，只平靜了一天，因為參贊衙門屋宇寬敞、華麗，他們要住進官長，所以第二天便又來收拾房子，先是往外面拖死屍，才拖出三具死屍，葉兒便號啕了，因為她認出其中一具女屍便是她母親。

半年之後，阿古柏終於攻滅了南疆各城的民軍，回到喀什噶爾。他在郊外建起了規模宏大、華麗無比的王宮，做起了哲德沙爾罕國（七城之國）的畢條勒特汗（幸福之主）。

亂世梟雄

隨著阿古柏的勝利，大批浩罕人遷入南疆。他的親信、官員皆大量拆遷民居，蓋造府第。喀什噶爾又繁榮了，但已成為了安集延人的世界。

一天，門庭冷落的何參將府來了一位尊貴的客人，此人是個大鬍鬚安集延人。他服飾華麗，儀從顯赫。對他的到來，何參將慌亂之餘，極其謙恭，二人後來在客廳上暢談了很久。

客人一走，父親馬上來看女兒。他告訴阿芙，客人乃是阿古柏的寵臣，名叫穆罕默德・雲努斯。還在阿古柏在浩罕國做大臣時，雲努斯便是他的祕書，很得阿古柏的信任，眼下，他實際上是哲德沙爾罕國的宰相。

阿芙不明白父親為什麼要這麼喋喋不休地向女兒介紹一個陌生人，不料父親話題一轉，忽然說：「阿芙，你為什麼不去野外打一次獵呢？你看天氣多好。你也好久未出去過了呢。」

阿芙早就悶得快要死了。自從戰亂以來，整整鬧了一年多，自己也就一年多關在家裡，眼下已平靜了，何不出外玩玩呢？於是，她果然嚷著要父親帶她去野外打獵，不知什麼原因，父親提出此事，卻又不願出門，只讓葉兒跟她走。

於是，阿芙在第二天盤馬彎弓，帶葉兒出門。

喀什噶爾西郊，便是蔥嶺腳下，那兒丘陵起伏，巨石聳立；遠眺雪山如雲，眼前綠草如茵。

阿芙久未出門，今天來至這麼寬敞、開闊的野外，心情無比舒暢。她縱馬馳騁，揚鞭大笑，與身後愁眉深鎖、唉聲歎氣的葉兒形成鮮明的對比。

在一座小山下，她發現前面有一隻野兔在啃草，她不急於開弓，只放馬追去，兔子忽東忽西，她也左衝右突，追逐得十分愜意。

就在這時，只聽「砰」的一聲槍響，那隻野兔往前一衝，隨即趔趄著倒了下去。

阿芙一驚，抬頭一望，只見山後閃出一隊顯赫的儀從，擁一個健壯、英武的騎手——雖年近五十，可雄健不亞於青年的人，款款走來，向她們微笑。

葉兒一見，驚得一下幾乎從馬背上栽倒下來——「小，小姐，不，不好啦！」

阿芙沒注意葉兒的失態，只把注意力集中在對方這一顯然身分不凡的人身上。這一隊人衣著華麗、氣宇軒昂，頭戴著非常名貴考究的賽來，蓄一撮漂亮的微微向上翹的髭鬚，手中皆拿著獵槍，騎一色棗紅大馬，中間這人尤其顯得特殊，除衣著比一般人更顯得華貴外，手指上戴了好幾隻鑲鑽、鑲寶的戒指，連坐騎的鞍韉、籠頭都出奇地講究，在阿芙的印象中，只有出巡的伊犁將軍最排場、最闊氣，但也沒有這樣的場面。

來人落落大方，催馬上前，先向阿芙點頭施禮道：「姑娘，你好。」

阿芙也下意識地點點頭，回說：「您好。」

隨從們要上來，為首這人一手擋住，又自我介紹說：「我叫穆罕默德·阿古柏。」

啊，阿芙吃了一驚。來人就是阿古柏，儘管她已猜到了。

這些日子，隨著南疆各城被阿古柏次第消滅，畢條勒特汗武功日顯，喀什噶爾的安集延人都情不自禁地交相稱譽，把這個矮小壯實的阿古柏渲染成了一個照耀南疆的太陽。阿芙能不熟悉這個名字及他的事蹟？

安集延只是浩罕汗國的一部。浩罕又稱霍罕，在新疆西部納林河以北的地方，一度為中國藩屬，漢時稱大宛，以產葡萄、石榴及汗血千里馬著稱，其地整年燥熱，人民易患熱病，離不開中國的大黃和茶葉，常有大批商人往來新疆互市，人民大多是伊斯蘭教信徒。

穆罕默德．阿古柏即是浩罕汗國的一名軍官。生於一八二〇年，故鄉叫匹斯坎特鎮，父親普爾．穆罕默德．米爾札原是當地政府一名低級小吏，阿古柏發跡後，曾讓一些學者為他編寫了一部家譜，以自己為成吉思汗的子孫向人們顯示，這當然是鬼話——他兄弟姊妹有好幾個，其中值得一提的是他妹妹，他把她嫁給了塔什干總督納爾．穆罕默德．汗。阿古柏賴這個妹夫幫助，後來青雲直上，從國王呼達雅爾的一名低級侍從，一變而為伍百夫長——胖色提巴什。

一八四七年，阿古柏終於爬上了高位，國王呼達雅爾封他為「和碩伯克」，這是個有相當地位的大臣，管理錫爾河邊阿克摩斯傑德地方。

這期間，他和一個乞卜察克女子結了婚，生了兩個兒子，即後來在南疆爭位、仇殺的伯克胡里和海古拉。

這以後，俄國人開始對浩罕入侵，浩罕國內又因派別之爭，內亂不息，阿古柏積極參與了這些內鬥，且時有沉浮。一八六四年，經過幾次大的政變，阿古柏被任命為浩罕都城塔什干的負責城防的最高長官，這時，俄國人繼續入侵。

這年夏天，當俄國的切爾尼亞耶夫將軍的軍隊出現在首都郊外時，阿古柏輕率迎敵，結果是一場大敗，只好龜縮在塔什干城不出來。

一八六五年，塔什干城終於被俄國的羅曼諾夫斯基指揮的、強大的哥薩克軍團所佔領，阿古柏隨新君阿里姆．庫里——他是篡呼達雅爾汗自立的國王——逃到了安集延。

浩罕分四部，如今僅剩下一個安集延。俄國人若繼續南下，他們便無容身之地了，正當阿古柏君臣惶惶不可終日之際，一個令人欣喜欲狂的消息從中國的喀什噶爾越過蔥嶺，傳到了安集延。

「蔥嶺以東蒙古斯坦地方的穆斯林起義了，他們趕走了可汗秦的人，振興了伊教！」安集延人爭相轉告這事。

「可汗秦」或「秦可汗」是中亞人對中國皇帝的稱呼。在中亞，俄羅斯的東正教勢力正揮戈南下，壓迫那裡的穆斯林，不料新疆的穆斯林又在東方戰勝了佛教徒——和台。

這真是個紛繁莫測的世界！

不久，果然有金相印來朝見阿里姆．庫里，正式向國王提出要求，要迎一個大和卓木張格爾的子孫去南疆，作為他們的大汗，去號召南疆穆斯林。

阿里姆．庫里聽到了這個消息，真是喜不自禁。他想：若在蔥嶺以東另一個地方建立起一個伊斯蘭國家，即可為自己的部族找一個理想的棲身之地；另外，身邊有一個野心勃勃的阿古柏，終日如芒刺在背，不得安生，不如藉此機會，把他遣開。

於是，機會向阿古柏敞開了大門，他被任命為總督，帶了一隊人馬，以護送布素魯克——蠢笨無能的張格爾之孫為名，渡過納林河，來到了南疆。

烏合之眾，一事無成；兩百名勇士，強過十萬大軍。

正如這諺語說的，阿古柏一到南疆，便如魚兒到了水裡，馬兒進了草灘。南疆的安集延商團為他提供了大量的人力和財物，他的人馬由原來的三百名衛隊一下就增加到七千餘人。

他們穿著從印度或阿富汗運過來的英式大紅軍裝，佩上英國安姆斯特朗式長槍，憑著他在俄國人手下屢戰屢敗而漸漸學會的歐洲現代戰術，憑著全新的武器裝備，他在南疆左右逢源，如入無人之境。

阿古柏擊敗思的克和他的布魯特人後，迅速招降了何步雲，攻進了喀什噶爾滿城，殺掉了敢於反抗的八旗兵，又揮兵四出，陸續攻滅了葉爾羌、英吉沙爾、莎車、阿克蘇、庫車等地的民軍，南疆大部分地方落入阿古柏之手。

阿古柏終於統一了南部新疆，登上了「哲德沙爾罕國」的「畢條勒特汗」的寶座。儘管南疆的人民對他側目而視，但喀什噶爾的安集延人卻對他奉若神明，他們天天讚頌阿古柏，願他健康長壽，願他的光芒，永照南疆。

今天，阿芙終於見到了這個傳奇式的人物。

孽緣

「啊，早就聽說喀什噶爾有一位麝香姑娘，她美麗如天仙。今天看來，不但美麗出眾，且也有超凡出眾的風姿，不同流俗的舉止，真令人欽佩，令人羡慕啊。」

阿古柏不待阿芙反應過來，馬上拋過來一大串恭維話。安集延人的習俗頗輕視婦人，伊斯蘭教規也嚴禁婦女拋頭露面在外行走。阿古柏入主南疆，又一次嚴申教規，但今天他一反常態，把阿芙的行為說成是不同流俗。

「真是漢家姑娘，舉止大方。」眾侍從也一齊圍上來誇獎。

處此形勢之下，使女葉兒已慌得不行，躲在馬後，嗦嗦發抖。阿芙卻果然不凡，她微微挺胸，極有禮貌地說：「謝謝陛下的誇獎，不過，我母親也是個回鶻人，我也是個穆斯林。」

一聽對方也是穆斯林，阿古柏故作狂喜，竟然邀阿芙一同去打獵。阿芙先是猶豫了一下，但一見阿古柏那般切的表情，馬上答應了。

阿古柏與阿芙並轡馳驅，他說弓箭早已過時了，願送美麗的小姐一支名貴的獵槍。阿古柏話一出口，後面馬上就有侍從把槍遞過來。阿芙不會使，阿古柏拍馬上前，比試與她看，又捉住她白嫩的手，教她如何瞄準擊發。

這一天，阿芙玩得非常痛快。她與阿古柏像一對情侶，在草地上馳驅追逐，舉槍擊天上飛鳥，地上走兔。傍晚時，侍從們架起了帳篷，燒起了篝火，他們圍著火堆燒烤獵物，開始野餐。

阿古柏拉阿芙坐在他身邊，阿芙無法拒絕，反像是得到保護。火光映著阿芙紅嘟嘟的臉，像露水珠襯映著朝陽，引得貪婪的安集延人皆向她仰望。阿古柏著迷了……

早在浩罕供職時，阿古柏就風聞南疆「伊帕爾罕」的豔名，這既具有突厥人種膚色又有中原漢家姑娘氣質的美人的名字，由浩罕商人帶到了浩罕國都城塔什干，傳入這個矮小壯實、好色無度的和碩大臣耳中，曾一度使他躁動，寢食難安，所以，當他一步跨進喀什噶爾城的城門時，第一件事就恨不得把這個美人弄到手，但那時條件不允許——整個南疆都對他的出現咬牙切齒、磨刀霍霍，他得集中精力對付這些威脅到他生命的人，現在，一切反抗都被凶猛的安集延軍團給蕩平了，他完全可以為所欲為了。

終於，他打聽到了，這個聞名新疆的「伊帕爾罕」竟是喀什噶爾和台降將的千金，如今正生活在自己的卵翼之下。這正如浩罕的一句諺語所說的：「真主一旦把運氣賜予誰，誰就能在各方面取得無比尋常的順利。」

於是，他找來親信老臣穆罕默德．雲努斯，把自己的願望講了出來。儘管此時阿古柏已有四個老婆，但這並不違反伊斯蘭的教規。

正為投降後個人生命財產擔心的何參將聽了前來拜訪的雲努斯的話，認為這真是喜從天降，馬上答應先設法讓阿古柏見一見女兒的面，再進一步向女兒表明態度。於是穆罕默德．雲努斯與何步雲安排出了「打獵巧遇」這一齣戲。

望著身邊羔羊一般溫順的美人，阿古柏豪情勃發，他大喊道：「嗨，小夥子們，你們怎麼不跳個舞呢？」

這一聲喊便是命令，於是，各種器樂演奏起來了，火光下，人影幢幢，連使女葉兒也被人拉走了，阿古柏乃舉手邀阿芙，阿芙欣然應邀，與阿古柏捉對成雙地跳起舞來。

這一切真是太順利了。

「真主既然把如同燦爛明珠的七城賜予了一個乞丐，那麼，當然不會吝嗇一個美女。」阿古柏好像從這句諺語中得到了啟示，還猶豫什麼呢？不待一曲終止，他突然伸出有力的雙臂，一下把婀娜無比的小美人摟進懷中，飛快地鑽進了帳篷。

如果說，何步雲屈服於安集延人的權勢，後來又被金光燦燦的伊提達特、銀天罡迷住了眼睛，那麼，阿芙卻是被阿古柏出奇的經歷和超凡的戰功所傾倒——她心中的男人，不是文翰那樣毫無丈夫氣的書生，而正是阿古柏這種粗獷豪邁的漢子，她認為，如要嫁給一個死洋辣氣的鴉片鬼，還不如去和一匹種馬結婚，她喜歡英雄、戰馬、軍刀，夢想騎在男人的馬後去馳騁、劫掠和攻殺，阿古柏正是她夢寐以求的男子。

雙方有意，其事速成。當下，在華麗的帳篷內，她心甘情願地做了阿古柏的第五個老婆。

這倒使何步雲反而尷尬起來。因為這無論於中國傳統的禮教還是伊斯蘭教義都相違背，他做夢也沒料到，這個眼界很高、桀驁不馴的女兒竟會自願愛上年歲比父親還略大的安集延人，他原以為要做成這門親事，自己會要使出渾身解數來制服女兒的。後來，在何步雲的堅持下，阿古柏和她才按穆斯林的規矩，去喀什噶爾最大的清真寺——艾提尕爾清真寺請阿訇念經，算是得到了承認。

因為與阿古柏結親，冷落一時的何參將府重新熱鬧起來，甚至大大超過往日。安集延新貴們對這個和台降將刮目相看，並尊稱他為「伊米爾．胡大老爺」。何步雲又重新邁開了他的八字步，但不能打官腔，而只能說幾句簡單的、蹩腳的安集延話。只有他的夫人，也就是那個本地女子，她反而再也振作不起來。

從此，喀什噶爾的居民爭相把鄙視的目光投向何步雲，不但恨他降敵做賊，也恨他毀滅了人們心目中的美神「伊帕爾罕」。

只有後來，人們才漸漸明瞭真相。特別是自阿芙嫁到王宮後不久，阿古柏那「畢條勒特汗」王宮便圍繞她而爆出了種種宮闈醜聞，最後，終於導致了阿古柏的神祕之死，人們才開始詛咒她。

現在，一切都已成為歷史。她無論是作為美麗的「伊帕爾罕」或醜惡的「艾孜拉伊里」，留在人們心中的印象皆隨著「哲德沙爾罕國」的消失而消失——阿古柏死後，兩個兒子角逐父王的名號和遺產，也角逐這名揚西域的後母，她在再無選擇的情況下，最終跟了阿古柏的長子伯克胡里。

隨著官軍神速地向南疆推進，那身軀高大、碧眼金髮但狡詐狠毒的王子伯克胡里也遠遁俄疆，她孤身一人，兩度被捕，飽受多人的蹂躪，最後被困鎖在高院深深的回王府中。這一關就是十個月，目力所能及的異性，是那種只知在主人面前目不斜視、戰戰兢兢、僵屍一般的男僕。她，就在這種舒適的囚禁中，憋得快要發狂了，幸虧不久之後，威名足使整個穆斯林世界震動不已的總督左宗棠召見了她。

立雙臺於左右兮

已是望七之年的左宗棠，不知自己何來如許青春活力——仍能盡情地領略那色傾蠻荒的妖姬「伊帕爾罕」帶給他的無窮樂趣，他高興地發現，在常人眼中已是垂暮之年的自己，在女人身上其實雄風不減當年，亦如身任繁劇時，能表現出的那種縱橫決蕩的豪邁之氣。

——那天，當他步入行轅後面，那古木參天的道署花園時，已移住後花園中的阿逆之妃、何氏阿芙出來迎接了他。這是一次醞釀已久的、經過精心策劃的、也是鮮為外人知聞的相見，僅是這一剎那間，他那多年來於軍務倥傯之際一直隱藏於胸中的朦朧意念，一下成為了現實。

眼前的西域婦人，雖著漢裝講漢語，但無論遠觀或近賞，都是一個完全有別於中原女子的「西域蠻婆」。她也已接受到了事先的暗示，為接待、取悅能決定今後命運的總督做了充分的準備，先在個人的裝束上便下了一番功夫——她把那一頭濃密的長髮綰起，挽起一個小髻，穿一件袖口寬大的紅綾小襖，繫一條長長的、五彩粉蝶筒裙，雖裙邊曳地，也無法遮掩那一雙未加束縛的、玉筍一般的天足。左宗棠剛一出現，她馬上迎上來，露出一排白玉一般的牙齒，衝他一笑，然後斂衽行漢禮，接下來，身子輕巧地一轉，預備由自己領路，把左宗棠帶到自己的房中。

這情形，好像是已預約了的。

其實，她這一系列的動作及這一身裝束，嚴格說來，以一個犯婦見官府是很出格的，何況是見欽差、總督這種身分的人。但是，她那婀娜的身姿、美麗的容顏使人震撼；而更重要的是那過份的自信，使人不忍拒絕。天高皇帝遠，王法不外乎人情。於是，一向嚴於禮節的左宗棠也忘記了自己高貴的身分，竟向她投以頻頻微笑。

他那一班侍從，個個是知情曉意的小靈雀兒。今天，他們臉上平日那種驕傲與矜持已一掃而光，倒像是一班鬧新房的狎客，滿臉堆笑，直把個飄飄然然、似乎一下年輕了的爵相大人擁進了大門。

左宗棠一邊緩緩地舉步，一邊暗自驚詫——這女子似曾相識，可在哪裡見過呢？恍兮惚兮，百思不解，恐怕只能是心中圖畫，靈犀暗合罷。

他示意眾人留在二門外，只讓袁升跟隨他進了內院，穿過一條小小的甬道，來至內院廊前，門邊有一雙垂髫侍女為他們掀起了門簾。

這裡是一進三間布置得很雅致的房子，中間是正廳，兩邊是書房、臥室，廳堂裡設有木匠、茶几，一如爵相大人居室的款式，所不同的是壁間掛了新疆回女常戴的花帽、手串、腳鈴及常玩的手鼓、七弦琴之類的樂器。

左宗棠進屋，自然升匹坐了首位。她也真算見過世面，一點也無拘泥、羞澀之態，見左宗棠落座，馬上上前去，代他把鞋脫了，那股勤真有些大膽。隨著她近前攏身，一股異香果然迎面拂來，左宗棠呼吸之餘，自然就想到了高宗純皇帝與香妃的種種傳聞，想到了自詡「十全武功」的老人的另一個側面，由歷史而現實，不禁真有些意亂神迷起來。

一邊的阿芙安置好左宗棠後，順手扯一個錦墩置於左宗棠左手邊，讓左宗棠手肘支著，自己則緊挨著左宗棠右邊坐下。這時，那兩個侍女端上了瓜果，她又起身把果品往左宗棠前面讓，並伸手抓了大把的葡萄乾和沙棗給侍立匹下的袁升，弄得袁升拒也不好，接也不好，她卻仍吱吱憨笑著，像是應付裕如的家庭主婦，硬捺在袁升懷中。

這一切似乎很放肆，但表現在一個風流妙曼的麗人身上，卻顯得份外天真和自然，左宗棠寬解地點了點頭，並示意袁升接過她的「賞賜」。

「我昨天算了一卦，知道今天有大貴人降臨，而一旦大貴人到來，便是小女子的大喜之日了。」她顯得非常自信地說。

「你還要像以前一樣，隨便地撒野嗎？」左宗棠覺得她天真得近乎可笑，乃刺了她一下。

她一愣，馬上無所謂地說：「什麼叫撒野？我們有一句俗話：伯克的鳥籠華貴無比，黃鶯兒仍愛回樹林裡。」

「可是，何步雲及其妻孥皆已被明正典刑，哪裡是你的樹林？」左宗棠微微往左傾著身子，戲詭地問。

她的身子微微一抖，面上露出狡詐的笑，試探地說：「那，您何不一道成全小女子呢？」

左宗棠明白她是試探，於是坦然地笑道：「成全你？哈哈，我當然會成全你呀。」

她一下跳起來，睜著一雙大而有色的眼睛，不解地打量面前這老頭兒，放肆地從頭上望到腳底，就像看一頭怪物。

左宗棠笑起來，似乎顯示自己對化外人的寬仁，且迎著她的目光，忘情地在她周身注視……

當初，劉錦棠對南八城即將發動總攻時，左宗棠已數次致函前線將帥，注意首逆及其家屬動向，盡量生擒活捉，以了解叛賊及安夷入犯新疆的來龍去脈。待劉錦棠把攻克喀什噶爾及擒獲阿古柏家屬和金相印等人的情況呈報到肅州行轅時，左宗棠閱後，提起蘸滿朱墨的筆，在犯人名單上從頭至尾，順勢一口氣地勾下去，令劉錦棠在審問結束後一齊押赴喀什噶爾市曹公開斬決，不料鬼使神差，朱筆勾到她何氏阿芙——偽王妃名下時，墨汁乾涸了，他一邊蘸墨一邊細看，一時不覺沉吟不決起來……

他已多次從諜報中看到她的名字，也多次聽人在介紹阿古柏在新疆的所作所為時提到了她。不論什麼人，一提起這迷人的「伊帕爾罕」，便自覺詞句貧乏、口才笨拙起來，只好拼命揀最好聽的或最好看的東西來形容她的聲音或比擬她的容貌。當然，幾乎有半數人說她壞，說她無異於一個惡鬼，只要出現在哪裡，哪裡便不得安寧，但是，就是這樣，她也仍是一個美麗的妖精。

當時，左宗棠未免怦然心動——他不信種種無稽的鬼話，但他相信一點，這女人確實不凡，若是本身沒有一股迷人的魅力，如何能引動這麼多人讚頌、又引動這麼多人誹謗？自己一生，也算閱人多多，天生尤物，過眼雲煙，秦樓楚館，越女吳娃，如過江之鯽，旋合旋散，留不下什麼印象，如今應該多想想了，人生如朝露，春光有幾何，一旦到了那麼一天，仔肩輕卸，為了娛老，身邊豈可少一「開心果兒」，「解語花兒」？

「立雙臺於左右兮，有玉龍與金鳳；攬二喬於東南兮，樂朝夕之與共。」為什麼要把這詞句及其故事看作小說家言而斥為荒誕呢？心雄萬夫的曹操晚年未見得不動這種風流念頭呢。

有此一想，他於何氏名下停勾，並於旁批一行小字道：「聞此婦久侍阿逆，熟知賊情，今白逆偕伯克胡里遠遁俄疆，圖借外人之力而捲土重來，此犯婦或能知其預謀，姑緩其一死，待訊出實情，以資對策」云云。批完後還怕劉錦棠未能領會自己的意思，做出錯誤安排，又將自己不便形成文字的真情，隱隱約約，暗示於袁升，由袁升親自出關，轉告劉錦棠。

善解人意的劉錦棠，聽了風塵僕僕趕來的袁升的轉告後，面帶笑容，欣然應允。

曾國藩於文宗顯皇帝駕崩的國喪期間納妾，頗招清議，勝保將長毛英王陳玉成之妻載諸後營強逼作妾，引得京城一班御史大動彈章，為使一直提攜自己的恩師徵美一事免遭物議，劉錦棠很動了一番心思——先是在喀什噶爾市曹公開斬決了一名女犯。因是女人，此番沒有遊街，也沒有暴屍示眾。及至罪狀貼出來，人們才知已決犯婦為阿逆寵妃何氏阿芙，乃至喀城轟動，待騷動的人們欲去最後一睹芳容時，女屍早由劉錦棠的總統親軍收裹，不知掩埋在何處了。

有誰知道，何氏的正身被祕密送往哈密？

正思千方百計巴結實權在握的楚軍統帥左宗棠的哈密回王邁哈默特事先已接到通知，馬上祕密安置了她。半年之後，當人們早已淡忘了美麗的「伊帕爾罕」及其故事時，阿芙被回王之母收為乾女兒。

此時，正逢左宗棠的六十七歲華誕，邁哈默特王爺為獻壽，除準備了千金厚禮外，另外致送「鼓吹一部」，即能歌善舞且精於回部樂曲演奏的十名回女，「伊帕爾罕」即在其中。早已會意的左宗棠，對回王堆金砌銀的厚禮一一璧謝，但很欣賞賢王「雅量高致」，自然對回部「樂女」的饋贈「敬謝不敏」。

胡旋

「此女漢話流利，又善回部音樂，據說在南疆時，她有次當眾跳舞，竟把阿古柏帳下軍官全迷住了，其中有幾個人竟讓狗爬到桌上，把乳酪全舔光了呢。」

想到袁升當時曾這麼介紹她，左宗棠故意指著壁上的手鼓道：「這玩意兒，你會嗎？」

她一聽，那一雙大眼睛裡忽然放出一叢喜悅的光輝，長睫毛一閃一閃，嬌滴滴地問：「您愛聽音樂？」

「嗯啦。」

她又露出明眸皓齒的一笑。

其實，還在哈密回王府的最後日子裡，她便得知總督曲意保全、自己行將被召見的消息。對於男人們的種種伎倆，她是一點就通。認定這是挽救自己的唯一良方。

回王所搜羅的舞伎，一個個色藝無雙，她處於她們之中仍顯得雞群鶴立。她和她們排練了好幾套西域樂舞，今天終於遇到了獻藝良機。

她輕盈地向左宗棠襝衽行禮後，飄然離去。

左宗棠知她去化妝，只有耐煩等待。他一邊慢慢品嘗這甜甜的葡萄乾，一邊與袁升低聲閒扯。

外面傳來一片嬌滴滴的笑語聲和樂器的碰撞聲，不一會，只見那門簾一掀，一隊身材窈窕、著袒胸露臂服裝的妙齡女子款款地魚貫而入，來至廳中，站一橫排，手中各執一件樂器，向左宗棠跪拜請安。

左宗棠一時眼花撩亂，忙下令讓她們起來演唱。

眾人簇擁著美麗得如女妖的「伊帕爾罕」，就像星星拱衛著月亮，又像群芳襯映著牡丹，唯她最圓最亮，也唯她最豔最香，左宗棠終於把她從美人堆中認了出來，於是連連向她點頭。

不待左宗棠吩咐，她手中手鼓一響，眾人如聞號令，立即散坐在左宗棠匹下的地毯上。樂器奏響了，舞蹈也開始了，先用短簫，配以清唱，繼為「伊帕爾罕」的獨舞。

阿芙自思：幼年失足，依恃匪人，父母駢誅，名列逆案。自身自南疆轉徙數千里，圈禁至今，所為的，純是以一曲贖死而已。今天，能主宰自己命運的總督就在眼前，孰凶孰吉，何去何從，能不用心？至此，她蛾眉轉盼，翠袖低垂；凝眸一歌，雲停塵下。

左宗棠近在咫尺，霎時之間如聞玉磬，如聆貫珠；湘妃瑟水上漂來；秦女簫空谷而至；陰山斷雁，晨曦孤飛；巫峽哀猿，寒夜呼喚……

一曲未終，左宗棠已是醉了。

「好！好！」袁升一聲彩，把正做著遊仙之夢的主人喚回到三千色界中來，使他記起了自己的身分，此行的目的。而這一聲彩，卻也激發了樂人、舞女的興致，她們低昂吹奏，頓挫抑揚，而她則如吃了迷藥，舞得「千匝萬周無已時」。

左宗棠此時已忘形，竟手之舞之，搖頭晃腦，一口氣將李太白的《上雲樂》給哼了出來……

「三爹，這婆娘跳的什麼名堂呀？」袁升呆呆地問。

「好看嗎？」

「好看，比儺戲好看得多。」

「胡旋，這就是唐人所說的胡旋。」

左宗棠在人間天堂的蘇杭，領略盡了秦樓楚館、越女吳娃的妙舞輕歌，看慣了纖腰長袖、豐容盛鬋的粉頭，覺得她們妙曼有餘，柔健不足，而這蠻婆之舞卻是那麼酣暢淋漓，使人耳目一新，他想起了文人墨客常用的「銷魂」二字，此時此刻，他是及身沉醉在這似魔似幻、如醉如癡的境界中了。

不知什麼時候，鼓樂聲停止了，可左宗棠仍目迷五色，耳響五音。

眾人一齊至左宗棠面前拜謝。

「伊帕爾罕」那香汗淋漓、微微嬌喘的模樣實在叫人憐愛。此時此刻，一向以鐵腕冰容而著稱的總督，早把那一根根殺人的腸子全化作了條條柔絲，他揮手讓眾人退下待賞，卻一把將這「飛天魔女」攬到懷中，連聲說：「好極了，好極了，難怪人家叫你『魔鬼』呢。原來是專攝人魂靈的魔鬼。」

說著，他親手取一粒葡萄乾，掐去那小小的蒂梗，放入她的口中。他直望著她張口接過，又回眸一笑，頓覺意氣發舒，無比愜意。心想，自己半世功名，出將入相，唯一的缺陷也填補了。「立雙臺於左右兮，有玉龍與金鳳；攬二喬於東南兮，樂朝夕之與共。」他覺得，自己儼然是銅雀臺上的曹孟德了，這個「伊帕爾罕」是名實相符的魔女，年雖過花信之期，卻正是青春成熟進入巔峰的黃金時刻，她那不須調教不加修飾的氣質，特具魅力，一開始便如磁石吸鐵一樣，牢牢地吸住了他。

當晚，他便歇宿在此。

雄雞三唱，軍柝五聲。當和煦的陽光照進深深院落、灑在阿芙所居的窗臺上時，她一下驚醒了。望一眼身邊雞皮鶴髮的老人，不由長長地歎了一口氣。

昨天，當她第一眼望見這雄健的老人邁進大門時，便有了這種預感，其實，何須以一曲哀歌贖死？在男人世界，誰捨得對這麼一副好皮囊下狠心？

他也醒了，咳嗽一聲之後，窗外傳來侍衛的走動聲，他伸手又把她攬在懷中，輕輕地撫摩，問：「昨晚可安逸？」

她低眉淺笑，悄聲說：「您真能。」

他馬上開懷大笑，笑畢也低聲說：「你呀，妍皮裹癡骨，豈不知薑桂之性，老而彌香？」

她沒聽懂這句話。一邊自己披衣，一邊為他料理。她很想趁此機會問一問自己的前途，但又覺多餘。這時，他微笑著，睥睨著她，忽發感歎地道：「小小年紀，真好福氣。」

這語氣，又恢復了開始時那矜持與傲慢。她愕然一驚，把已到嘴邊的話給嚥下去了，但是，同一個可做祖父的男人上床，怎麼還叫做「好福氣」？

「你侍候的，是總綰西北兵符、得專征伐的侯爺，是只比皇上差一肩的宰相，這是何等的榮耀啊。」

阿芙微微一抖，心想，自己固然是「妍皮裹癡骨」，可這宰相又何其不通啊，榮耀豈能就是福氣？

這以後，她被留在總督行轅，陪伴她的就是那九名女樂。左宗棠常召她去，常讓她和眾女樂著回服唱回歌跳回舞，除了床笫之間，他和她行夫婦之事，平日他們仍是總督與犯人，或者是父親與女兒。他對她有時嚴厲有時慈祥，只能這樣，不能那樣。她發現，自己應付阿古柏及他宮中其他男人的種種手段，在這裡皆施展不開，她連原來有的那一點自由也喪失了，總督出屯哈密，她被載諸後營；總督東歸，她又跟著踏上東歸之路。

行行重行行，眼睜睜望著生養之地更行更遠。只有這時她才發現，自己對南疆故地依戀之深，她離不開故鄉，離不開雪山、草原和戈壁，她是永遠屬於南疆喀什噶爾大草原的人。好容易又回到了酒泉，那天，她被左宗棠召去，只因刺客的出現，這矮小的老頭興味寡然，手一揮，她只好回到了自己的居室。

她發現這老頭性情古怪，喜怒無常。她想，這半輩子難道就除了殺頭與陪伴這行將就木的老頭入土這兩條路可走嗎？

今天一早，有人來傳達命令，肅州仍有幾天的延宕，她為旅途的奔波而深感勞累，但又厭棄這高牆內的圈禁，整整一天，就只對著窗外山坡上那一叢叢的鎖陽深鎖愁眉。

就在這時，她突然聽到一聲熟悉的口哨聲，開始，她以為是幻覺，但接著又傳來一聲，且第二聲似乎就在圍牆外。

她好一陣心慌眼跳，不覺憑欄遠望——夕陽照耀下的黃土崗上，出現了一匹大白馬，正向她這方向引頸長鳴，那悠悠的、略帶幾分悲涼的嘶鳴聲，不禁令阿芙驚心動魄。

「天山神駒」！

第十二章 天山神駒

東干達吾德華

阿芙凝神觀望，待證實了那神祕的口哨聲和「天山神駒」不似幻覺之後，激動得幾乎昏暈過去——她第一次認識余小虎，便因這匹龍駒之故。

阿古柏用了三年的時間，完成了對天山南北的統一，這期間，他的事業達到了光輝的頂點，他不但獲得了大英帝國女皇、大俄羅斯帝國沙皇對他的「哲德沙爾汗國」的承認與支持，更重要的是他那「畢條勒特汗」名號得到了土耳其的宗教領袖及國家元首哈里發的承認，並得到他賜予的皇冠與龍袍。

就在阿古柏生活在蜜桶中，高興得忘乎形跡時，令人心悸的警報卻像瘟疫一樣不斷地從東方傳來。

先是陝甘的「大、小虎」率近三萬名英勇善戰的東干人從肅州一路劫掠而來，迅速進駐吐魯番、烏魯木齊一線；緊跟在他們後面的，是原來新疆的統治者——可汗秦的近十萬大軍，他們躡蹤追擊，前鋒一萬餘人已進屯哈密。

阿古柏眼冒金星，彷彿看見自己的宮殿在搖晃。幾經躊躇，才急匆匆地帶著他的精銳部隊、他的兩個兒子以及他最寵愛的「伊帕爾罕」再一次東來，準備應付來自東方、來自關內的劇變。在達阪城下，他終於會晤了聞名已久的陝甘大、小虎。

一邊是經過長途跋涉、被饑餓與疲勞折磨得形銷骨立、疲癃殘疾的遠征軍；一邊卻是養精蓄銳多年、糧餉充足且得到英、俄軍事裝備，因有一段值得誇耀的戰史而趾高氣揚的征服者。達阪城下，局勢嚴峻。似乎連空氣也開始瀰漫起火藥味來。

「嗨咦，可憐的東干達德華（回族小夥子），他們快要死了。」這天，派去與大、小虎聯絡的人回來了，他向阿古柏報告所見到的情況，說：「看他們那個模樣，還不及陛下的隨軍乞丐呢。」

阿古柏的身邊，確有一支由安集延人的老弱病殘者組成的乞丐隊伍。這些人從俄羅斯人統治下逃出來，隨阿古柏軍隊乞討，因為曾得到宗教法庭的赦免，任何人不得隨意驅趕他們。

阿古柏不相信曾在關內稱雄一時，使強大的可汗秦反覆折騰了近十年的大、小虎還不如乞丐。乃約大、小虎在第二天來會見。不料初見之時，竟以為使者的評價一點也沒誇張——他們果然一個個枯瘦如柴，精力虛耗，好像只要任什麼人隨手輕輕一推，就會倒地不起；服裝也斑駁襤褸，甚至不能蔽體；手中的武器也破舊不堪；戰馬也不多，且跟主人一樣羸瘦。

望著這麼一支軍隊，陰狠嗜殺的畢條勒特汗得意地笑了——久已未動殺伐，戰士們也荒疏了，應該拿這些人試刀。

就在他心中暗暗地盤算時，白彥虎在眾人的簇擁下走來了。眼前的大虎不是一個凡夫。他那高大的身軀，那一雙深邃不可測的眼睛，那雖瘦骨嶙嶙卻透露著堅韌不拔氣質的面龐，給人的印象有如雄獅般的力量和獵狗般的機敏。只望了一眼，阿古柏開始的想法便動搖了。他，不似妥得麟，那得意時狂妄自大不顧一切、失敗後卻似無賴的「清真王」；也不是多疑猜忌其實卻色厲內荏的和闐哈吉，這分明是一個有抱負、有遠見、勇敢堅定、不達目的將會頑強奮鬥死而不休的英雄；是一隻名實相符、能忍饑耐渴潛伏爪牙伺機而攫的「猛虎」，阿古柏甚至一時之間忽發奇想：若是哪一天世界上只剩下了他和我，我們之間必有一拼，說不定我還要敗在他腳下，現在，他作為一個失敗了的英雄來投奔我了，怎麼處置這些人呢？

不久前，阿古柏收到哈密回王轉來的可汗秦的總督左宗棠的信，信中說，中國的數萬官兵已厲兵秣馬，行將出關收復故土。令他迅速縛交逃犯白彥虎及其同黨，然後率領部眾退出新疆。

不錯，這以前，阿古柏已得到情報，可汗秦的軍隊正源源出關，來意不言自明，阿古柏能按信中要求辦嗎？

「艾買提的花帽，賽買提不能戴在頭上。」他想起了一句本地的諺語。美麗富饒的天山南北是東方可汗秦的領土，可汗秦早在一千多年前就有效地治理這裡，自己終歸是一條闖入他人花園的野狗。他恨這個為他惹事、並引來主人的「東干達德華」，可是，如果真的按左宗棠的要求，擊殺這些乞丐隊伍，縛送大、小虎，不是還要遵照他的命令，退出這「哲德沙爾汗國」嗎？

阿古柏冷笑了。吃到嘴裡的肉，絕不能吐出來，猶如戴在頭上的王冠絕不能取下來一樣，那麼拒絕左宗棠的要求，意味著一場大戰已迫在眉睫，如果真的要與可汗秦對陣，眼前的東干人是最好的幫手。他們最熟悉可汗秦，包括清楚地了解對方將領的性格、用兵特點以及兵員素質，只有與他們合作，尤其是與這個其貌不凡的大虎合作，才有把握與可汗秦作戰，並取得勝利。

猶豫再三，阿古柏問計於他的智囊——早在他任職浩罕國時，即擔任他的祕書的老臣穆罕默德．雲努斯，還有這以前，阿古柏派駐吐魯番的大總管愛伊德爾呼里。

「唐王的綢緞不少，不量量難下剪刀。」穆罕默德．雲努斯鼓著那長滿濃密的絡腮鬍鬚的嘴唇，嘟噥不清地引用了一句當地的諺語。

阿古柏馬上心領神會。雲努斯的話與他不謀而合。如果這些可憐的東干人實力跟他們的衣衫一樣朽敗不堪，那麼，白白地用鑲去養活他們，倒不如乾脆讓戰士們試刀。

「如何設法讓他們亮一亮自己的實力呢？」

「好辦。」這回是山羊鬍的愛伊德爾呼里說話了，「我們來一場別開生面的叼羊賽吧，這既可看到他們騎手的騎術，也可試試這班人的體力。看他們的強手能否比得上我們的王子伯克胡里或大力士阿布杜拉。」

於是，第一次會見，阿古柏給白彥虎一張不冷不熱的臉，接待時的禮數也很簡慢，但臨別時，阿古柏約定三天後，兩軍來一場類似聯歡的叼羊比賽，地點在南山下的大草原上。

就是在這次比賽場上，「伊帕爾罕」第一次看到了佘小虎，而且，這一次會見很值得回味，因為在賽場上，阿芙情急智生的一句話，化解了兩邊行將動手的廝拚，救了近三萬陝甘穆斯林的命。

小白龍

山下搭起了彩色氈帳。按安集延人的規矩，裡面鋪上了只有皇帝才配享用的白氈，擺上了各種水果點心。阿古柏擁著他的愛妃「伊帕爾罕」坐在正中，陪坐一邊的是老臣雲努斯和大總管愛伊德爾呼里。

帳內外布滿了身穿火紅的英國龍騎兵服裝、手執簇新的貝爾丹來福槍的安集延人衛隊。白彥虎及駐守烏魯木齊的元帥馬人得雖有幸被邀，卻坐在遠遠的客座上。大家一邊隨意地喝酒，吃瓜果，一邊漫無邊際地閒談。

不過，雙方臉色皆有些不正常，阿古柏的眼睛裡，更透出了一絲殺氣。

嬌小的、滿身珠光寶氣的阿芙坐在阿古柏的身邊，頭上蒙著薄薄的面紗，儘管她此刻沒說一句話，但仍吸引了不少人的目光，而且，她的在座，也多少緩和了場中嚴峻的氣氛。

阿古柏派出自己的長子伯克胡里和貼身親隨阿布杜拉率領的一支侍衛隊為安集延人的代表。這一班純種的雅利安族人體態端莊，長鬚飄逸，鷹眼巨鼻，身高而貌美。他們穿著火紅的軍裝，騎著高大的、渾身如火炭的大宛赤兔馬，顯得那麼威風。

與他們並肩出場的是白彥虎的義子余小虎率領的、經過挑選的「東干達德華」。這些關內穆斯林經過十餘年的拼殺，身上無不傷痕累累，又因長途跋涉，忍饑挨餓，體力驟減，顯得非常瘦弱；他們的服裝也很不整齊，白帽白袍也滿沾征塵，腦後還拖一條大辮子；比賽未開始時，因畏冷，手抄著，頭縮在衣領內，顯得格外懶散而沒精神，那又矮又瘦、黧黑的面上滿是饑餓的浮腫的模樣，與高大魁梧、白淨的安集延騎士相比，簡直有天神與鬼卒之別。

——不待雙方放馬驅馳，安集延人已在體魄和氣勢上壓倒對手了。

當這兩隊人馬出現在山下草地上時，滿山坡觀看的安集延人一齊歡呼起來。眾人爭向伯克胡里和阿布杜拉拋擲鮮花，伯克胡里得意地向人們揚手，同時把那驕傲的目光頻頻投向看臺上的父親。

滿山坡的看客中，雖也不乏本地的回回、黑黑子（布魯特人），他們雖厭惡安集延人，同情關內穆斯林，可在安集延人的淫威高壓下，沒一個人敢向自己的同胞表示敬意。

看到這情形，阿芙沮喪極了。她早已聽到了阿古柏與謀臣的計畫，心中有些同情這些淪落天涯的關內同胞，當發現雙方勢力如此懸殊後，不由連連歎息，原來這就是久違了的故國衣冠？這麼羸弱，這麼狼狽不堪，又闖什麼新疆，逞什麼英雄呢？這不活該成為阿古柏父子刀俎下的肉糜嗎？

就在這時，比賽開始了。

隨著三聲號炮響過，身邊的阿古柏矜持地舉起了桌上的望遠鏡。這東西阿芙面前也擺了一支，於是，她學著丈夫的樣子，拿起來舉在眼前。

啊，好一場草原上的生死角逐——按照事先的規定，兩支隊伍須在標定的範圍內跑滿三圈，爭奪的那隻羊羔最後在誰的手上算誰取勝。開始，跑在前面的幾乎全是安集延騎手，他們紅的軍裝與紅的駿馬及被馬踢得高高飛揚的紅色塵土連成一片，像一條火龍在綠色的大海裡游動。一望而知，在開始這段時間裡，那追逐、爭奪的目標羊羔始終在安集延人之間爭奪……

這時，山坡上趨炎附勢的觀眾拼命歡呼，大聲喊著伯克胡里王子和阿布杜拉的名字，揚著雙手舞著、跳著，其中一部分被煽動起來的、已有些變態的安集延人，甚至奔走著，伸出憤怒的拳頭，嚷著要殺死這些乞丐般的東干人。而與此相反的是另一部分人，他們是本地回回、黑黑子及從關內跟來的陝甘回民家屬。當場上的爭奪已趨白熱化時，他們也只默默地看，遇到激動的場面女人們也只把手指按住嘴唇，不讓叫出聲來，儘管是這樣，仍能從他們的表情上看出來，這一場比賽，馬下人並不比馬上人來得輕鬆。

「火龍」轉過一座小山，又逶迤朝這邊游來。疲憊的陝甘肅回民民小夥子們大部分被遠遠地甩在後邊，看來，勝利者肯定屬於安集延人了，奪魁者是那鐵塔也似的阿布杜拉，或者是身材雄健而風度翩翩的伯克胡里王子？

已經跑過兩圈了，兩支隊伍已接近剛才的出發點了，突然，兩邊助威的人又一齊高聲地喝起采來。

原來安集延人見對手軟弱可欺，便沒有把他們當回事，優勝者既然肯定在自己一邊，他們便誰也不願放過這一份榮譽，竟在內部爭奪起來。阿布杜拉剛從一個高大的安集延人手中將羊羔奪過來，正準備將其壓在大腿上再放馬狂奔，不防伯克胡里趁他換手之際，縱馬從旁邊猛竄上來，輕舒猿臂，一下從阿布杜把手上奪走了那隻羊，猛一踢馬肚，那馬頓時四蹄騰空，將還沒回過神來的阿布杜拉遠遠地甩下。

「天啦，我們的人在打內戰，東干人難道睡覺去了？」

「他們僅僅是來湊熱鬧的。」

看臺上服飾華貴身分顯赫的安集延官員也開始放聲討論並嘲笑對手了。

「真主一旦將運氣賜予誰，誰將在各方面都得到異乎尋常的勝利。」穆罕默德・雲努斯弦外有音地撫著長鬚笑起來了。

阿古柏長長地舒了一口氣，示意手下人斟了滿滿的三杯紅葡萄酒，又搬出一大疊產自中國內地的絲綢，準備親自扮演頒發獎品的角色。在他的心中，貼身親隨阿布杜拉與王子伯克胡里一樣重要，誰獲獎他都覺得驕傲。

不料就在這最後一圈，奇蹟出現了——伯克胡里手壓著羊羔，像一個凱旋的將軍，威風凜凜，不可一世，眼看離終點不遠了，不想就在此時，「火龍」的身邊突然竄出一條「小白龍」，那是個身穿白長衫、頭戴白色帽子的東干人，騎一匹高大的白馬，屏住呼吸，將身緊貼在馬背上，夾緊雙腿，像一隻下滑的小鳥，猛地從背後竄上來，一下就超越了阿布杜拉，衝到了伯克胡里的身邊。

伯克胡里此時還懵然不知。他已是三次奪到這隻羔羊了，心想這是最後一次得手也是已成定局的了，他得意洋洋地夾著羊，準備跑完這最後一段距離，再躍馬衝到觀禮台前向父王獻功，向嬌小可愛的後母顯示自己的馬術。他睃一眼手中的羔羊，這羊是先一天殺死後浸泡在冷水中的，皮革柔韌，耐撕耐扯，此刻，儘管被人拉扯得毛衣不整，但還是四肢完整。

就在他暗暗得意非凡的一瞬間，耳邊突然疾風呼呼作響，剛意識到什麼，只見一道白色的閃電，一下竄射到身邊，隨著一聲怒吼，真如山崩地裂，直讓伯克胡里心驚膽戰，還沒等他回過神來，手中的羊已被一股旋風捲走了。

他以為這是恃寵不讓人的衛隊長阿布杜拉，待看清是腦後拖著個「尾巴」的東干人，不覺火冒三丈，罵了句粗話，又緊催坐騎趕了過來……

此時，前頭的「小白龍」比閃電還快。剛才跑過這麼長一段距離，似乎才激起它的興趣。此刻，它騰開四蹄，牽著身後的「火龍」在草地上飛奔，像一顆晶瑩的流星拖了一個大尾巴……

「這是一匹多麼有後勁的駿馬啊！」

「不，比較起來，它的騎手更有耐力呢。」

「贏羊外相，龍馬精神！」

伯克胡里跟在「小白龍」後面跑了大半個圈，距離越拉越大。望著前面那一匹坐騎，似乎它四蹄騰空在穿雲破霧。他只能望塵莫及。

「啊，偉大的、慧眼普照四海的主！」兩邊憋了一肚子氣的東干人、纏回、黑黑子一齊大聲歡呼起來。這聲音似乎是平地響起了一聲悶雷，蓋過了安集延人憤怒的詛咒。

「嗨咿！」氈帳內端坐的王姬也幾乎叫出聲來，她沒有料到比賽到快結束時，會出現意想不到的結果。

阿古柏無暇顧及身邊人的失態，自己也驚呆了。強悍的東干人竟以無比的意志和頑強的毅力粉碎了他和謀臣的計畫，以致使他感到束手無策。

這時，優勝者已策馬衝過了終點，出現在觀賞台貴賓席前，來在那垂著流蘇纓絡、帳頂聳立一大把美麗羽毛的氈帳前。只見那騎手猛一拉韁繩，那一匹大白馬突然前蹄懸空，後腿豎立，發出一聲悠長的嘶吼聲，連大地也彷彿被震顫了。

「天馬行空！」阿芙無師自通地叫了一聲。她記起父親的朋友曾送給他一幅天馬圖，取的正是這姿勢。

據史載：浩罕國古稱「大宛」，產汗血馬。漢武帝曾聽張騫派出的使者報告，派使者持千金去大宛換汗血馬。大宛王弗許，武帝乃令貳師將軍李廣利帶兵十萬討伐大宛，終於取得葡萄、苜宿種子及汗血馬而歸。唐人有詩專詠此事，道是：年年荒草埋忠骨，空見葡萄入漢家。

——歷史上，中國人與大宛的交往，開始便是馬之戰。

安集延人至今仍愛養馬，幾乎每人心中都有一部《馬經》。

阿古柏自然愛馬成癖。開始，他看不起這些類似乞丐的隊伍，故對那些和主人一樣羸瘦的坐騎沒正眼瞧一瞧。此刻，他意外地發現，眼前是一匹寶馬。儘管它因長途跋涉、缺乏好的草料以致全身消瘦得只剩下一副皮包著的骨架，但那堅韌不拔、馳驅萬里的精神，卻正是隱藏在這一副不凡的骨架之中啊。

「好，好，好一匹寶馬！」阿古柏連聲稱讚這一匹不凡的馬，且一反常態，慷慨地下令，將三杯禮敬英雄的美酒以及那一大疊中國絲綢全賜予這個可敬的東干騎手。但他的一雙深陷的、貪饞的鷹眼卻一直沒有離開緊跟騎手的駿馬。

阿芙在一邊卻沒有去留神阿古柏的神色，也沒有顧得鑒賞那駿馬。她完全被駕馭駿馬的騎手吸引住了。

他，不及伯克胡里英俊、瀟灑，服飾更是粗糙而又破舊，可正如身後的駿馬一樣，有著非凡的氣質。尤其是那一雙眼睛太令人嚮往了，那是戈壁灘上難逢難遇的、清泉凜冽的甜水湖，深邃而幽靜，一望可知，這湖中並不全是藍色的漣漪，它蘊藏有火與劍，蘊藏著一部催人淚下的英雄史……

這才是真正的男子漢啊！阿芙只偷偷地透過面紗睃了一眼，便覺心旌搖盪，永世難忘。手不由心地拉緊頭上的面紗，可實在又不甘心就這麼與人家隔著這一層紗。不料就在她的手又一次不自覺地輕輕撩起面紗時，正碰上這騎手的目光也於此刻掃視過來，兩道電光在空中相撞，迸出了無聲的火花……

危險的火拼

「聽說天山之巔，有一座美麗的天池，天池水底有一匹天馬。每年春夏之交，它總要飛到草原上，與一匹英俊、健壯的母馬交配。這以後，母馬必產一頭小龍駒，長大後日行千里，履險如平地。請問閣下，眼前這一匹白馬可就是產自天山的神駒？」穆罕默德・雲努斯一掃身上那虛驕之氣，微傾上身，殷勤地與白彥虎搭話。

「對，對，這馬太棒了。它一定是一匹『天山神駒』！」阿古柏愣過神，立刻接住了雲努斯的話茬。

「承蒙誇獎。不過，此馬沒有如此顯赫的種系。它得自阿拉善蒙古親王府中。」白彥虎淡淡地有禮貌地回答說，「它是王爺進貢的上品。」

「是的，這樣的好馬，當然是貢品，只有身分高貴的人才有福控馭。」

穆罕默德．雲努斯一旁早看出了阿古柏的心事，他有意地啟發、開導白彥虎。

這時，一旁的大總管愛伊德爾呼里也忙附和道：「尊敬的畢條勒特汗是土耳其哈里發親封的埃米爾，是宇宙間的驕子，是英雄成吉思汗大帝的後裔。他的御廄裡正應該有一匹這樣的良駒。」

白彥虎聽這兩個權臣一唱一和，不由氣憤極了。

開始，當安集延人提出叼羊賽時，他已看出了安集延人不懷好意。這些可惡的異國人，口中雖說著《可蘭經》上的名言，侈談穆斯林天下一家的聖訓，其實卻在暗中窺探別人的行囊，做獨霸新疆的美夢，恨不得一口將他們吞下。

老實說，他並不把這些衣冠楚楚、氣質虛弱的安集延人放在眼裡。眼下，過去與他們密切呼應的妥得麟失敗了，他們失去了同盟軍和主人，只能與這些可惡的志驕意滿的勝利者周旋。他想，只要能讓他的人馬稍事休整，補充上足夠的彈藥和糧秣，他完全可以迎擊各種挑釁。

為此，他向余小虎交了底，一定要贏他們，只有在這裡戰勝了他們，才能壓制住對方萌生的邪念，使之有所畏懼而不敢胡來。然而，當比賽開始，安集延人一度佔上風時，他非常擔憂。自己的人馬幾千里的長途跋涉，忍饑挨餓，體質垮下來了，要戰勝訓練有素、裝備精良的對手，這希望多麼地渺茫啊。他只能暗暗地祈禱，默誦真主的聖號，求他慧眼高照，庇佑落難的穆斯林。

阿拉終於顯靈了，余小虎獲勝了，他是當之無愧的英雄。

可是，可惡的安集延人卻又提出非分的要求。

白彥虎清楚地記得，為了從阿拉善蒙古親王府中奪到這匹馬，余小虎差一點被親王侍衛及護院槍手亂槍打死，自得了此馬，余小虎一直與它相依為命，寸步不離。當白彥虎率數萬穆斯林，跋涉千里戈壁而全軍缺糧時，余小虎寧願餓得吞吃途中的白雪，也省下自己一份炒麵餵它，眼下要走這匹馬，不啻要走余小虎的命。

「哈哈，哈哈。」氈帳中響起了余小虎爽朗的大笑聲。

聽了阿古柏君臣的雙簧，小虎一手推開侍者捧來的艾提來斯和美酒，一手牽馬大步跨上前，大笑著，用嘲弄的口吻對眾人說：「以前聽人說，身分尊貴的畢條勒特汗陛下擁有七城的財富，可七城的窮人卻連土炕前的一塊腳地也要交租，連百靈鳥也只好到馬背上去做窩。當時，我不信世上有如此貪婪的人。今天，卻被陛下用行動證實了。」

此話出口，滿座之人皆大驚失色。

阿古柏惱羞成怒，指著騎手喝道：「啊，你好大的膽子，竟敢用如此無禮的口氣和我說話，你是誰？」

「余小虎！」小虎昂首挺胸回答。

一聽此人就是與「大虎」齊名的小虎，眾人皆暗暗吃驚。

正窩著一肚子火氣的伯克胡里想顯示一下自己，他從後面伸出雙手，一下抱住小虎的腰，說：「憑一匹好馬不能見功夫，有本領我倆摔一跤試試。」

不料想余小虎猛一丟韁繩，身子一側，雙手往後一下就挽住了伯克胡里的頭，然後身子一蹲，掙脫了伯克胡里的摟抱，猛然起身大吼一聲，用力一摔，伯克胡里還沒回過神，身子便像個布包扔到了前面白氈上——余小虎的父親余彥祿是個獵人，又是個屠牛的好手；這一招便是余彥祿自己悟出並苦練而成的「反手制頑牛」，乾淨俐落，令人措手不及，余彥祿曾教與白彥虎，白彥虎又傳與余小虎，今天小虎小試絕招，令在場人眼花撩亂。

阿芙忍不住了，竟忘了場合，拍手叫道：「好！」

阿古柏瞪了身邊的愛妃一眼。帳下許多人馬上拔出了刀子。

伯克胡里翻身坐起，想抽腰間皮套裡的小手槍。

可余小虎動作更快，他不待伯克胡里的槍出手，早一個縱步衝上去，一拳擊中伯克胡里的下顎，伯克胡里又仰天倒地。

伯克胡里掙扎著，可他那一身筆挺的龍騎兵軍裝限制了他的動作，待他再次爬起時，一把鋒利的尖刀對準了他的鼻尖……

一切是那麼突然，只要阿古柏一聲令下，帳中的安集延人馬上就會開槍，一場血戰立即在華貴的帳中展開。而整個形勢卻於白彥虎、余小虎以及他們的陝甘穆斯林十分不利。

阿古柏正要揮手發出動手的信號，不料他身邊的美人像嚇壞了似的，一把挽住了他將要揚起的手，氣急敗壞地大叫道：「先知的警告，他是騎白馬的人！」

這是一句沒頭沒腦的話，只有阿古柏明白。

原來此回動身來北疆前，阿古柏一連三個晚上做了三個奇怪的夢。第一天晚上，他夢見自己騎馬出巡，身邊一個人也沒有。走到一處草灘上，突然遭到一群紅眼睛的野牛的圍攻，又踢又抵，使他脫不開身。就在這危急時刻，突然出現了一個騎白馬、穿白袍戴白帽的人。此人上前猛力揮舞皮鞭，竟把這群瘋狂的野牛趕跑了，他終於獲救了。第二天晚上，他夢見自己在海上漂流，大風大浪，水天無際，自己快要沉沒了。就在這時，一條潔白的大魚向他游來，用身子一下就把他托出了水面。第三天更奇，他夢見自己困在一座高山頂上，四周是絕壁懸崖，嵯峨怪石，找不到下山的路。就在這時，一隻巨大的、白羽毛的怪鳥落下來，用利爪攫住他，又騰空飛起。他以為這下完了，怪鳥把他當作了一頓美餐。不料怪鳥把他叼起飛了一程後，降落下來，竟是在喀什噶爾的王宮後面的花園。

三個晚上三個怪夢，每次都把阿古柏驚醒，出一身冷汗。阿古柏把這異事告訴了被他叫醒的寵姬，認為這可能是什麼預兆。二人商議來商議去，猜不出什麼。

他不敢告訴那些不懷好意的大臣們，只偷偷下令，請來了一個伊斯蘭學者，告訴他詳情，請他圓夢。

學者翻了好幾大本典籍，終於有了答案。原來這是先知啟示他，一生事業，將靠一個全身穿白、騎白駿馬的人玉成。並說，這也是先知的警告，今後不管在何種情況下，都必須赦免騎白馬、穿白袍、戴白帽的人。

今天，阿芙終於在千鈞一髮之際，想到了這個夢，從而提示阿古柏。

阿古柏一聽，果然一下呆住了。他似乎一下記起，眼前這桀驁不馴的余小虎，有幾分與第一晚的夢中人相似。看來，事出有因，莫非前定？此人如此勇猛，若動手，伯克胡里必先死於他刀下。而且，據諜報，可汗秦的數萬精銳，正在哈密一帶集結——大敵當前，豈可火拼。

阿古柏終於洩下氣來。他搖了搖頭，喝退了躍躍欲試的阿布杜拉及他手下那一夥亡命的侍衛。

小虎雖也被白彥虎喝開了，卻並無示弱之意。他輕蔑地掃視了外強中乾的王子一眼，牽馬默默地退回到夥伴們中間。

一場聯歡叼羊賽不歡而散。他們回到各自的駐地。不料第三天傍晚，阿古柏到底不甘心，又派出使者來傳達他的旨意：如果想在此地待下去，要麼遵守他們的法令，所有武器一齊交出，而且凡關內來的男人，一律剃髮，光頂圓領，做「哲德沙爾汗國」的順民；要麼，立刻獻出一百馱財物，包括那匹「天山神駒」，作為暫住的見面禮，否則，就在近日，派主力掃蕩所有關內的穆斯林。

白彥虎知道阿古柏已從庫爾勒趕調了大批主力來吐魯番，同時運來了後膛大炮。面對如此嚴重的軍事威脅，他只得會商於手下各部頭領、阿訇和長者。幾乎是眾口一詞，毫不猶豫地選定了後者。他理解眾人的心情，自己也覺得不能改變服飾回關中去見家鄉父老，更不能俯首貼耳做他人的順民。於是，他合著眾父老，盡力說服了余小虎，交出了那一匹駿馬。並盡量湊合，備足了一百馱財物，交與了安集延使者。

「天山神駒」在流淚的主人伴送下，默默地離開了營地，投入另一個主人的馬廄……

故主

光緒三年（西元一八七七年）四月，吐魯番已落入楚軍大將劉錦棠和嵩武軍統領張曜之手。當初，在烏魯木齊及瑪納斯失守之後，阿古柏一邊收集北疆幾個殘兵，一邊調集後路兵力，積極加強天山各口的防禦。這一場大戰，雙方皆擺出了決戰的架勢。由於達阪城扼天山之咽喉，為北疆通南疆的必由之路，他乃相準地形，於此地築新城，派親信愛伊德爾呼里率重兵扼守；又在達阪東南托克遜增築兩城，由伯克胡里和次子海古拉鎮守；另商請白彥虎守吐魯番；自己則坐鎮喀喇沙爾。總兵力不下三萬人，四路人馬成一菱形梗塞在天山的咽喉上。

楚軍前線統帥、西征軍行營大總管劉錦棠集結西征軍主力共約二萬五千餘人攻吐魯番。按說，阿古柏三萬人成菱形梗塞山口，劉錦棠兵力較單薄，處於劣勢。只可惜阿古柏這一隻「菱」是已有裂縫且很難彌合的「菱」，劉錦棠的拳頭一擊便開了——安集延人與白彥虎，不同心，各懷鬼胎，都指望借楚軍之力削弱對方。尤其是白彥虎，對阿古柏心懷毒計、欺凌逼迫還記恨在心，對北疆古牧地、烏魯木齊之戰，阿古柏救助不力耿耿於懷，此番更是成心保存實力，靜坐觀望。劉錦棠看清了這一點，只對白彥虎虛晃一槍，卻集中力量攻達阪新城。劉錦棠親自騎馬繞達阪城一周，觀察地形，尋找安集延人的薄弱點，指揮炮兵炮擊城內安集延的兵營。結果，楚軍大炮擊中城內軍火庫，引起大火。城內立時哭喊連天，混亂不堪。劉錦棠麾軍攻城，衝車、雲梯四面出擊，安集延人手忙腳亂。這時城內漢民及當地穆斯林早已不滿安集延人的暴虐，見官軍攻城馬上回應。這樣只一戰便克服了達阪，陣斬安集延人兩千數百餘人，俘敵一千二百餘人，連大總管愛伊德爾呼里也做了俘虜。待阿古柏派遣的援軍趕來，達阪城早已易手，援軍嚇得趕緊縮了回去。

伯克胡里和海古拉唯恐劉錦棠把下一個目標定為他倆，先後星夜開城門出逃。劉錦棠乘勝咬住尾巴猛追猛打。這一仗，把阿古柏的萬餘有生力量基本剿得差不多了。可一邊的白彥虎卻賴其成全，巧妙地避開了官軍，保存了實力。這一來，主客力量相當，阿古柏不得不另眼相看東干人。

當劉錦棠稍作休整，又調兵遣將，準備一鼓作氣發動對南八城的進攻時，阿古柏只得退守庫爾勒，並以此為大本營，緊鑼密鼓，積極準備，企圖阻遏洪水般湧來的楚軍。

庫爾勒為南疆門戶，交通四通八達，阿古柏在庫爾勒近郊一座大和卓木府邸基礎上，擴建成一座富麗堂皇的行宮，又下令在南疆喀什噶爾徵兵，把擔任留守的主力軍團調來，配備上新從英國運到的最新式的亨利．馬梯尼式來福槍，準備固守庫爾勒。但是，經過一系列的較量，阿古柏已清楚，憑實力，他已無法阻擋可汗秦的鐵騎的進攻了，只好把希望寄託到了海外——有消息說，兩個月前派往倫敦的、以賽阿德．雅古布可汗為首的外交使團已受到了英國女王的親自接見，為阻遏沙俄實力南下，女王極為關心「哲德沙爾汗國」的生存，曾令外務部大臣通過澳大利亞世爵師丹里向中國駐英公使、欽差大臣郭嵩燾試探。並預備安排賽阿德．雅古布可汗與郭嵩燾見面，商討所謂議和事宜。郭嵩燾歷來反對舉兵新疆，故答應和賽阿德見面，因副使劉錫鴻反對而未果。但郭嵩燾已答應奏請朝廷，與阿古柏「和解休兵」。

阿古柏想，看來，未嘗不可通過和談，體面地留在美麗的「哲德沙爾汗國」，繼續做「畢條勒特汗」。但這需要時間，需要先頂住劉錦棠的進攻。不然，一切全是白費力。新增援的留守軍團雖很精銳但畢竟人數太少，剽悍的東干大、小虎如能精誠合作，則力量可以大增。這些早已失去家園，恨極了可汗秦的同命鳥們，我當初為什麼沒有好好利用呢？

他又氣又悔。為此，特撥出了一批換裝下來的陳舊的被服與軍火，贈與曾被他勒索的大、小虎，又將他們邀約到庫爾勒，想說服他們，為他賣命守城。

於是，大、小虎率隨從來到了庫爾勒。雙方開始了一場討價還價的談判。安集延方面，除了阿古柏，只有他的小兒子海古拉以及抱病而來的穆罕默德．雲努斯；關內穆斯林一方就是大、小虎。他們共同商量如何迎擊銳不可當的楚軍。

阿古柏想，大、小虎手中有一萬名精銳，這些人經這幾次大戰反而氣血兩旺起來。只要白彥虎下令，余小虎帶頭，準可抵擋劉錦棠一陣。只要挨到冬天，憑寒冷的氣候及複雜的地理條件、運輸線的被阻，劉錦棠是無力再發動進攻的。這就拖延了時間，從而贏得外交上的機會。

阿古柏想，這可是一舉數得的事。因為既可憑東干人的頑強阻遏可汗秦的大進軍；又可借可汗秦的力量消滅桀驁不馴的大、小虎，最終去掉自己梗塞於胸的贅疣。

白彥虎是何等精明之人，阿古柏幾支破槍幾套舊軍裝根本無法使他感激涕零，相反，他更清楚地看出了阿古柏的蛇蠍心腸，於是將計就計，答應把自己的一萬餘名主力擺在第一線，不過，幾支破槍是抵擋不住聲勢浩大的楚軍的，阿古柏必須把庫爾勒庫存的全部英制亨利．馬梯尼式步槍及相應的彈藥裝備和被服、帳篷拿出來，武裝他們關內穆斯林。

阿古柏一聽這條件，等於要剜他的心頭肉，當然不能答應。雙方唇槍舌劍，爭論不休。談了半天沒結果，只好暫時休會。大、小虎住進了阿古柏行宮附近一幢華麗、舒適的行館。

這天，因閒得無聊，余小虎出來散步。這條道上，除建有阿古柏的行宮，還有好幾個大臣的別墅以及侍衛們的營房。處處崗哨林立，警備森嚴，閒雜人員與普通百姓是不能也不敢走到這裡來的。

他來至一處草坪前。這兒是阿古柏及其侍衛們用來做跑馬和試槍的場所。坪裡綠草如茵，周圍樹木濃蔭，是一處很幽靜很寬敞的處所。

七月天氣，驕陽似火，小虎真想躺在樹蔭下的草地上美美地睡一覺，就在這時，只聽一陣笑語喧嘩，余小虎探頭一看，在草坪一頭，支了幾架大的太陽傘，阿古柏的幾名侍衛正護衛著他的後宮佳麗看草坪裡伯克胡里和阿布杜拉表演馬技。

別看阿布杜拉個頭忒大，一身死肉，可馬上功夫非常了得，他騎在一匹去了鞍韉的棗騮馬上，先愜愜意意、輕輕鬆鬆地跑了兩圈，然後在馬背上開始了表演，時而直立，時而豎蜻蜓，種種驚險、精彩的動作，博得了女眷們一陣陣喝采聲。

輪到伯克胡里表演了。小虎本來不喜歡這粉頭惡少，也不願看他的花架子，正想抽身離去，可才開步，腳杆兒卻像生了根似的絆住了——原來他發現了他的駿馬「天山神駒」。

啊，久違了，我的寶貝，我那共患難、同生死的朋友！在新的主人手上，你調養得更神氣了，不但肉膘飽滿，且皮毛油亮，像一匹緞子，熠熠生光。可是，你長了這麼一身肥肉，沾染上了異邦王宮的富貴氣，哪怕配的是金鞍銀韉，還能像往日一樣日行千里，跋山涉水嗎？

小虎決定試一試他的朋友。

當伯克胡里躍上「天山神駒」的光背時，小虎只將左手放在嘴邊輕輕地打了一個呼哨。「天山神駒」一下就聽見了，但見它頸上鬃毛一抖，突然前蹄騰空，後蹄直立，一下把剛躍上馬背、尚未坐穩的王子顛下馬來。眾人都哈哈大笑，伯克胡里卻並沒有氣餒。他爬起來，重新躍上馬背，雙腿一夾，這最難控馭的、無鞍無韁的馬竟穩穩地馱著他，「得，得，得」地跑起圈來。

小虎一旁見了，冷笑一聲，又長長地打了個呼哨。這一聲仍然不大，在場的人誰也沒留神，卻似乎勾起了「天山神駒」的故主之思。它跑著跑著，卻耳根一抖，突然一停，前蹄猛地一跪，屁股一蹶，一下又把正得意著的王子摔到了前面的草地上。這回「天山神駒」甩脫王子後，不待他爬起來，掉頭便直朝余小虎跑來……

這時，眾人才發現樹叢中惡作劇的余小虎。伯克胡里很惱火，他還沒有在女眷面前這麼丟人現眼地跌倒過，他爬起來，趔趄著來到余小虎跟前。阿布杜拉和眾女眷也圍了上來。

余小虎一邊撫著「天山神駒」的背，讓它的嘴、鼻去碰觸自己的身子，一邊卻冷冷地望著圍上來的安集延人。

伯克胡里猛地抽出腰間的短刀，狠狠地往「天山神駒」頸上刺來。眾人驚叫一聲，一齊閃開。余小虎一見，大喝一聲，撲了過去，一掌打在伯克胡里的手臂上，將他的短刀擊落，並怒喝道：「小子，你敢殺它，我敢殺你！」

伯克胡里踉蹌幾步才站穩，他並不示弱，破口罵道：「老子就是要教訓這上等草料也養不親的畜牲！」

說著，他從旁邊一個侍衛手中接過馬鞭，朝「天山神駒」又是狠狠的一鞭。只聽「呼」地一聲，鞭子沒抽到馬身上，卻落到了余小虎手中。

小虎幾下折斷了鞭桿，用力甩得遠遠的，又輕蔑地向伯克胡里啐了一口，道：「怎麼，想在這裡再摔一跤試試？」

「狗雜種，難道真的怕了你麼？」伯克胡里當著眾女眷的面，覺得受了極大的侮辱，於是，大膽地接受了余小虎的挑戰。

這一回，他首先提醒自己，防止讓對方背了包。雙方交手起來。其實伯克胡里也是摔跤好手，雙方互不相讓，各使出看家本領，摔得難分難解……

阿芙雜在眾女眷之中，看這一對公牛一般的男人狠鬥。小虎的大膽挑釁使她暗暗吃驚，她不為他的粗魯、潑辣而產生鄙視，相反，她從他身上看到了阿古柏父子所沒有的東西，那就是擎天的力量和敢於蔑視一切的勇氣。她不願他們再打下去，派人報告了阿古柏。白彥虎這邊，也有人來送了信。

二人聞訊大驚，馬上趕來喝止了仍在鬥狠的兩人。余小虎和伯克胡里雖馬上停止了揪扭，但各自憋了一肚子氣。

在伯克胡里心中，余小虎乃是有意尋釁；在余小虎這裡，卻還是奪馬的宿怨。臨散場時，雙方都捏著拳頭瞪著眼，虎視眈眈地盯著對方。

回去後，小虎向白彥虎敘述了剛才的一幕，白彥虎數落小虎心胸狹窄，小虎卻認為出了一口惡氣。這以後，他們的商談仍沒有結果，可劉錦棠卻不待他們談好便發動了秋季攻勢。

於是，聯盟也好，火拼也好，恩恩怨怨，都在官軍風馳電掣般的進軍與狠狠打擊下灰飛煙滅了。

幾個月後，阿古柏暴斃於庫爾勒，劉錦棠、張曜大軍以風捲殘雲之勢，橫衝直撞地掃蕩了南疆各城，關內穆斯林與安集延人同床異夢的聯合被徹底粉碎。他們中，不管曾是敵人或原本是朋友，統統被官軍圍殲，遭到了同一命運，少數僥倖者逃到了納林河那一邊，被俄羅斯人繳了械。

回憶起喀什噶爾圍城中的最後歲月，阿芙有些納悶。她清楚地記得，這匹高大的「天山神駒」最後是仍歸了余小虎的，然而，泰山壓頂之下，像余小虎這樣的目標，官軍會輕易放過嗎？

她向夕陽下的山崗眺望了半天，「天山神駒」的影子像幽靈似的突然消失了。於是，她又懷疑適才所聞所見，究竟是否幻覺了。

（續下集）

晚清風雲. 第二卷, 西省戰紀 / 果遲著. -- 一版.--
臺北市：大地, 2015.06
面：　公分. --（History：79-80）

ISBN 978-986-402-057-7（上冊：平裝）.--
ISBN 978-986-402-058-4（下冊：平裝）

857.7　　104008479

晚清風雲 第二卷 西省戰紀（上）

HISTORY 079

作　　者	果遲
發 行 人	吳錫清
主　　編	陳玟玟
出 版 者	大地出版社
社　　址	114台北市內湖區瑞光路358巷38弄36號4樓之2
劃撥帳號	50031946（戶名　大地出版社有限公司）
電　　話	02-26277749
傳　　眞	02-26270895
E - mail	vastplai@ms45.hinet.net
網　　址	www.vastplain.com.tw
美術設計	普林特斯資訊股份有限公司
印 刷 者	普林特斯資訊股份有限公司
一版一刷	2015年6月

大地

定　　價：250元